DIE JAGD DES SCHOTTEN
Highlandschweter 3
Veröffentlicht von Keira Montclair
Copyright © 2021 by Keira Montclair

Dies ist ein Werk der Fiktion. Namen, Charaktere, Orte und Ereignisse sind entweder das Produkt der Fantasie der Autorin oder werden fiktiv verwendet. Jede Ähnlichkeit mit lebenden oder toten Personen, Geschäftsbetrieben, Ereignissen oder Orten ist völlig zufällig.

Gedruckt in den USA.
Übersetzt von Anna Drago

Cover Design und Format

DIE JAGD DES SCHOTTEN

HIGHLANDSCHWERTER 3

KEIRA MONTCLAIR

PROLOG

Auf der Festung von König Edward I,
Berwick Castle
Juni 1307

KÖNIG EDWARD I. saß in seinen Gemächern
auf Berwick Castle. Sein Gesicht war blass,
und er bewegte sich kaum. Heiler besuchten
ihn häufig, doch jeder wusste, dass sie nur das
Unvermeidliche hinauszögerten. Der König
war fast siebzig Jahre alt und hatte ein erfülltes
Leben geführt. Bald würde es enden.

Der Gestank im Raum war der des Todes.

Der Mann, den er gerufen hatte, der Sheriff,
hatte einen neuen Verbündeten mitgebracht, der
behauptete, gleichermaßen der Beseitigung der
Bedrohungen für Edward in Schottland ver-
pflichtet zu sein. Unter Edwards Feinden war es
vor allem Robert der Bruce, der darauf bestand,
sich selbst König von Schottland zu nennen,
obwohl die Schotten nicht das Recht hatten,
ihren eigenen Herrscher zu wählen. Der Sohn
des Königs saß bereits auf einem Stuhl in der
Ecke der Kammer.

„Schließ die Tür und alle Heiler raus!", bellte Edward.

„Das gilt für euch alle drei. Ich bin nicht gesund, doch ich will den Kopf von Robert the Bruce auf einem Spieß sehen, bevor ich sterbe." Er zeigte auf den Sheriff und seinen Mann. „Ich weiß, dass ihr geborene Schotten seid, doch ihr seid Agenten der englischen Krone, und ich erwarte, dass ihr tut, was ihr müsst, um dafür zu sorgen, dass dieser Mann stirbt, bevor ich es tue. Wenn nicht, komme ich zurück, um euch zu verfolgen. Der Bastard ist in Schottland. Findet ihn und bringt ihn mir, tot oder lebendig. Wer mir hilft, Robert zu entthronen, bekommt weiteres Land und Münzen."

Der König bekam einen Hustenanfall, der stark genug war, um den Sheriff einen Schritt zurückweichen zu lassen, und wedelte mit den Händen. Die Heiler eilten in die Kammer und schwärmten um ihn herum.

„Ich zähle darauf, dass ihr diesen gemeinen Schurken findet", hustete er. „Wenn ihr es nicht tut, muss ich mich selbst auf die Suche nach ihm machen."

Ein Heiler sagte: „Das ist unmöglich, mein König. Ihr könnt in Eurem Zustand kaum laufen."

„Dann lasse ich mich von meinen Männern tragen, wenn ich muss! Das ist eure letzte Chance, das törichte Streben der Schotten nach Freiheit zu beenden." Sein Hustenanfall begann erneut, und er rollte sich im Bett auf die Seite.

Das Ende war in der Tat nahe.

Die Heiler führten die Besucher hinaus, und der Sheriff suchte sich eine Kammer, in der er mit seinem Begleiter sprechen konnte.

„Wir müssen einen Plan ausarbeiten", sagte der Sheriff.

„Ja", sagte sein Mann. „Doch wie sollen wir tun, was er verlangt? Es ist unmöglich, eine so große Armee in die Highlands zu bringen. Bruce hat überall Verbündete, die das Land verbrennen und sich in den Bergen verstecken. Wir kennen das Land nicht."

„Vielleicht müssen wir keine Armee mitbringen, sondern eine stehlen. Wer hat die beste und größte Armee im ganzen Land?"

„Alexander Grant", antwortete der Mann. „Aber hast du nicht schon versucht, seine Hand zu zwingen? Viele Männer haben das mit dem Leben bezahlt. Ich werde nicht dafür sterben. Wenn es kein sicherer, solider Plan ist, kann ich ihn nicht unterstützen."

Der Sheriff schüttelte angewidert den Kopf. „Die Dummköpfe haben ein Kind entführt. Was für eine dumme Idee das war. Und wie hätten wir ahnen können, dass sich die Gesundheit des alten Grant so weit verbessert, dass er wieder ein Schwert führen kann? Ich habe versucht, Vernauld zu warnen, dass es keine gute Idee war, doch er wollte nicht zuhören." Er zuckte leidenschaftslos die Achseln. „Er hat mit seinem Leben bezahlt, doch wir können aus seinen Fehlern lernen. Wenn wir einen der Grants entführen, lassen sich die Clanoberhäupter sicher überreden, ihre Krieger gegen die Streitkräfte von Bruce einzusetzen."

„Ich mag die Grants nicht", sagte der andere Mann, und seine Augen tanzten bei dem Gedanken, dem berühmten Clan seinen Platz zu weisen.

„Also wen entführen wir?", fragte der Sheriff.

„Du kennst den Clan besser als ich. Ein weiterer Versuch gegen Alexander Grant wäre zu riskant."

Der Schotte kratzte sich am Kinn und dachte sorgfältig über alles nach, was er gehört hatte. „In vierzehn Tagen haben sie dort ein Fest. Viele Besucher. Die Tore werden offen sein, sodass wir leicht ein paar Männer dazu bringen könnten, jemanden zu entführen, der wichtig genug ist. „Das ist die beste Zeit dazu."

„Doch wen? Wir kennen keinen von denen. Er hat viele Nachkommen." Der Sheriff begann, auf und ab zu gehen, die Hände in die Hüften gestemmt. „Der Versuch, einen seiner Söhne oder Enkel zu stehlen, könnte in einem Blutbad enden. Einer der Enkel hat Vernauld getötet und noch etliche andere mitgenommen."

„Es gibt eine einfache Lösung. Wir entführen ein Weib. Er hat drei Töchter und unzählige Enkelinnen, aber halt dich von der Enkelin mit den weißen Haaren fern. Ich habe gehört, sie ist so gefährlich wie Gwyneth Ramsay. Sie würde unseren Männern mit Sicherheit Ärger machen."

„Also stehlen wir ein dunkelhaariges Weib." Der Sheriff hielt inne, wieder Hoffnung in seinem Blick.

Der Schotte rieb sich den Kiefer, als er nachdachte. „Es gibt jemanden, der aussieht wie

Grant. Lange dunkle Haare und blaue Augen wie seine süße Madeline."

Der Sheriff nickte entschlossen. „Heure Männer an, sie zu entführen und zu mir zu bringen. Vielleicht kannst du mir helfen, einen Ort zu finden, um sie zu verstecken."

In den Augen des Schotten schimmerte eine seltsame Befriedigung. „Es ist mir ein Vergnügen, Sheriff. Ich kenne den perfekten Ort."

KAPITEL EINS

Juli 1307, in den schottischen Highlands

EIN FLÜCHTIGER BLICK, und seine ganze Welt veränderte sich.

Alick MacNicol hatte sich gefragt, ob er jemals Liebe finden würde, wie es seine beiden Cousins getan hatten, aus dem einfachen Grund, dass kein Mädchen jemals sein Interesse geweckt hatte. Oh, er genoss ihre Gesellschaft, liebte es, sie zum Lachen zu bringen, doch er hatte noch nicht die getroffen, die ihn dazu bringen würde, etwas anderes als einen Tanz, eine kurze Unterhaltung oder einen Kuss zu wollen.

Und doch fühlte er sich sofort von dem Mädchen angezogen, das sich in der Ecke von Grant Castle versteckte, während andere um sie herum tanzten und feierten und lachten. Er hatte sie noch nie gesehen, und etwas sagte ihm, dass er sie kennenlernen musste.

Braunes Haar fiel in Wellen um ihre Schultern, ihre Kurven waren unter einem lockeren Kleid gut versteckt, doch es bestand kein Zweifel, dass sie existierten und wunderschön waren.

So schön wie die zarten Wangenknochen, die großen Augen, deren Farbe er aus der Ferne nicht erkennen konnte, und die prallen Lippen, die ihn lockten, doch ihre Schönheit war nicht das, was ihn zu ihr zog.

Trotz des gehetzten Ausdrucks auf ihrem Gesicht bemerkte er ein Aufblitzen von Sehnsucht in ihren Augen. Woher kam das? War es der Wunsch, mit all den jungen Leuten zu reden, zu scherzen und zu tanzen? Konnte es die Sehnsucht nach einem bestimmten Jungen sein, den sie mochte? Oder war es so einfach wie der Wunsch, sich zur Musik zu bewegen?

Was auch immer es war, er würde auf den Sirenengesang antworten und es selbst herausfinden.

Und wenn er könnte, würde er dieses Mädchen zum Lächeln bringen.

Alick ging durch den großen Saal, schob sich zwischen den Tänzern hindurch und wurde dabei mehrmals von Ellbogen und Knien geschlagen, doch er bemerkte es kaum. Es war ein wildes Fest, um Alick und seine Cousins und Cousine zu feiern, die kürzlich Robert the Bruce bei seinen Streben nach Schottlands Unabhängigkeit von einem grausamen englischen König geholfen hatten, und um Elshanders und Joyas Heirat zu feiern, obwohl beide noch auf MacLintock Castle waren. Sein Großvater, der berühmte Alex Grant, war bei ihnen.

Genau genommen sollte Alick auch da sein – er und seine Cousins und Cousine hatten eine Gruppe gebildet, die sie Highlandschwerter

nannten, um gegen Schottlands Feinde zu kämpfen –, doch er hatte es nie übers Herz gebracht,
weit von zu Hause weg zu sein. Er hatte Dyna
überzeugt, mit ihm zurückzukommen, damit sie
ihre Eltern sehen konnten. Sie war bereitwillig
genug mitgekommen und wusste, dass er keine
Ruhe geben würde, bis er wusste, dass ihre
Familie gesund war, was gut war, denn seine
Mutter litt unter Kopfschmerzen und Magenbe-
schwerden. Er hatte sich so viel wie möglich um
sie gekümmert, bis sein Vater ihn fast die Treppe
hinuntergejagt hatte. Sie hatten ihm beide versprochen, dass es ihr in ein paar Tagen besser
gehen würde und darauf bestanden, dass er an
dem Fest teilnehmen sollte, das arrangiert worden war, um seine Rückkehr zu feiern.

Was bedeutete, dass er vorerst nur sehr wenig
tun konnte – außer das dunkelhaarige Mädchen
zum Lächeln zu bringen. Vielleicht war sie
bereit zu tanzen, wenn er ihre Stimmung aufhel-
len konnte.

Er ging zur Ecke und blieb ein paar Schritte
vor ihr stehen. „Möchtet Ihr mit mir tanzen,
Milady?" Er hatte keine Ahnung, ob sie einen
Titel hatte, beschloss aber, auf Nummer sicher
zu gehen.

Er wollte ihre Stimme hören, ihrem Lachen
lauschen und ein Lächeln in ihre Augen und auf
ihre Lippen zaubern.

Er bekam nichts dergleichen.

Sie schüttelte den Kopf und blickte über seine
Schulter, offensichtlich nicht interessiert.

Er würde sich nicht ignorieren lassen. „Ihr

wollt wirklich den bestaussehendsten Mann auf der ganzen Burg ignorieren?"

Sie ignorierte ihn auf jeden Fall und starrte immer noch über seine Schulter.

„In den gesamten Highlands?"

Sie schwenkte ihren Blick zurück zu ihm und starrte ihn an. „Bitte geht."

Er sah nicht einmal ein Zucken ihrer Lippen. Alle anderen kicherten über seine Scherze und Neckereien. Warum nicht sie?

„Gut. Ihr habt Recht, also gebe ich es zu. Es ist wahr, dass ich in der Tat der bestaussehendste und stärkste Krieger in ganz Schottland bin."

Nichts.

„England? Der Welt?"

Immer noch nichts.

„Dann muss ich der hässlichste Mann hier sein." Alick schielte, streckte die Zunge zur Seite und lachte. Der Laut sollte ein meckerndes Schaf imitieren.

Er sah es. Nur ein winziges Zucken ihrer Mundwinkel, obwohl sie sich schnell fing.

„Ihr könnt das nicht zurücknehmen", sagte er und entspannte seine Miene wieder. „Ich habe es gesehen. Ihr habt fast gelächelt."

Sie seufzte, milder gestimmt dank seines Charmes, dachte er zumindest. Wünschte er es sich? „Vergeben Sie mir, aber ich bin nicht am Tanzen interessiert. Ich tanze nicht."

„Ich heiße Alick. Dein Name, Mädchen?"

Sie seufzte erneut, nicht ganz so tief, und sagte dann: „Branwen Denton. Mein Onkel ist der Earl of Thane, ein benachbarter Laird, und ich bin nur hier, um meinen jüngeren Bruder im Auge zu behalten. Ich darf mit niemandem tanzen oder mich unterhalten."

„Nachbarn also?", fragte er und dachte an die nächstgelegenen Clans. Er brauchte einen Moment, um dem Namen einen Ort zuzuordnen. „Ungefähr zwei Stunden von hier?" Nicht gerade ein benachbarter Clan, aber auch nicht weit weg. Ihre Einschätzung ließ ihn drauf schließen, dass sie selten außerhalb von Thane reiste.

Sie nickte, sagte aber nichts, sondern wandte den Blick wieder ab. Angst flackerte in ihren Augen auf, als ihr Blick über die Tanzenden schweifte.

Vor wem hatte sie Angst?

Er schwor sich, es herauszufinden.

Branwen sah sich nach ihrem Bruder um, fand ihn jedoch nicht. Mit seinen zehn Wintern geriet er oft in Schwierigkeiten, daher die Entscheidung ihres Vaters, sie mitzunehmen. Feste der Grants zogen immer viele Besucher unter denen an, die so weit in den Highlands lebten. Bevor ihre Mutter gestorben war, waren sie gelegentlich gekommen, doch sie hatte Thane Land seit dem Tod ihrer Mutter vor zwei Jahren kein einziges Mal verlassen. Wenn ihr Vater irgendwohin ging, wurde sie normalerweise mit einer ganzen Liste von Aufgaben zu Hause gelassen.

Sie fragte sich oft, was schlimmer war – Hausarbeit oder Zeit mit ihrem Vater verbringen zu müssen?

Ihre Erinnerungen an Grant-Feste waren dominiert von harten Highland-Kriegern. Sie hatte es geliebt, die Wettbewerbe zu sehen, was ihr Vater schon damals missbilligt hatte, doch bei ihrem letzten Besuch auf Grant Land, wahrscheinlich vor drei Jahren, hatten sie und ihre Mutter sich weggeschlichen, um die Krieger von der Mauer aus zu beobachten. Stundenlang hatten sie Schwertkämpfe, Baumstammwerfen und Reiten beobachtet. Ihre Mutter hatte auf einige Männer hingewiesen, die eines Tages akzeptable Ehemänner für sie sein könnten, doch Branwen erinnerte sich nicht mehr an sie. Von oben hatten sie alle gleich ausgesehen. Die meisten waren große und breitschultrige Jungen, laut und wild. Damals hatte sie sie nicht anziehend gefunden.

Jetzt verstand sie den Reiz. Doch sie zwang sich, den gutaussehenden Mann vor sich zu ignorieren und nach ihrem Bruder zu sehen, dem Grund, warum sie hier war.

Roy liebte es, zu tanzen, und sie fand ihn schließlich umringt von mehreren älteren Mädchen, denen er eine Show lieferte. Ihr Vater schien nicht im Saal zu sein, und sie vermutete, dass er wahrscheinlich draußen im Hof war, wo die Männer oft über König Edward und den schottischen König Robert the Bruce diskutierten, Gespräche, für die sie „zu sehr eine von den Weibsleut war, um sie zu verstehen". Zumindest sagte ihr Vater das.

Sie versuchte, den großen Highlander vor sich nicht anzusehen, doch sein Lächeln war eine ziemliche Versuchung. Es hatte etwas in ihr geweckt. Sie hatte noch nie einen so gut-aussehenden Mann gesehen, von seinen langen kastanienroten Haaren bis zu seinen grünen Augen, die vor Lachen tanzten. Sicher hatte er die breitesten Schultern, die sie jemals gese-hen hatte, obwohl die Grant-Krieger alle große Männer waren, viel größer als die Männer auf der Burg ihres Onkels. Keiner der Männer, die außerhalb der Mauern des Schlosses kämpften, hatte sie bei ihrem letzten Besuch angezogen.

Dieser Mann ... sie konnte ihren Blick kaum von ihm abwenden.

Außerdem hatte er sie beinahe zum Lachen gebracht. Und das war etwas, das sie nicht mehr tat.

Ihr Lachen war ausgetrocknet, nachdem ihre liebe Mutter vor zwei Jahren verstorben war.

Sie hatte bereits das Lachen dieses Man-nes durch die Gänge gehört – er hatte ein paar junge Mädchen geärgert, indem er sie lächer-lich schnell gedreht hatte, und sie hatten ihn dafür geliebt. Sie wollte mitmachen, doch selbst wenn ihr nicht befohlen worden wäre, für sich zu bleiben und ihre Pflicht zu erfüllen, hätte sie es nicht gewagt, aus Angst, dumm auszusehen. Sie wusste nicht, wie man sich so verhielt – als hätte man keine Sorgen auf der Welt. Sie hatte leider viele.

Hatte ihre Mutter ihr nicht gesagt, dass sie einen warmherzigen Highlander heiraten würde? Einen Mann wie ihn? Einen wie die Männer, die vor Jahren außerhalb der Burgmauern gegenein-ander angetreten waren?

Natürlich war dieser Traum längst verflogen. Jetzt, wo ihre Mutter nicht mehr war, war sie für ihre beiden jüngeren Brüder kaum mehr als ein Kindermädchen und eine Magd.

Vielleicht konnte sie diesem hübschen Krieger wenigstens einen Tanz gewähren. Es wäre ihre Gelegenheit herauszufinden, wie es sich anfühlte, bewundert zu werden. Spaß zu haben. Wenn ihr Vater sie erwischte, würde sie dafür bezahlen. Tatsächlich begannen ihre Handflächen bei dem Gedanken daran zu schwitzen. Doch dieses Gefühl des Erwachens war verlockend – als ob etwas in ihr aufgebrochen wäre, wie die allererste Frühlingsblüte, die durch den Schnee spähte. Es flehte darum, die Gelegenheit zu bekommen, etwas Neues zu sein.

Vielleicht war es das Risiko wert.

Vielleicht war *er* das Risiko wert.

Sie flüsterte: „Nur einen. Bring mir bei, wie man tanzt." Sie streckte die Hand aus und sagte: „Aber wir müssen ruhig sein, bitte. Bist du ein Grant?"

„Ich bin der Sohn von Finlay MacNicol und Kyla Grant. Und ich bin der beste Tänzer, den du jemals treffen wirst", sagte er mit einem Augenzwinkern. „Komm, Branwen, und du wirst sehen."

Sie folgte ihm, doch er brachte sie ihrem Bruder viel zu nahe. Sie beugte sich vor und sagte, während sein angenehmer Geruch sie lockte, noch näherzukommen: „Da drüben. Ich möchte nicht, dass mein Vater mich sieht."

Er nickte, zog sie hinter sich her und stieß ein

paar Tänzer aus dem Weg. Als sie anhielten, nahm er sich einen Moment Zeit, ihr die Schritte zu zeigen. Sie schienen einfach genug zu sein, also begann sie, sich mit der Musik zu bewegen, und spürte dabei den Schmerz der Unsicherheit.

„Du hast es", sagte Alick. „Jetzt tanz mit mir."

Die Musik war lebhaft und schnell, und Alick zeigte ihr weitere Schritte, bis sie sich drehten und zusammen lachten. Ihr Herz war erfüllt von der Freude an der Musik, der Bewegung und Alicks strahlendem Lächeln. Sein Haar fiel ihm bis auf die Schultern – glatt mit nur einer Spur von Wellen, und seine grünen Augen tanzten mindestens genauso viel wie seine Füße. Sie hatten einen Glanz, dem das Versprechen eines glücklichen Herzens innewohnte. Oh, wie sie wünschte, dieser Moment könnte ewig dauern!

Für einige Momente war es, als wären sie die einzigen im Saal, nur Alick und Branwen, die zur Musik wirbelten, den Rhythmus spürten und einander in die Augen sahen. Das war ein Moment, den sie nie vergessen würde. So fröhlich, dass sie beinahe vergaß, wo sie war und vor allem, wer um sie herum war.

Und dann passierte das Schlimmste. Die dröhnende Stimme ihres Vaters, Arnald Denton, polterte von der Tür am anderen Ende über den Saal. „Wie kannst du es wagen!" Sein Gebrüll ließ alle Tänzer mitten im Schritt innehalten, und sogar der Lautenspieler hörte auf zu spielen.

Er marschierte durch den Saal und stieß andere in seiner Eile aus dem Weg, um zu ihr zu gelangen. Als er sie erreichte, holte er zu einer

Ohrfeige aus. Sein gedrungener Körper zitterte von einer heftigen Wut, die sie nur allzu gut kannte.

Branwen schloss die Augen, weil sie gelernt hatte, dass Hinsehen es noch schlimmer machte. Weinen auch. Wenn sie das tat, würde er sie das nächste Mal nur härter schlagen.

Nur, dass gar nichts geschah. Sie öffnete die Augen und fand Alick mit seiner Hand am Handgelenk ihres Vaters. Er hatte den brutalen Schlag abgefangen, bevor er sie treffen konnte.

Das Feuer in Alicks Blick erwärmte ihr Innerstes.

Sie hatte ihren Helden gefunden.

„Wie kannst du es wagen! Lass meine Hand los", stieß ihr Vater durch zusammengebissene Zähne hervor.

„Ich werde es tun, wenn Ihr versprecht, Eure Tochter nicht zu schlagen. Ich gehe davon aus, dass sie Eure Tochter ist, doch sicher bin ich nicht." Er überragte ihren Vater, doch es schien den Mann, den sie zu hassen begann, nicht zu erschrecken.

„Sie ist meine Tochter, und ich werde sie behandeln, wie es mir passt." Die Wut in seinen braunen Augen wuchs.

„Ihr behandelt Euer eigenes Blut so grausam? Und wofür, fürs Tanzen? Nicht hier und nicht vor mir."

Ihr Bruder erschien hinter ihrem Vater. „Sie hat getanzt und gelacht, Papa. Ich habe sie gehört. Und ihre Röcke sind auch geflogen."

„Wer zur Hölle bist du?", fragte Alick und

wandte sich abrupt der Stimme zu.

„Sprich nicht so mit meinem Sohn. Du wirst ihn respektieren", warnte ihr Vater und versuchte, seine Hand aus Alicks festem Griff zu ziehen. „Lass mich sofort los."

„Ihr wollt Respekt für Euren Sohn, aber respektiert selbst Eure Tochter nicht?", fragte er empört. „Ich lasse Euch gerne los, wenn Ihr versprecht, Eure Tochter nicht zu schlagen, und schwört, es nie wieder zu tun. Denn wenn Ihr das tut, werfe ich Euch über meine Schulter und werfe Euch persönlich zu unseren Toren hinaus. Ich kann in ihren Augen sehen, dass Ihr es schon zuvor getan habt. Sie hat sie geschlossen, um nicht sehen zu müssen, wie Ihr Schlag sie trifft."

„Lass mich sofort los", wiederholte er, und das Knurren wurde wütender.

„Papa, ich denke Branwen mag ihn", sagte Roy mit einem gehässigen Grinsen im Gesicht. Ihr eigener Bruder genoss es, sie bestraft und beschimpft zu sehen, obwohl er nie etwas anderes als Lob erhielt.

Ein großer Mann mit dunklen Haaren schob sich durch die Menge an Alicks Seite. „Laird Connor Grant. Was ist das Problem, Denton?"

„Dieser Mann will mich nicht loslassen." Er nickte in Alicks Richtung, sein Blick kaum gezügelte Wut. „Ich kenne ihn nicht, doch ich schlage vor, dass du ihn rauswirfst. Er hat mich nicht so zu behandeln."

„Ich werde ihm sagen, dass er deine Hand loslassen soll, doch wenn du sie erneut hebst, wirst du dich mit mir auseinandersetzen müssen. Du wirst in meiner Gegenwart oder auf meiner Burg kein Mädchen schlagen. Ist das klar?" Der Laird stand kampfbereit da, der Stand breit, die Hände in den Hüften, als er auf ihren Vater hinabblickte.

Neben zwei beeindruckenden Highlandern wirkte ihr Vater unendlich kleiner, doch er fühlte sich eindeutig im Recht, seine Tochter so disziplinieren zu dürfen, wie er es für richtig hielt. Trotzdem war Connor Grant der größte Mann, den sie jemals gesehen hatte, und ihr Vater war zu schlau, um zu versuchen, in seinem eigenen Saal, umgeben von seinen eigenen Kriegern, gegen ihn zu kämpfen.

Sie wollte nur ein bisschen Freude in ihrem Leben haben, doch jetzt waren alle Augen auf sie gerichtet. Branwen kämpfte gegen Tränen, als sie sah, wie ihr Vater Connor Grant zunickte und seine Bedingungen akzeptierte. Für den Moment.

Das würde sich alles ändern, sobald sie in ein oder zwei Tagen nach Hause zurückkehrten. Sie würde vermuten, dass er Halt machen würde, sobald sie das Land der Grants verlassen hatten, um sie zu bestrafen. Es würde wahrscheinlich mehr Schläge geben, weil der erste verhindert worden war.

Nun, es war den Tanz mit Alick wert gewesen, um zu sehen, wie er die Hand ihres Vaters zurückgehalten hatte, wenn auch nur kurz.

Ehe sie sich's versah, wurde sie brutal in die Ecke des Saals zurückgerissen. Ihr Vater wachte über sie, sein ganzer Körper strahlte Wut aus. „Ich würde dich gerne nach Hause prügeln, doch ich werde in diesen unsicheren Zeiten nicht im Dunkeln reisen, und ich werde meinen Jungen nicht wegen deines schlechten Urteilsvermögens leiden lassen. Du wirst bleiben, wo ich es dir sage."

Es gab noch einen anderen Grund, warum er bleiben wollte, wenn sie wetten sollte. Sie fragte sich, welche Anziehungskraft dieser Ort auf ihren Vater hatte.

Konnte er nach einer neuen Gemahlin suchen?

Doch der Gedanke hielt ihr Interesse nicht aufrecht. Es war ihr egal, was er tat oder aus welchem Grund.

Sie war gerade dem Mann ihrer Träume begegnet, dem Ritter, der sie vor einem brutalen Schlag ihres Vaters bewahrt hatte.

Zumindest hatte sie einen kleinen Vorgeschmack darauf bekommen, was es hieß, verliebt zu sein.

Kapitel Zwei

BRANWEN STAND NEBEN ihrem Vater und hielt die Augen niedergeschlagen, wie er es vorzog, doch sie ließ ihre Gedanken zu den Tanzschritten wandern, die Alick ihr beigebracht hatte. Wie sie mit ihm durch den Saal geschwebt war, hatte sie sich so frei gefühlt. Als würde sie fliegen.

„Beweg dich nicht hier weg", schnauzte ihr Vater und drang in ihre verträumten Gedanken ein. Sie sah erleichtert zu, wie er ging, um sich einer kleinen Gruppe von Männern anzuschließen. Sie standen nur einen Moment da, bevor ein älterer Mann sie irgendwo anders hinführte.

Alick erschien aus dem Nichts und streckte die Hand aus. „Komm, er ist nicht hier. Gönn dir noch ein bisschen Spaß."

Sie lächelte. Der Gedanke gefiel ihr, doch sie fürchtete die möglichen Auswirkungen. Sie zögerte, überlegte, was sie tun sollte, und starrte in sein freundliches Gesicht.

Er verdrehte die Augen und sagte: „Ich habe vergessen, du bist lieber bei deinem Vater als bei mir, nicht wahr?"

„Nein", flüsterte sie. Ihre Gedanken kehrten zu der Freude zurück, die sie beim Tanzen mit diesem Mann empfunden hatte – und wie es ihr geholfen hatte, für einen Moment den Schmerz und die Scham dieser letzten Jahre zu vergessen. Sie entschied schnell, dass noch ein paar Minuten mit Alick MacNicol jede Bestrafung wert sein würde.

Sie nahm seine Hand.

„Dann komm mit mir", sagte er, und seine Augen leuchteten, als er sie zu und durch die Tür zog. „Ich lasse sie offen, damit wir die Musik hören können. Wir können unter dem Sternenhimmel tanzen." Er fand einen großen Stein, lehnte ihn gegen die Tür und hielt sie damit offen. Dann nahm er wieder ihre Hand und führte sie einen Weg hinunter in einen Garten, wo sie von niemand anderem gesehen werden konnten.

„Dort. Siehst du, niemand ist hier. Diesmal können wir einen anderen Tanz versuchen."

Sie nickte, doch sie kannte keinen anderen Tanz als den, den er ihr gezeigt hatte. „Du musst mir helfen."

Er demonstrierte ein paar neue Schritte, und bald tanzten beide so schnell, dass sie befürchtete, über ihre eigenen Füße zu stolpern. „Das ist nicht sehr nett von dir", bemerkte er und sah sehr ernst aus.

„Was?", fragte sie verwirrt, besorgt, dass sie ihn beleidigt hatte.

„Du tanzt besser als ich." Dann lachte er. „Es war ein Scherz. Sei nicht immerzu so ernst."

Sie lachte mit ihm und tanzte weiter. Sie tanzten, bis beide atemlos waren, doch dann schallte die Stimme ihres Vaters über den Hof.

„Branwen? Komm sofort zurück!"

Ihre Augen weiteten sich, und der Befehlston ließ sie erstarren. Sie starrte Alick an und wünschte, ihre gemeinsame Zeit wäre nicht so kurz gewesen. Sie würde zurückkehren und ihre Bestrafung akzeptieren müssen. Sie ließ ihre Schultern hängen und drehte sich langsam um, doch dann kam ihr etwas in den Sinn, was ihre Mutter vor langer Zeit gesagt hatte. „Einige Gelegenheiten werden dir nur einmal begegnen, Mädchen. Du musst das Beste aus dem machen, was der Herr dir gibt. Wenn er dir ein Geschenk gibt, lehne es nicht ab."

Ihr Vater war bereits wütend. Was würde es ausmachen, wenn sie etwas länger draußen bleiben und ein bisschen Zeit mit Alick Grant verbringen würde? Sie würde ihn wahrscheinlich nie wieder sehen.

Ein Windstoß kam aus dem Nichts und brachte sie zum Kichern, etwas, das sie seit dem Verlust ihrer Mutter sehr selten getan hatte.

Sie hatten beide den Wind geliebt, und obwohl ihr Vater sie als verrückt bezeichnet hatte, hatten sie manchmal mit ausgestreckten Armen draußen gestanden, wenn die Luft herumwirbelte, als wollten sie sie umarmen. Ihre Mutter hatte immer gesagt, dass sie es am liebsten mochte, wie der Wind ihre Röcke peitschte. Genau wie dieser Wind jetzt ihre bewegte. Es fühlte sich an, als würde ihre Mutter ihr einen kleinen Schubs geben, um das Geschenk anzunehmen, das ihr gegeben worden war. Sie entschied sich, sah Alick an und nickte ihm zuversichtlich zu. „Ja, ich werde dir folgen."

Alicks Gesicht leuchtete sogar im Dunkeln auf. „Wir gehen auf unser eigenes Abenteuer und fangen mit dem Erklimmen der Ringmauer an."

Er sah sie mit begeisterter Miene an und bat sie dann. „Komm, du wirst es tun, nicht wahr? Ich werde dir helfen, ganz nach oben zu kommen. Auf der anderen Seite runterspringen ist leicht."

Sie gingen zur Ringmauer. Als sie sich der Wand näherte, sagte er: „Du musst dein Kleid zusammenbinden, sonst kann es reißen." Er zeigte ihr, wie man es tat, ohne sie zu berühren, und sie folgte seinen Anweisungen und sagte: „Wie komme ich da hinauf?"

Er sagte: „Der Baum da drüben. Klettere auf diesen Ast." Er deutete darauf. „Ich gehe diesen Baum hoch und gehe vor dir her."

Es war so lange her, dass sie auf einen Baum geklettert war, doch der, den er ihr gezeigt hatte, sah aus, als wäre er leicht zu besteigen, und sie tat, was er vorgeschlagen hatte. Er kletterte seinen Baum hinauf und sprang so schnell von ihm auf die Mauer, dass es sie erschreckte.

Er lachte. „Schau nicht so überrascht. Meine Cousins und ich haben das andauernd gemacht, als wir jünger waren. Wir haben geübt, den Engländern zu entkommen. Dyna hat immer gewonnen."

„Wer ist Dyna?"

„Das einzige Mädchen in unserer Gruppe. Ihr Haar ist fast weiß, und sie ist die beste Bogenschützin, die ich je gesehen habe." Er streckte ihr seine Hand entgegen, und sie nahm sie und ließ sich von ihm helfen.

Alick ging zuerst in die Knie und bedeutete ihr dann zu springen. Er fing sie auf, und seine Arme umschlangen sie für einen köstlichen Moment, dann hob er seinen Finger an ihre Lippen, weil ihr Vater auf der anderen Seite nach ihr suchte und ihren Namen rief.

Als er gegangen war, ließ Alick sie herunter und sie eilten im Dunkeln weiter, kicherten und geboten einander gegenseitig, still zu sein, bis sie eine weitläufige Wiese erreichten.

„Einen Wettlauf?", schlug Alick vor und zog eine Augenbraue hoch.

„Den wirst du gewinnen", sagte sie, „selbst wenn mein Kleid geknotet ist. Ich renne nicht oft, weil ich nicht darf."

Ein dunkler Blick huschte über sein Gesicht, und dann war er weg. „Dein Vater ist dumm. Dyna ist die schnellste von uns. Mädchen können alles." Er nahm ihre Hand, und sie rannten gemeinsam, bis sie zu einem Bach kamen.

Das Mondlicht war wunderschön und reflektierte das Wasser, das über die Felsen sprudelte. Sie bückte sich und ließ ihre Hand das kühle Wasser auffangen, um sich zu erfrischen. Sie spritzte sich etwas in ihr Gesicht und wusch sich die Hände. „Autsch", sagte sie und spähte auf ihre Hand.

„Tut dir was weh?", fragte Alick und trat an

ihre Seite.

„Ich habe einen Splitter in der Hand. Muss vom Klettern sein."

Er ergriff ihre Hand, betrachtete sie und neigte sie zum Mondlicht. „Ich sehe es. Lass mich deine Hand trocknen, dann lässt er sich leichter herausziehen." Er studierte sorgfältig den Splitter und sagte dann: „Du duftest gut, wie Wildblumen auf der Wiese."

„Du duftest auch gut."

Er lachte und sagte: „Ich bezweifle das nach all dem Laufen. Ich stinke wahrscheinlich eher wie eine Gruppe von Kriegern, die gerade von einem Gefecht zurückgekehrt sind." Dann sah er sie schelmisch an und sagte: „Oder dufte ich auch nach Wildblumen?"

Sie schüttelte den Kopf und lächelte, genoss die unbeschwerte Unterhaltung, seine Scherze. In ihrem Leben gab es so wenig Humor. Er benutzte seine Fingernägel, um den Splitter herauszuziehen, und küsste anschließend ihre Handfläche.

„Na bitte. Alles gut."

Genau wie ihre Mutter es früher getan hatte. Und er hatte genau dieselben Worte verwendet. Sie hatte das seltsame Gefühl, dass ihre Mutter von oben über sie wachte.

Ihr Herz pochte in ihrer Kehle, als sie ihn ansah und er die Hand ausstreckte, um ihre Wange zu berühren. „Du bist ein wunderschönes Mädchen. Es tut mir leid, dass du einen so grausamen Vater hast. Wenn ich dich nicht bald zurückbringe, wird mein Vater mich auch anschreien."

Ihr ganzer Körper prickelte, als sie so nah bei ihm stand. Er war so stark, so muskulös. Dann überraschte er sie völlig, indem er sich bückte und ihr einen keuschen Kuss auf die Lippen drückte. Sein Mund war warm und süß, und sie hatte keine Ahnung, wie sie reagieren sollte.

„Dein erster Kuss?"

Sie nickte verlegen. Doch er ignorierte es und sagte: „Komm, wir gehen durch das Tor zurück.

Wie sie sich wünschte, dass dieser Moment niemals enden würde. Dass sie einfach in ein anderes Leben rennen könnten. Eines, in dem weder ihr Vater noch einer ihrer Brüder eine Rolle spielte.

Nur Alick.

Ihr Vater wartete vor den Toren auf sie, sagte aber nichts.

Alick hob warnend eine Hand. „Was auch immer Ihr tut, Ihr werdet sie nicht schlagen. Es war meine Idee, einen Spaziergang zu machen. Ich wollte ihr mehr von unserem Land zeigen."

Ihr Vater hatte einen anderen Mann mitgebracht. Ein Fremder für sie.

„Geh", sagte er zu Alick. „Ich will allein mit meiner Tochter sprechen."

Alick konnte es ihm kaum verwehren, darum ging er. Sie blickte ihm nach, und bemerkte die Muskeln in seinem Rücken, über denen sich der Stoff seiner Tunika spannte. Einmal warf er einen Blick über seine Schulter und zwinkerte ihr zu.

Das ließ ihr Herz höher schlagen. Ihr Vater führte seinen Begleiter ein Stück weg und sprach

leise mit ihm, bevor er mit ihm zu ihr zurück-
kehrte. Der Fremde war viel älter als sie, sein
braunes, welliges Haar brauchte dringend eine
Wäsche, und er starrte sie so hungrig an, dass
ihre Haut prickelte – jedoch nicht auf eine ange-
nehme Art und Weise.

„Tochter, das ist Osbert Ware. Er braucht eine
Frau, weil seine vor einem halben Jahr gestorben ist. Er hat um deine Hand angehalten, und
ich habe angenommen. Du wirst in zwei Wochen
heiraten."

Branwens Herz hörte auf zu schlagen, da
war sie sich sicher. Sie erwiderte den Blick des
Mannes, und ihre Haut prickelte von tausend
Mücken, die alle darauf aus waren, sich in ihre
Haut zu graben und zu graben, bis sie um Gnade
schrie.

Ihr fiel keine Erwiderung ein, sie war zu fassungslos, nachdem sie das Wort *heiraten* gehört
hatte. Ihr Vater hatte bisher nie von einer Ehe
gesprochen. Sie war erst neunzehn Jahre alt und
verbrachte die meiste Zeit damit, sich um ihre
Brüder zu kümmern.

„Sei gegrüßt, Branwen", sagte Osbert mit
einem Grinsen. „Ich bin sicher, du wirst mir
dienlich sein."

„Mein Herr", war alles, was sie herauszwin-
gen konnte.

Osbert sagte: „Ich habe vier junge Töchter und
zwei Söhne, die jemanden brauchen, der sich um
sie kümmert, während ich mit meinen Pächtern
meine Geschäfte mache. Kochst du?"

Sie hatte keine Ahnung, wie sie seine Frage

beantworten sollte. Obwohl sie die letzten Jahre damit verbracht hatte, sich um ihre Brüder zu kümmern – der Jüngste erst fünf –, konnte sie sich nicht vorstellen, sechs Kinder zu beaufsichtigen. Und kochen? Das hatte sie noch nie getan. Sie lebten auf einer Burg mit Bediensteten, einschließlich der Magd, die bei ihrem kleinen Bruder geblieben war, damit sie diese Reise machen konnten.

„Branwen wird eine gute Gemahlin für dich sein", antwortete ihr Vater. „Was sie nicht weiß, wird sie lernen. Kochen, putzen, Wäsche waschen, sich um deine Kinder kümmern. Sie wird dir gehorchen und eine gute Gemahlin sein." Er warf ihr einen seltsam selbstgefälligen Blick zu, als wollte er sagen, dass dies ihre Strafe für ihre Zeit mit Alick war.

Ihr eigener Vater wollte sie dafür bestrafen, dass sie sich wie ein junges Mädchen benahm, wie alle anderen Mädchen auf der Burg. Wann hatten sich seine Gefühle für sie in Hass verwandelt?

Doch sie wusste bereits die Antwort: Es hatte an dem Tag begonnen, an dem ihre Mutter gestorben war. Er hatte sie so behandelt, als wäre sie diejenige, die seine Gemahlin getötet hatte.

Der Fremde streckte die Hand nach ihr aus, hielt jedoch inne. Er wandte seinen Blick wieder ihrem Vater zu und fragte: „Dürfen wir tanzen?"

Vielleicht fürchtete Osbert Ware ihren Vater genauso wie sie.

Ihr Vater schüttelte den Kopf, und seine Lippen verzogen sich zu einer dünnen Linie. „Sie wird an meiner Seite bleiben, als Strafe dafür, dass sie ohne meine Erlaubnis Zeit mit einem jungen Mann verbracht hat."

Osbert beugte sich vor und sagte: „Du wirst bald in meinen Armen sein, Mädchen. Ich werde dir helfen, diesen strammen Grant-Jungen zu vergessen." Seine Augen funkelten sie über seinem Grinsen an, voller widerlicher Versprechungen, dann ging er ihnen voraus in den Palas.

Blankes Entsetzen erfüllte Branwen. Sie musste ihren Vater davon überzeugen, dass sie nicht zueinander passten. Oder dass es zu früh war, um zu heiraten. Oder dass er sie immer noch brauchte, um auf ihre Brüder aufzupassen. Alles, was verhindern konnte, diesen Mann zu heiraten.

„Heirat, Papa?", fragte sie. „So früh?"

Ihr Vater wandte sich von ihr ab in Richtung Palas. Ohne sie anzusehen, sagte er: „Er hat eine ordentliche Summe für dich geboten. Er braucht dringend Hilfe. Ich bin sicher, du wirst in kürzester Zeit sein Kind zur Welt bringen."

Dann sagte er die härtesten Worte, die er jemals gesagt hatte.

„Du bist für mich nicht mehr von Nutzen."

Auf dem Rest des Weges in den großen Saal sprachen sie kein Wort. Ihr Vater trat zuerst ein, und sie folgte ihm und bemühte sich, die Tränen zurückzuhalten.

Sie hatte die ganze Zeit gewusst, dass ihr Vater sie nicht liebte. Doch eine so schreckliche Ehe für sie zu arrangieren? Sie wegzuwerfen, als wäre sie wertlos? Oh, es war zu grausam, als dass sie es ertragen konnte.

Ihr Blick suchte den schönen Mann mit den dunkelroten Haaren. Er stand auf der anderen Seite des Raumes, doch sein Blick begegnete schnell ihrem. Wie sehr sie wünschte, er würde sie von dieser harten Existenz befreien und in das wundervolle Leben führen, das ihre Mutter ihr verheißen hatte.

Vielleicht war es Zeit, etwas Verzweifeltes zu tun, etwas, das niemand von ihr erwarten würde.

Sie würde weglaufen müssen.

KAPITEL DREI

ALICK KONNTE SEINE Augen nicht von Branwen abwenden – oder die süße Berührung ihrer Lippen vergessen. Ihre weichen Kurven waren mit ihm verschmolzen, als er sie beim Sprung von der Mauer aufgefangen hatte. Es hatte ihn überrascht, als ihm bewusst geworden war, dass er sie so in seinen Armen halten wollte, nah an seinem Herzen.

„Was schaust du?", fragte sein Bruder und schob sich neben ihn. Broc, achtzehn Jahre alt, fand immer noch alles unterhaltsam, was sein Bruder tat.

Alick blickte in Richtung der hintersten Ecke und wartete darauf, ob ihr Bastardvater es wagte, sie vor allen Gästen zu schlagen.

Broc begegnete seinem Blick und fragte: „Wer ist er? Ich habe ihn hier noch nie gesehen. Oder sie. Sicher würde ich mich an ein so süßes Gesicht erinnern."

Diese letzte Bemerkung sagte er in einem neckenden Ton. Alick hob sein Kinn ein wenig, als er seine Aufmerksamkeit auf seinen Bruder richtete. „Ich weiß, dass du scherzt, aber lass es.

Dieser Mann will sie schlagen, und ich werde das nicht zulassen, solange sie hier sind." Er warf seinem Bruder einen warnenden Blick zu.

„Warum sollte er sie schlagen?"

„Manche Männer brauchen keinen Grund. Er hat vorhin versucht, sie vor mir zu schlagen, nur, weil sie getanzt hat", sagte er und starrte wieder in die Ecke. „Wir haben draußen gesprochen, und ich fürchte, er wird sie dafür bestrafen. Ich werde ihn beobachten müssen."

„Fürs Reden? Ist das ein Verbrechen für ihn?" Broc lachte. „Wie ist mir das alles entgangen? Ich war nur kurze Zeit draußen, um mich zu erleichtern. Ich wünschte, er würde es nochmal versuchen."

Alick sah ihn an und sagte: „Du vielleicht, aber ich nicht. Selbst wenn es mich sehr befriedigen würde, diesen Mann zu schlagen."

Sein Bruder nickte und musterte ihn. „Eine Begegnung mit ihr, und du bist so? Das ist nicht möglich."

„Ist es schon. Und bevor du dumme Fragen stellst, werde ich mein Bestes geben, es dir zu erklären. Ich weiß nicht, warum ich mich zu ihr hingezogen fühle, doch ich fühle mich wie ein Rindvieh auf der einen Seite eines Zauns, während sie auf der anderen unerreichbar ist. Ich will auf ihrer Seite sein."

Broc verdrehte die Augen. „Warum nicht ein Mädchen auswählen, dessen Vater dich nicht hasst? Ein Mädchen ist wie das nächste."

„Da du erst achtzehn bist, würde ich keine andere Antwort von dir erwarten. Deine Zeit wird kommen. Sieh dir Papa an, er hat immer noch Augen für keine außer Mama."

Broc lachte. „Das weiß ich. Papa folgt ihr so, als würde sie ein Fasanenbein halten und Fleischstückchen abreißen und fallen lassen."

Beide lachten über dieses Bild, doch dann sagte Alick: „Ich hoffe, dass Mama sich bald besser fühlt. Ich weiß nicht, warum sie im Bett ist, aber ich mag es nicht."

„Papa auch nicht", sagte Broc. „Er geht nur auf und ab, wenn sie krank ist. Erinnerst du dich, als sie mit Chrissa schwanger war? Das war vor fast dreizehn Jahren. Er war so krank vor Sorge, dass ich gehofft habe, sie würde nie wieder schwanger werden."

Alick sah seinen Bruder mit großen Augen an. „Du denkst nicht ..."

„Nein, Mama ist zu alt." Beide hielten inne, um über die Möglichkeit nachzudenken. „Oder nicht?"

Alick schüttelte den Kopf, eilte dann zu Onkel Connor und beugte sich vor, um zu flüstern: „Onkel, ist Mama schwanger?"

Onkel Connor spuckte beinahe sein Getränk aus, und Tante Sela kicherte. „Kyla schwanger?"

Onkel Connor sagte: „Nein, sie hat nur Kopfschmerzen. In ein paar Tagen geht es ihr wieder gut." Doch dann warf sein Onkel Tante Sela einen Blick zu, die mit den Schultern zuckte, als wollte sie zugeben, dass es möglich wäre.

Das regte Alick noch mehr auf, darum eilte er aus der Tür hinaus, da er wusste, dass Dyna auf dem Bogenschießstand direkt vor dem Tor üben

würde. Tag und Nacht übte sie und benutzte bei
ihren Übungen nach Einbruch der Dunkelheit
Fackeln als Lichtquelle. Er ignorierte alle, an
denen er vorbeiging, eilte zum Feld und rief, als
er sich Dyna näherte.

Ihr Schuss ging weit.

„Was zum … Alick?", schrie sie.

„Tut mir leid. Ich muss mit dir sprechen. Es ist
Nacht, oder hast du das nicht bemerkt?"

„Ja, aber du hast Recht. Ich muss nachts nicht
üben, weil sowieso niemals jemand nachts
kämpft, nicht wahr?"

Alick musste grinsen. Er hatte ihren trockenen
Humor immer geschätzt, da der seines Vaters
ähnlich war. Er wartete, in der Hoffnung, dass er
zu weit weg war, als dass sie sich revanchieren
könnte, weil er ihren Schuss gestört hatte, etwas,
das sie hasste.

Dyna war auch Teil der Highlandschwerter-
Gruppe. Alick, Alasdair und Elshander waren
alle in derselben Nacht geboren worden. Dyna
war ungefähr anderthalb Jahre jünger als sie,
doch sie war oft für die Gruppe verantwortlich,
weil sie das unheimliche Wissen eines Sehers
besaß und eine ausgezeichnete Bogenschützin
war.

Eine Bogenschützin, die ihr Handwerk sehr
ernst nahm. Sie wirbelte herum und starrte ihn
an, ihre Lippen zu einer dünnen Linie zusammengepresst. „Gut, ich höre auf. Was hat dich so
aufgeregt? Überleg es dir genau, bevor du mir
antwortest."

„Mutter." Er trat zurück und gewährte ihr den

Abstand, den sie brauchte, um sich nach ihrem schlechten Schuss zu beruhigen.

Sie seufzte und zog an ihrem langen Zopf aus fast weißen Haaren. „Alick, deiner Mutter wird es bald wieder gut gehen. Lass sie sich ausruhen, und sie wird sich bald besser fühlen."

„Ich hoffe es, doch mir ist noch etwas anderes eingefallen." Er warf einen Blick über seine Schulter und war froh zu sehen, dass Broc der Einzige hinter ihm war. Er wollte nicht belauscht werden. Solche Dinge sprachen sich im Clan schnell herum. „Du bist weltgewandter als ich oder Broc. Glaubst du, Mama ist schwanger?"

Dyna blieb stehen und stemmte ihre Hände in ihre Hüfte. Ein kleines Grinsen huschte über ihr Gesicht. „Du scherzt wie immer. Schwanger? Deine Mama ist zu alt. Sie ist über vierzig Sommer."

„Bist du sicher?" Wie er hoffte, dass sie sicher war.

„Ja, ich bin sicher. Frauen über vier Jahrzehnte bekommen keine Kinder mehr."

Broc trat hinter ihn und grinste. „Woher willst du das wissen, Dyna? Du bist eher wie ein Mann." Er trat zwei Schritte zurück und wusste, dass er bereit war, aber er war nicht schnell genug. Dyna machte zwei lange Schritte, hob ihn an den Oberarmen hoch und hängte ihn wild um sich schlagend an seiner Tunika an einen nahe gelegenen Ast.

„Lass mich runter. Wie zum Teufel hast du das so schnell gemacht?"

„Training. Und ich werde dich nicht befreien,

bis du aufhörst, so dumme Aussagen zu machen", sagte Dyna und starrte ihn mit verschränkten Armen an. „Ich werde oft außerhalb von Grant Land beleidigt, weil ich mich wie ein Mann kleide. Ich werde meinen eigenen Verwandten nicht erlauben, dasselbe zu tun."

„Entschuldige. Lass mich runter", bettelte Broc und seine Beine schwangen herum, als ob er auf der Suche nach einer Oberfläche wäre, von der er sich abstoßen könnte, um sich zu befreien.

„Versprechen? Wenn du mich noch einmal beleidigst, wirst du es bereuen", sagte sie und reinigte sich die Fingernägel einer Hand.

Broc stieß ein Knurren aus und bat seinen Bruder um Hilfe. „Alick, lass mich nicht im Stich."

„Oh, nein. Ich verscherze es mir nicht mit Dyna. Sei nicht dumm. Sie hat dasselbe mit mir gemacht, doch ich habe meine Lektion vor langer Zeit gelernt."

Dyna lächelte ihn zufrieden an und lehnte sich dann gegen den Baum „Ich habe es nicht eilig."

„In Ordnung", stöhnte Broc. „Entschuldige. Ich werde dich nicht wieder beleidigen."

Dyna zeigte auf Alick. „Hilf ihm runter, und dann schaff ihn hier weg."

Während er seinem Bruder half, konzentrierte er sich so auf ihn, dass er *sie* lange nicht bemerkte. Als er sie sah, hätte er Broc beinahe fallen lassen.

Branwen war auf dem Pfad vom Hof auf dem Weg zu ihnen. Sie blieb stehen, sobald ihr Blick auf Dyna fiel. Entschlossenheit schoss in ihre Augen, und sie ging direkt auf Alick zu. „Ist das

das Mädchen, die Bogenschützin?", flüsterte sie „Die Cousine, von der du gesprochen hast?"

Überrascht, sie dort zu sehen, besonders mit einem so wildentschlossenen Gesichtsausdruck, richtete er sich auf und schenkte ihr seine volle Aufmerksamkeit. „Ja. Das ist Dyna."

„Ich muss sie um einen Gefallen bitten. Macht es dir etwas aus?", fragte sie in einem Unterton und verschränkte die Arme vor sich.

„Warum? Was ist los?" Alick hatte ein ungutes Gefühl, nachdem er den Ausdruck in ihren Augen gesehen hatte. Das war eine andere Branwen als zuvor. Sie sah verängstigt und aufgewühlt aus, und er vermutete, dass etwas Schlimmeres passiert war, als dass ihr Vater sie beim Tanzen erwischt hatte.

Dyna ging hinüber und blieb zwischen den beiden stehen. Sie war mindestens einen Kopf größer als Branwen. „Ich helfe dir gern, aber wer bist du?"

Alick erstarrte und wartete darauf, was Branwen sagen würde.

„Ich bin Branwen Denton. Ich würde gerne lernen, wie man Pfeil und Bogen benutzt. Und einen Dolch, wenn du geneigt wärst." Ihre Hände waren vor ihr gefaltet und sie flüsterte: „Ich habe nicht viel Zeit. Ich muss schnell in den Saal zurück, aber ich könnte dich früh am Morgen treffen. Oder mitten in der Nacht, wenn du es vorziehst."

„Warum willst du das lernen?", fragte Dyna.

„Weil ich lernen muss, mich zu verteidigen, und das schnell."

KAPITEL VIER

BRANWEN VERLIESS EINE Stunde vor Sonnenaufgang das Bett, ihr Herz schlug so heftig in ihrer Brust, dass sie befürchtete, jemand könnte sie am frühen Morgen sich hinausschleichen hören. Sie schlief in der Kammer, die für Mädchen, die zu Besuch kamen, reserviert war, mit Matratzen, die außen am Boden angeordnet waren und einem größeren Bett in der Mitte. Ihr war das sehr recht. Weder ihr Vater noch ihr Bruder würden es wagen, in die große Kammer zu treten, um nach ihr zu rufen.

Das gab ihr einen kleinen Vorgeschmack auf die Freiheit.

Sie zog ihre Stiefel an. Die Sohlen waren dünn, doch ihr Vater hatte nichts Neues für sie bestellt, seit ihre Mutter gestorben war. Wie sie ihre liebe Mama vermisste!

Edine Denton war vor zwei Jahren von einem Pferd gestürzt, und ihr Verlust hatte das Leben von Branwen und ihren Brüdern für immer verändert. Für sie waren die Veränderungen alle schlecht gewesen. Die frühere Gleichgültigkeit ihres Vaters war geradezu zu Hass geworden.

Zuerst hatte sie geglaubt, die Trauer hätte ihn verrückt gemacht, doch jetzt bezweifelte sie, dass er ein Herz hatte, das zu Trauer fähig war.

Sie schlich die Treppe zum großen Saal hinunter und freute sich, dass niemand da war. Im riesigen Kamin zischte die Glut des sterbenden Feuers nur gelegentlich. Sie öffnete die Tür, wickelte ihren Umhang um sich, um sich gegen die kühle Nachtluft zu wappnen, und machte sich vorsichtig auf den Weg über das Kopfsteinpflaster, da sie nicht wollte, dass ihre Schritte in der Stille des Hofes widerhallten.

Das Tor war immer noch offen, doch Wachen waren da. Eine nickte ihr zu und wies in Dynas Richtung, die von vier Wachen umgeben war. Mehrere Pferde waren an die nahe gelegenen Bäume gebunden, und in der Peripherie standen weitere Wachen.

Sie atmete auf, so erleichtert, das andere Mädchen zu sehen. Wie sehr sie doch befürchtet hatte, dass ihre Bitte ignoriert werden würde. Sie durfte keine Freunde mehr haben, obwohl sie eine Magd namens Fia hatten, der ihr Vater gelegentlich erlaubte, sich um ihre Bedürfnisse zu kümmern. Wenn sie jemanden eine Freundin nennen würde, wäre es Fia. Sie redeten so oft sie konnten, doch sie mussten es im Flüsterton tun, weil ihr Vater nicht glaubte, dass der Adel mit den Mägden sprechen sollte. Obwohl sie keinen Titel besaßen, betrachtete sich ihr Vater als adlig durch Heirat.

Da sie nur wenige Besucher hatten, hätte sie, wenn sie dieser Anweisung Folge geleistet hätte, nur mit ihrem Vater oder ihren Brüdern reden können, doch vielleicht wollte er genau das. Sie wollte es sicherlich nicht.

Dyna lächelte und sagte: „Folge mir." Sie hörte Schritte auf sich zufliegen, als sie sich den Pferden näherten, und sie wirbelte herum, aus Angst, es könnte ihr Bruder sein, aber ein kleines dunkelhaariges Mädchen stürmte auf sie zu.

„Mama hat gesagt, ich darf kommen, Dyna", sagte das Mädchen, rannte an einem Trittstein vorbei und pfiff nach einem Pferd. „Gutes Mädchen", sagte sie und tätschelte das dunkelbraune Pferd, das an ihrer Seite tänzelte.

Dyna sah amüsiert aus, als sie sagte: „Branwen, das ist Chrissa, Alicks kleine Schwester."

„Ich grüße dich, Branwen. Magst du meinen Bruder? Ich habe dich gestern Nacht mit ihm tanzen sehen", sagte sie mit einem Augenzwinkern. Bevor Branwen antworten konnte, machte sich das Mädchen auf den Weg in den Wald.

Dyna bestieg eines der Pferde und zeigte auf ein anderes für Branwen. „Chrissa kommt gerne mit mir. Sie darf jedoch nur, wenn Wachen da sind. Sie ist süß, kann aber ein kleiner Schelm sein, also sei auf der Hut. Sie ist erst zwölf Winter."

Branwen nickte, amüsiert von der Tatsache, dass das Alicks Schwester war. Eine der Wachen half ihr beim Aufsteigen, und sie ritten los. Obwohl sie nicht wusste, wohin sie gingen, vermutete sie, dass sie sich zu einem anderen Übungsgelände aufmachten. Ein Abgeschiedeneres.

Chrissa war kurz an der Spitze, doch zwei Wachen ritten schnell auf sie zu, um sie zu flankieren. Da sie aus einer Adelsfamilie stammte, durfte sie nicht allein losziehen. Scheinbar hinderte sie das jedoch nicht daran zu tun, was sie wollte.

Weg von allen, genau so, wie sie es mochte. Sie genoss das Gefühl der Brise, die ihr die Haare aus dem Gesicht wehte. Oh, immer so frei zu sein. Ein Teil von ihr war versucht, einfach loszugaloppieren, irgendwo hin.

Doch gerade als ihr die Fantasie in den Sinn kam, streckte Dyna ihre Hand aus und bedeutete ihr, anzuhalten und abzusteigen. Sie gehorchte den lautlosen Weisungen der anderen Frau und folgte ihr zu einer im Gebüsch verborgenen Truhe.

Die Wachen verteilten sich und zündeten ein paar Fackeln in der Umgebung an. Die Grants schienen oft im Dunkeln zu trainieren.

Alicks Schwester nahm einen Bogen aus der Kiste. „Das ist mein Lieblingsbogen, weil ich mit dem das Ziel treffe. Eines Tages werde ich so gut sein wie Dyna, und sie werden mir erlauben, mit den Kriegern zu reisen." Sie zielte und schoss und traf das Ziel. „Hab ihn in die Schulter getroffen, Dyna." Sie feuerte in schneller Folge zwei weitere Pfeile ab und ging dann auf das Ziel zu, um sie zu finden.

„Sie wird dich nicht stören, das verspreche ich", sagte Dyna und holte verschiedene Bögen heraus, die sie in einem Kreis um sie herum anordnete. „Es ist wichtig, dass du die richtige Waffe für dich findest, sonst kannst du nicht schnell damit umgehen", sagte sie. „Schau, welche für dich am besten ist. Du musst sie ausziehen und schnell schussbereit machen können. Du kannst den Bogen auf deinem Rücken tragen oder auf deinem Pferd bereithalten. Was auch immer am besten für dich funktioniert."

Sie stammelte: „Ich muss den Bogen verstecken."

Dyna hielt inne, um sie anzusehen. „Wer genau macht dir solche Angst?"

Branwen zuckte die Achseln und überlegte kurz, wie viel sie dieser Frau, die sie gerade erst kennengelernt hatte, verraten sollte.

Natürlich hatte sie ihr bereits gesagt, dass sie sich gegen jemanden verteidigen können wollte.

Dyna legte die Hand an Branwens Wange und drehte sie zu einer der Fackeln um, die die Lichtung beleuchtete. „Möchtest du dich an demjenigen rächen, der dein Gesicht mit einem so harten Schlag verletzt hat?"

Branwen errötete und schämte sich, dass es schlimm genug war, dass Dyna es im Dunkeln sehen konnte. „Nicht das."

„Warum nicht? Ich werde es dem Bastard heimzahlen, wenn du willst. Wer war es?"

„Mein Vater. Es war mein Fehler. Ich habe ohne seine Erlaubnis mit deinem Cousin gesprochen." Und viel, viel schlimmer. Sie war mit ihm nach draußen gegangen und hatte ihn geküsst.

„Doch habe ich nicht gehört, dass Alick deinen Vater davon abgehalten hat, dich zu schlagen?"

Sie senkte den Blick. „Ja, aber Vater hat mich später nach draußen gebracht, als er nicht beobachtet wurde. Er bestraft mich gerne."

„Also hast du mit Alick gesprochen, und das hat gereicht, um deinen Vater wütend zu machen?"

Sie zwang sich, wieder zu Dyna aufzublicken, und sah nichts als Wärme und Verständnis in ihren Augen. „Ich darf nicht mit fremden Männern sprechen."

„Ich habe von solchen Bastarden gehört", sagte Dyna mit einem wilden Ausdruck in den Augen. „Lass mich dir die Wahrheit sagen. Niemand behandelt seine Töchter auf Grant-Land so. Wenn du klug bist, wirst du tun, was du kannst, um von ihm wegzukommen. Du wirst dein Leben viel mehr genießen, wenn du den richtigen Clan oder den richtigen Ehemann findest."

Branwen spielte mit den Falten ihres Rocks und wischte imaginäre Flusen weg. „Du sprichst, als hättest du dasselbe erlebt. Hast du?"

„Nein, habe ich nicht, doch meine Mutter und meine Schwester haben es erlebt. Wenn du möchtest, kannst du jederzeit mit ihnen sprechen."

„Vielen Dank, aber ich weiß nicht, wann wir abreisen, und ich muss lernen, wie man einen Bogen und einen Dolch benutzt, bevor mein Vater aufwacht und mich sucht."

Dyna sah sie mit zusammengekniffenen Augen an und fing an, ihre Pfeile so anzuordnen, wie es ihr gefiel. „Verstanden", sagte sie, während sie arbeitete, „doch ich sage dir, dass mein Cousin ein guter und ehrenwerter Mann ist. Hast du auch mit ihm getanzt? Alick ist ein großartiger Tänzer."

Dyna war anders als jede andere Frau, die sie jemals getroffen hatte. Ruhig und doch selbstbewusst, freundlich und doch wildentschlossen. Sie brachte Branwen dazu, sich ihr anvertrauen zu wollen. Doch was würde das andere Mädchen denken, wenn sie wüsste, dass Branwen mit Alick draußen getanzt hatte, weg von den anderen? Dass sie ihn geküsst hatte. Dass sie über die Mauer geklettert und spazieren gegangen waren – außerhalb der Mauern. Ein Mädchen sollte nichts davon tun.

Sie ließ die Schultern hängen und senkte wieder den Blick.

Doch als Dyna sprach, war ihre Stimme sanft und süß. „Schau mich an, Branwen. Du hast nichts falsch gemacht, denn nichts rechtfertig eine Ohrfeige wie die, die er dir versetzt haben muss, um so ein Mal auf deinem Gesicht zu hinterlassen."

Chrissa kam und blieb stehen. „Wer hat das gemacht? Wenn einer der Krieger in meiner Familie das herausfindet, werden sie ihn für dich schlagen. Dann werden sie ihn von unserem Land jagen. Jungs schlagen Mädchen nicht, es sei denn, sie sind Kinder."

Branwens Hand wanderte zu ihrer Wange und berührte sie kurz, bevor sie sie fallen ließ. „Dein Vater schlägt dich nicht, wenn du etwas falsch machst?"

„Nein!", sagte Chrissa entsetzt. „Mein Vater würde mich niemals schlagen. Meine Mutter schon. Sie war böse auf mich, als ich kleiner war, und hat mir den Hintern versohlt."

Dyna schnaubte. „Dann mach keinen Ärger, Chrissa."

Das Mädchen schnaubte und sagte: „Mache ich nicht. Ich war schon lange nicht mehr ungezogen. Ich gebe mir Mühe, Dyna. Wirklich."

Dyna stand auf, zog Chrissa an sich und umarmte sie fest, so fest, dass das Mädchen kicherte. „Ich liebe dich, kleiner Wildfang. Eines Tages wirst du auch ruhiger werden." Als sie das jüngere Mädchen losließ, wandte sich Dyna Branwen zu. „Schwache Männer schlagen Frauen, weil sie die einzigen sind, mit denen sie fertigwerden können. Dein Vater war im Unrecht." Sie hielt einen Moment inne und sah Branwen mit schimmernden Augen an. „Er tut es oft, doch er ist nicht derjenige, den du fürchtest?"

Sie schüttelte den Kopf. „Ich fürchte meinen Verlobten, Osbert Ware."

Chrissas Augen weiteten sich. „Ich muss Alick sagen, dass du verlobt bist. Weiß er das? Das wird ihm nicht gefallen."

„Chrissa, es geht dich nichts an, also sagst du nichts." Dyna sagte kein weiteres Wort, doch die Wut in ihrem Gesicht war unverkennbar. Ein Moment verging, dann ein anderer, und sie fragte schließlich: „Ich gehe davon aus, dass dein Vater nicht deine Zustimmung eingeholt hat?"

„Nein", sagte sie entsetzt. „Ich würde niemals

zustimmen, einen so alten Mann zu heiraten."

„Ja, ich kenne ihn. Ganz zu schweigen davon, dass er sechs Kinder hat, um die du dich kümmern müsstest." Dyna ging auf und ab und trieb die Spitze ihres Stiefels mit einem Tritt in den Boden. „Ich werde mit meinem Vater sprechen und sehen, ob er eingreifen wird, obwohl er vielleicht nichts tun kann, da du auf Thane-Land lebst. Hast du deinen Onkel gebeten, diese Hochzeit zu verhindern?"

„Nein, mein Vater hat sie hier arrangiert, letzte Nacht. Er war wütend über mein Verhalten mit Alick."

„Es ist alles Alicks Schuld", krähte Chrissa. „Ich werde ihm sagen, dass er dich in Ruhe lassen soll." Sie sah aus, als hielte sie sich für hilfreich, doch nichts hätte weiter von der Wahrheit entfernt sein können.

Das Letzte, was Branwen wollte, war, dass Alick sich von ihr fernhielt. „Chrissa, nein. Bitte sag deinem Bruder nichts."

Als Chrissa gehorsam nickte, wandte sich Branwen wieder Dyna zu. „Mein Vater sagt, er braucht mich nicht mehr. Deshalb fürchte ich, dass er auf diese Verbindung bestehen wird."

Dynas Stirn runzelte sich bei dieser Erklärung, doch Branwen wollte nicht weiter darüber sprechen. Die Worte schmerzten sie immer noch. „Bringst du mir bitte bei, den Bogen zu benutzen?"

„Ja, wir müssen nach vorn blicken. Wir verschwenden wertvolle Zeit. Komm, ich werde einen Bogen für dich aussuchen und dir beibringen, wie man schießt. Ich werde dir auch einen Dolch geben, auch wenn wir uns die Technik für ein anderes Mal aufsparen werden. Selbst jemand, der den Umgang mit einem Dolch nicht gewohnt ist, weiß, welches Ende das spitze ist."

Sie nickte, und Dyna wählte eine Waffe für sie aus. Sie brachte ihr bei, wie man stand, wie man den Pfeil anlegte und wie man ihn fliegen ließ, manchmal mit Chrissa zur Demonstration, wie es aussehen sollte. Branwen liebte das Gefühl, die Sehne loszulassen, und das Geräusch, wenn der Pfeil durch die Luft schoss, war Magie für ihre Ohren. Wahrscheinlich, weil sie das Gefühl hatte, endlich die Kontrolle über etwas zu haben – auch wenn es nur ein schlankes Stück Holz mit einer Metallspitze war. Sie übten immer und immer wieder, und obwohl sie nie aufhören wollte, bemerkte sie, dass ihre Arme zu schmerzen begannen, was sie überraschte.

Schließlich forderte Dyna sie auf, aufzuhören.

„Deine Muskeln werden schmerzen, bis sie sich daran gewöhnt haben. Du hast heute gute Arbeit geleistet. Finde einen Weg, um nach deiner Abreise selbstständig zu üben. Nur so wirst du besser. Üben, üben, üben."

„Vielen Dank für deine Hilfe und für den Bogen", sagte Branwen.

„Und hier ist ein Köcher mit Pfeilen für dich. Verstecke sie unter deinem Umhang, damit dein Vater es nicht bemerkt", sagte Dyna. „Wenn du jemals Hilfe brauchst, komm zu mir. Wir werden einen Weg finden. Ich werde sehen, ob ich eine passende Hose für dich finden kann. Es ist viel einfacher, damit zu schießen. Ich habe viele in meiner Kammer." Branwen war schockiert über den Gedanken, obwohl Dyna so unverfroren Hosen trug. Sie schüttelte den Kopf und sagte: „Mein Vater würde das niemals erlauben."

Dyna schürzte die Lippen und sagte: „Warum muss er es wissen? Ich nehme an, du willst weglaufen, also solltest du besser etwas unter dem Kleid haben, womit du fliehen kannst. Du kannst sie in deiner Satteltasche verstecken, wenn du abreist."

Branwen lächelte bei dieser Vorstellung. Irgendwie wusste sie, dass sie die Hose benutzen würde. „Danke. Ich würde mich freuen, wenn du eine für mich finden würdest."

Dyna tätschelte ihre Schulter und sagte: „Wie du willst. Gib nie auf."

„Und ich werde dir helfen", sagte Chrissa. „Mädchen können auch stark sein. Das sagt meine Mutter die ganze Zeit."

Diese Worte würde sie nicht vergessen. Sie würde Osbert Ware *nicht* heiraten. Sie musste nur einen Ausweg finden.

Am nächsten Tag kehrte Alick vom Turnierplatz in den Palas zurück. Wann immer Besucher für ein Fest oder eine Feier auf das Land der Grants kamen, hatten sie ihren Spaß daran, die Krieger auf dem Turnierplatz kämpfen zu sehen. Alick hatte mit seinem Vater und Onkel Connor gekämpft, doch er hatte seine Cousins Els und Alasdair sehr vermisst.

Seine Schwester kam aus dem Palas zu ihm gerannt. „Wie geht es Mama?", fragte Alick.

„Es geht ihr besser, doch sie bleibt im Bett." Sie eilte weiter auf ihn zu und flüsterte: „Weißt du, was ich erfahren habe?"

Seine Schwester liebte es, die erste zu sein, die von einem neuen Ereignis erfuhr, doch manchmal war das, was sie für wichtig hielt, kaum etwas, das ihn interessierte. Er vermutete, dass dies eine dieser Gelegenheiten sein würde, verdrehte die Augen und fragte: „Was?"

„Deine Freundin ist mit einem alten Mann verlobt, und er macht ihr Angst."

Dies war keine dieser Gelegenheiten. „Chrissa, wovon redest du? Ich habe keine Freundin."

„Doch hast du, und sie heißt Branwen, und ich habe sie getroffen, und sie muss einen hässlichen alten Mann mit sechs Kindern heiraten. Er belästigt sie, und sie will ihn nicht ..."

Er hielt seine Hand hoch, um sie zu unterbrechen. „Wo ist sie?"

Chrissa deutete zur Seite auf zwei Gestalten, die in einiger Entfernung standen.

Er nickte. „Geh zurück zum Palas."

Chrissa ging zum Turnierplatz. Falscher Weg, doch es störte ihn nicht.

Obwohl Branwen und ihr Begleiter zu weit weg waren, um ihre Unterhaltung zu hören, gefiel ihm nicht, wie es aussah. Sie wirkte aufgeregt und unbehaglich. Also ging er in ihre Richtung.

Dann sah er, wie Branwen versuchte, den älteren Mann wegzustoßen. Doch er griff wieder nach ihr.

Sie waren im Garten von Alicks Mutter, was ihn nur noch wütender machte. Mit zu Fäusten geballten Händen drehte er sich zu seinem Vater um, der ihn gerade einholte. „Papa, es ist mir egal, was ihr Vater sagt, ich mische mich wieder ein."

„Chrissa sagte, es gibt Ärger? Sind das die beiden?" Sein Vater runzelte die Stirn, als er zu ihnen blickte. „Ja, sie scheint seine Avancen abzulehnen, und sie sind allein. Geh und tu, was richtig ist."

In Anbetracht dessen, dass er die Erlaubnis hatte, die er brauchte, ging er auf sie zu, rannte beinahe. „Lass sie in Frieden!", schrie er aus der Ferne.

Ware drehte sich um und ließ seine Hände sofort von Branwen sinken, doch für Alick sah er nicht schuldbewusst genug aus.

„Das geht dich nichts an, Junge", sagte der Mann. „Das ist meine Verlobte, und wir hatten ein Gespräch. Das ist alles, also geh."

Alick sagte: „Das glaube ich nicht. Du wolltest sie zwingen, etwas zu tun, was sie nicht tun wollte. Ich konnte es vom Tor aus sehen."

„Ein Kuss", sagte Ware und spitzte die Lippen. „Das war alles. Ich habe meine Verlobte geküsst."

Alick warf Branwen einen kurzen Blick zu, um sicherzugehen, dass er die Situation richtig las. Er konnte die Erleichterung in ihrem Blick sehen, also fuhr er fort. „Was du getan hast, ist für mich irrelevant. Relevant ist, dass sie dich weggestoßen hat. Du brauchst ihre Erlaubnis, und du hattest sie offensichtlich nicht." Er stand ungefähr eine Pferdelänge von dem Mann entfernt und stemmte die Hände in die Hüften, nicht weit von seinem Schwert.

Nicht, dass er erwartet hätte, dass es zu dieser Arten von Auseinandersetzung kommen würde, doch man konnte nie sicher sein.

Ware griff nach Branwens Händen und packte sie, deutlich zu fest. „Sag ihm die Wahrheit, Mädchen. Habe ich dich gezwungen?"

Branwen warf einen Blick zwischen ihnen hin und her. Ihr Gesichtsausdruck war eine Mischung aus Verwirrung und Angst. Angst, wieder von ihrem Vater geschlagen zu werden. Tatsächlich war er sich ziemlich sicher, dass er wusste, wer für das blaue Mal auf ihrer Wange verantwortlich war. Bestrafung für das, was sie am Vorabend getan hatten.

Er hob seine Hand in Branwens Richtung. „Antworte nicht. Ich konnte sehen, dass du ihn fernhalten wolltest, ihn abgewiesen hast, und mein Vater ist auch Zeuge." Er wandte sich wieder Ware zu und sagte: „Lass sie jetzt los und tritt zurück."

„Nein, wir werden bald heiraten." Er ließ sie zwar los, doch er stand mit verschränkten Armen vor ihm wie ein trotziges Kind, das nicht gehorchen wollte.

„Das ist irrelevant. Mein Großvater hat allen auf unserem Land beigebracht, dass ein Mann die Erlaubnis einer Frau braucht, sie zu küssen oder zu berühren. Tritt weg von dem Mädchen."

Eine wütende Stimme zerriss die Luft und obwohl er den Mann erst vergangene Nacht getroffen hatte, wusste Alick, dass es ihr Vater war. „Grant, halt dich da raus!", polterte der Mann und stürmte auf sie zu. „Ich habe meine Zustimmung zu dieser Ehe und zu seinem Werben um meine Tochter gegeben. Es geht dich nichts an."

Papa schloss sich ihnen ebenfalls an, sein Gesichtsausdruck ungewöhnlich ernst, als er sagte: „Ich bin Zeuge des Geschehens. Osbert, tritt von dem Mädchen weg. Sofort."

Osbert starrte ihn an, tat jedoch, wie ihm geheißen, und Alick nahm seinen Platz ein.

Der ältere Mann ignorierte ihn und wandte sich Denton zu. „Ich werde jetzt gehen. Wir sprechen drinnen."

Als er ging, packte Denton Branwen am Handgelenk und riss sie hinter sich her. „Lass sie, Grant. Sie ist vergeben."

„Ich möchte meine Absichten kundtun. Ich bitte um Erlaubnis, sie umwerben zu dürfen." Er bemerkte die Überraschung, die über Papas Gesicht huschte, bevor seine ernste Miene einem Grinsen wich.

„Verweigert", sagte Denton rundheraus.

Es war offensichtlich, dass er es nicht in Erwägung gezogen hatte, und Papa ließ die Beleidigung nicht auf sich beruhen. „Willst du damit sagen, dass mit meinem Sohn etwas nicht stimmt, Arnald? Er ist ein guter Mann und einer, auf den du stolz sein solltest, ihn in die Familie zu bringen."

Denton nahm schließlich seinen Blick von Alick. „Unter anderen Umständen würde ich zustimmen, doch er hat Branwen während unseres gesamten Besuchs belästigt. Ich verweigere die Bitte deines Sohnes, und wir werden uns morgen verabschieden. Sie ist mit einem anderen verlobt."

Papa wandte sich an Branwen und fragte: „Hat mein Sohn dich jemals belästigt, meine Kind?"

Ihr Blick war schockiert und entsetzt, doch Alick war sich ziemlich sicher, dass es nicht seine Frage war, die sie entsetzt hatte. Zumindest hoffte er es. Sie schüttelte den Kopf und flüsterte: „Nein, er war sehr nett."

Sie zuckte zusammen, und er bemerkte, dass Denton ihr Handgelenk brutal verdrehte.

Branwen flüsterte: „Doch er ..."

Alick trat vor, bis er eine Handbreite von Dentons Gesicht entfernt war. „Lass Branwens Handgelenk los. Ich kann sehen, dass du sie verletzt. Versuche nicht, es zu leugnen."

Dentons einzige Antwort war, Branwen langsam loszulassen, die schnell ihr Handgelenk rieb, bevor sie es hinter ihrem Rücken versteckte. Ihr Vater sagte: „Branwen, geh zurück in den Palas."

Sie gehorchte, und Alick kämpfte gegen den Instinkt an, sie in seine Arme zu ziehen, als sie an ihm vorbeiging. Ihr Vater blickte ihn finster an, als er ihr folgte. Als sie außer Hörweite waren, wandte Alick sich seinem Vater zu. „Ich gebe nicht auf."

„Ich wäre enttäuscht, wenn du es tätest", sagte

Papa. „Das Mädchen braucht jemanden, der für es einsteht. Und ich könnte hinzufügen, dass deine Mutter und ich uns gefragt haben, ob es dir jemals ernst mit einer sein würde."

„Ich werde mit ihrem Onkel sprechen. Der Earl of Thane wird sicherlich der Vernunft gegenüber aufgeschlossen sein."

„Wird er? Er unterstützt König Robert nicht, und wir tun es. Das könnte Grund genug für ihn sein, dich abzuweisen."

Alick dachte einen Moment nach und sagte: „Ich werde einen Weg finden. Ich werde nicht zulassen, dass sie mit diesem widerlichen alten Bock verheiratet wird."

„Du bist genau wie deine Mutter", sagte Papa und schüttelte den Kopf, auch wenn er lächelte. „Du setzt dir etwas in den Kopf und gibst nicht auf, oder?"

„Mutter? Warum sagst du das?"

„Du erinnerst dich nicht an die Geschichte, dass deine Mutter sich entschlossen hat, einen Bösewicht ganz allein zu jagen? Wir beide wurden gefangen genommen und in einem Verlies festgehalten und alles nur, weil deine Mutter sich Sorgen um Großvater und seine Verletzung gemacht hat. Sie ist taub, wenn es um das Wort *Nein* geht."

Alick starrte Branwen nach. „Dann bin ich wohl genau wie Mama. Ich habe meine Entscheidung getroffen. Branwen wird eines Tages mein sein."

KAPITEL FÜNF

BRANWEN RIEB DIE Male, die ihr Vater an ihrem Handgelenk hinterlassen hatte. Normalerweise versuchte sie immer, schnell seine Misshandlung zu vergessen, doch diesmal war es anders. Diesmal würde sie sich zwingen, sich zu erinnern, denn es war nur noch ein Grund mehr für sie, wegzulaufen.

Sie wollte Alick noch einmal sehen, bevor sie abreisten. Es war fast Mitternacht, und sie wusste, dass ihr Vater und ihr Bruder im Bett sein würden. Die beste Zeit, um sich davonzuschleichen. Viele der Mädchen waren bereits abgereist, sodass es einfacher war als in der Nacht zuvor, aus der Kammer zu schlüpfen. Im Korridor angekommen, empfing sie die Kälte der Nacht.

Würde er wach sein, wie sie hoffte? Und würde sie überhaupt das Glück haben, ihn zu finden?

Sie ging durch den Hof, zog sich die Kapuze ihres Mantels über den Kopf und ging zum Tor. Sie kam an den Ställen vorbei, die mit drei aneinandergedrängten Gebäuden größer waren als alle Ställe, die sie jemals zuvor gesehen hatte, und lächelte angesichts der leisen Laute der Pferde, die sich für die Nacht niedergelassen hatten.

Aus einer Laune heraus ging sie durch einen Eingang hinein, wanderte von Pferd zu Pferd und suchte nach einem freundlichen Tier. Sie hatte mehr tierische Freunde als menschliche, obwohl sie wusste, dass das die Schuld ihres Vaters war.

Ein Roter mit einer weißen Blesse im Gesicht wieherte, als sie sich ihm näherte, also nahm sie einen Apfel aus dem Eimer und reichte ihn dem majestätischen Tier. Sie beobachtete, wie es seine Mähne schüttelte, während es an dem süßen Leckerbissen kaute.

„Branwen?" Ein Schatten rief ihr vom Ende des Gebäudes zu.

Sie wirbelte schnell herum und rannte zur Tür, durch die sie zuvor hereingekommen war, aus Angst, jemand hätte sie entdeckt. Doch die Hand, die sich um ihre Taille legte, fühlte sich vertraut und tröstlich an, und als er sie zu sich umdrehte, sah sie, dass er es war.

Alick MacNicol.

„Alick, tut mir leid. Ich hatte befürchtet, du wärst jemand anderes", flüsterte sie dankbar, als er sie nicht sofort losließ. Sein Duft erreichte sie, Apfel und Bier, wenn sie hätte raten sollen. Ein angenehmer Duft für sie.

„Darf ich dich nach draußen begleiten?"

„Bitte. Weit weg von hier." Sie legte ihre Hände auf seine Schultern und spürte die Kraft unter ihren Fingern. Schwelgte darin. Wollte ihre

Hände weiter über seine Arme und seine Brust streifen lassen. Sie hatte sogar den Wunsch, die nackte Haut seiner Brust zu berühren, obwohl sie nicht wusste, warum sie solche Gedanken hatte. „Ich wollte dich wiedersehen. Wir werden nach dem Mittagsmahl aufbrechen."

Fleischliche Gelüste, hatte sie ihren Vater einmal einem anderen Mann sagen hören.

So, wie ihr Vater es gesagt hatte, hatte es sich schmutzig angehört, doch nichts, was sie mit Alick getan hatte oder tun wollte, schien schmutzig.

„Ich hatte gehofft, dass du noch ein, zwei Tage bleibst, doch ich weiß natürlich, dass andere auch bereits gehen." Dann beugte er sich vor und küsste ihren Hals, was ein Prickeln durch ihren ganzen Körper sandte. „Und wie weit weg soll ich dich bringen, Mädchen? Sollen wir auf die Wiese oder zum Loch gehen? Oder soll ich dich zur Burg meines Cousins in den Lowlands bringen?"

Sie schmiegte sich an sein Ohr und flüsterte: „Ja, das würde mir gefallen." Woher kam diese plötzliche Kühnheit?

Er sah sie seltsam an, als wartete er darauf, dass sie ihre Worte erklärte, doch sie tat es nicht. Sie nahm nur seine Hand, und sie gingen hinaus. Zu ihrer Überraschung führte er sie direkt durch das Tor hinaus und ignorierte die neugierigen Blicke der Wachen.

Sie war dankbar zu gehen, doch sie fragte dennoch: „Du machst dir keine Sorgen, dich vor eure Tore zu begeben?"

„Nein", sagte er. „Die Wachen sind immer nah genug. Du wärst überrascht, wie weit du von den Zinnen und der Mauer sehen kannst. Sie halten immer Ausschau nach Eindringlingen."

Er blieb an einem Baum stehen und zog sie an sich. „Es tut mir leid, dass dieser Mann so grob war. Hat er dir wehgetan?"

Sie schüttelte den Kopf und wurde rot. „Nein. Er hat versucht, mich zu küssen, und ich wollte nicht. Er wollte meine Ablehnung nicht akzeptieren. Er hat mir gesagt, da wir verlobt sind, kann er mit mir tun, was er will. Du hast gesagt, dass das im Clan Grant anders ist. Hast du es nur gesagt, um ihn aufzuhalten?"

„Nein", sagte er und fuhr mit seinem Finger über ihre Wange bis zu ihrem Kinn. „Ich habe es gesagt, weil ich nicht möchte, dass dich jemand berührt. Niemand außer mir. Stört dich das?"

Sie schüttelte den Kopf. „Seine Hände waren ... ich weiß nicht, wie ich es beschreiben soll. Unangenehm. Grob. Nicht nett."

„Nicht meine. Das ist alles, was du sagen musst."

Sie kicherte angesichts seiner Worte und der Tiefe und Seltsamkeit dessen, was sie empfand. Sie hatte nicht gewusst, dass es möglich war, sich so schnell in einen Mann zu verlieben. Die Sterne hätten keinen perfekteren Mann für sie wählen können. Er hatte eine Art, sie zum Lächeln zu bringen, ihr das Gefühl zu geben, etwas Besonderes zu sein, ihr verständlich zu machen, worüber ihre Mutter vor so langer Zeit gesprochen hatte. Liebe, Lachen, Zusammenleben auf eigenen Wunsch. Und noch etwas blühte in ihr auf.

Hoffnung. Hoffnung auf ein besseres Leben, um die Welt außerhalb von Thane Castle zu erkunden.

Und sie konnte nicht leugnen, dass sie auch Alick wollte, so wie sie nie jemanden gewollt hatte. Sein Bart war ein bisschen struppig, wahrscheinlich weil es das Ende des Tages war, doch er passte perfekt zu seinen Haaren. Sie fragte sich, wie sich die Haare an seinem Körper unter ihren Fingerspitzen anfühlen würden – seine kurzen Stoppeln, seine langen Haare, die lockigen Haare auf seiner Brust, die aus seiner Tunika spähten. Würden sie borstig oder weich sein? Er hatte einen starken Kiefer, schöne grüne Augen und eine Haarsträhne, die ihm auf einer Seite fast ins Auge fiel. Der plötzliche Drang, sie aus seinem Gesicht zu streichen, überkam sie, also tat sie es, und er reagierte mit einer hochgezogenen Braue.

Er hob seinen Daumen, um über ihre Unterlippe zu streichen, etwas, das sie seltsamerweise erregte, und ihre Brustwarzen wurden unter ihrem Kleid hart. Es war eine neue Erfahrung für sie, doch es gefiel ihr. „Ich bevorzuge deinen Kuss. Ich will keine anderen."

„Möchtest du noch einmal geküsst werden, Branwen?", flüsterte er.

„Ja. Ich würde viel lieber von dir geküsst werden als von Osbert." Ihr Blick fand seinen und eine Kühnheit, die ihr gar nicht ähnlich war, gewann die Oberhand. Sie legte ihre Hände auf seine Brust, spürte die Härte unter seiner Tunika und fragte sich erneut, wie sich seine Brust darunter anfühlte. Waren die Brustwarzen eines Mannes wie ihre eigenen? Sie errötete bei dem Gedanken, und ihr Gesicht erhitzte sich aus vielen Gründen.

Sein Kopf senkte sich zu ihrem, und seine Lippen berührten ihre in einem zarten Kuss. Sie rang nach Luft bei der Hitzewelle, die dieser kurze Kuss durch sie sandte. Er zog sich zurück und sah sie fragend an. Sie nickte schnell, und fügte dann hinzu: „Bitte hör nicht auf.''

Er legte seine Hand an ihre Wange, und seine Lippen senkten sich auf ihre und verschmolzen, bis sie die Äpfel auf seinen Lippen schmeckte. Seine Zunge drängte gegen ihre Lippen, und sie öffnete sich ihm, überrascht, als seine Zunge in ihren Mund fegte und ihre berührte.

Sie mochte Überraschungen. Besonders von Alick. Sie lehnte sich an ihn, schmiegte ihren Körper an seinen, wollte seine Muskeln spüren, und seine Arme schlangen sich um sie und zogen sie näher heran, bis nichts mehr zwischen ihnen war als ihre Kleider. In diesem Moment fragte sie sich, wie es sich anfühlen würde, nichts zwischen ihnen zu haben, Haut an Haut mit ihm zu sein.

Sein Atem wurde schnell, ebenso wie ihrer, während sie einander erkundeten. Ihre Münder verschmolzen, seine Hände liebkosten ihren Körper. Er berührte ihre Hüften, ihren Po und sogar ihre Brüste. Sie strich mit ihren Händen über seine breiten Schultern, seine starken Oberarme und die Muskeln seines Rückens, bis er stöhnte.

Sie zog sich verwirrt zurück. „Habe ich was falsch gemacht?"

„Nein, Mädchen", sagte er und küsste sie auf die Wange. „Ich habe jeden Moment genossen, dich zu küssen, doch ich denke, vielleicht haben wir einander genug überrascht. Doch möchtest du bleiben und mit mir reden? Ich möchte mehr über dich wissen."

„Und ich würde gerne von dir erfahren."

Sie fanden einen flachen Felsen und setzten sich. Der kalte Stein störte sie überhaupt nicht, denn Alick legte seinen Arm um sie und zog sie dicht an seine Seite.

Er begann mit einem Vorschlag, der ihr gefiel. „Ich würde dich umwerben, wenn dein Vater es erlauben würde, doch ich glaube nicht, dass er es begrüßen würde, wenn ich seine Antwort von vorhin bedenke. Aber ich sollte dich zuerst fragen. Glaubst du, wir würden zueinander passen? Oder möchtest du lieber einen anderen?" Seine grünen Augen fielen auf ihre, als er die Frage stellte. Sein Blick war überraschend verletzlich.

„Nein", platzte sie heraus, „du bist der Einzige, den ich will, doch ich weiß nicht, wie ich meinen Vater überzeugen soll." Sie lehnte sich an ihn, hielt seinen Oberarm und schmiegte ihren Kopf an seine Schulter.

„Deine Mutter?"

„Meine Mutter ist vor zwei Jahren verstorben. Sie ist von einem Pferd gestürzt und war sofort tot."

„Eine Tante? Eine ältere Schwester, die vielleicht mit ihm sprechen kann?"

„Mein Onkel, der Earl of Thane. Ich kann versuchen, ihn zu überzeugen, mir zu helfen. Er war immer viel verständnisvoller als mein Vater. Er ist der Bruder meiner Mutter. Er ist viel freundlicher zu mir als mein eigener Vater, vielleicht weil er selbst nur zwei Söhne hat, keine eigenen Töchter. Wir haben immer in einem Turmzimmer in Thane Castle gelebt, doch es fühlt sich plötzlich so klein an."

„Ja, ich hoffe, dein Onkel könnte bereit sein, uns zu helfen." Sie saßen für einen Moment still, und Alick zog sie an sich. Seine Hitze erwärmte ihr Inneres wirkungsvoller als der wärmste Mantel. Wann hatte sie sich jemals so besonders gefühlt?

„Warum lebst du immer noch auf Thane Castle?"

„Mein Vater hasst es, dort zu leben, doch er hat nicht das Geld, im Luxus seiner eigenen Burg zu leben. Ich vermute, er bleibt auch, weil er glaubt, dass es meinen Brüdern zugutekommen wird. Er hat sich nie darum gekümmert, wie es mir nützen könnte." Sie pflegte sich zu sagen, dass das einfach so war, weil sie ein Mädchen war, doch seine Behandlung war nur immer gröber und kälter geworden, bis es zu offensichtlich geworden war, um es zu leugnen.

„Tut dein Vater dir oft weh?", fragte Alick.

„Es war besser, als meine Mutter noch bei uns war. Seit ihrem Tod ist es immer schwieriger geworden. Zuerst dachte ich, es war, weil er sie vermisst hat, doch es ist mehr als das. Er ist nie glücklich mit irgendetwas, was ich tue, doch meine Brüder können nichts falsch machen."

„Hat er ihnen jemals wehgetan? Verdreht er ihnen das Handgelenk oder schlägt er sie so, wie er es bei dir tut?"

Sie richtete sich auf, um ihn anzusehen, fast zu verlegen, um die Wahrheit zuzugeben, doch sie vertraute Alick. „Nein, er bestraft nur mich, und ich weiß nicht warum." Eine Träne lief über ihre Wange. Sie streckte die Hand aus, um sie wegzuwischen, doch Alick hielt ihre Hand still und beugte sich vor, um die Träne wegzuküssen.

„Ich werde Großvater fragen, warum ein Mann so gegenüber seiner eigenen Tochter handeln würde. Er könnte eine Idee haben."

„Stehst du deinem Großvater nahe? Ich habe meinen nie gekannt. Ich habe mich immer gefragt, wie es wäre, einen zu haben."

„Ich verehre meinen Großvater. Das tun wir alle. Er ist das Rückgrat unseres Clans, der beste Schwertkämpfer und Stratege, der je gelebt hat. Wir fragen ihn nach allem und jedem, und er führt uns, auch wenn wir nicht fragen."

„Wird er jemals wütend auf dich, weil du ihm nicht gehorcht hast?"

Alick hielt einen Moment inne und schüttelte dann den Kopf. „Mein Vater erinnert mich gerne daran, wenn er mir etwas gesagt hat und er Recht hatte. Großvater würde das niemals tun." Er lächelte und sah sie mit einem Augenzwinkern an. „Ich habe das noch nie bemerkt, doch es ist wahr. Papa und Mama erinnern mich beide an meine Fehler. Großvater? Er zieht einfach die Augenbrauen hoch." Er ahmte einen fragenden Ausdruck nach. „Und wenn er das tut, wissen wir alle, dass es Zeit ist, über unsere Handlungen nachzudenken. Wenn er wirklich wütend ist, treffen sich seine Augenbrauen in der Mitte, und er kneift die Augen zusammen. So." Er ahmte ihn wieder nach und lachte leise. „Leider ist er bei meinem Cousin, daher kann ich mit ihm darüber nicht sprechen."

„Lebt er die ganze Zeit dort?", fragte sie. „Ich habe von Alexander Grant und seinen berühmten Schwertkünsten gehört, doch ich dachte, er lebt auf Grant Castle. Meine Brüder hatten gehofft, ihn bei diesem Besuch in einem Schaukampf zu sehen. Sie sagen, er ist sehr gut für einen alten Mann."

„Weißt du viel über den Krieg? Er ist auf der Burg meines Cousins, weil die Engländer versucht haben, ihn zu benutzen, um ihn zu erpressen."

Sie keuchte. Obwohl sie nicht alles verstand, was sie über den Krieg gehört hatte, wusste sie, dass viele in Schottland unabhängig bleiben wollten und die Engländer sich weigerten, das zu erlauben. „Warum bleibt er dann nicht hier? Es ist viel weiter von den Engländern entfernt."

„Er bleibt, um MacLintock Castle und insbesondere die Familie meines Cousins zu beschützen. Die Engländer haben versucht, den zweijährigen Sohn meines Cousins zu stehlen, um an Großvater heranzukommen. Doch wir haben ihn gerettet. Die Highlandschwerter haben gute Arbeit geleistet, weshalb ich befürchte, bald dorthin gehen zu müssen."

„Was für Schwerter?"

„Die Highlandschwerter. So hat mein Groß-vater sie genannt. Eine lange Geschichte. Wenn meine Cousins Alasdair, Els, meine Cousine Dyna und ich zusammen kämpfen, entwickeln unsere Schwerter eine ungewöhnliche Macht. Ich glaube, Dyna und ich werden bald nach Mac-Lintock Castle gerufen. Wenn mein Großvater eine weitere Bedrohung für einen der Grants wahrnimmt, müssen wir schnell reagieren, um gegen die Engländer zu kämpfen."

Sie hatte nur in alten Geschichten, Liedern und Geschichten über Helden mit unvorstellba-rer Macht und solchen Dingen gehört. Doch sie glaubte an die Geheimnisse des Lebens, und sie glaubte an Alick. Es beeindruckte sie zu glau-ben, dass er für einen solchen Zweck ausgewählt worden war.

„Alick, was du tust ist so wichtig. Ich hoffe, dass du mir eines Tages alles darüber erzählen wirst, doch es macht mich traurig zu hören, dass du Grant Castle verlassen wirst."

„Ich will noch nicht gehen", sagte er und zog sie näher an sich heran. „Ich würde dich viel lieber besser kennenlernen. Wie ich wünschte, du könntest meinen Großvater kennenlernen. Er würde dich bitten, bei ihm zu sitzen und ihm alles über deinen Clan zu erzählen. Dich nach Thane Castle und König Robert fragen."

Er lächelte und dachte darüber nach, wie ernst sein Großvater sein konnte, doch genauso konnte er sie alle mit einer einzigen trockenen Bemerkung zum Lachen bringen.

„Was lächelst du? Du musst an deinen Großvater denken."

Seine Augen leuchteten, als er ihr antwortete. „Ich lächle, weil wir ihn alle so lieben. Und ich fürchte den Tag, an dem er von uns gehen wird. Ich bin mir sicher, er würde genau wissen, was zu tun ist, damit dein Vater mich akzeptiert. Doch da er bei meinem Cousin ist, muss ich leider einen anderen finden, den ich fragen kann, und ich glaube, ich weiß, wen."

„Deinen Vater?"

„Nein, ich werde meine Mutter fragen. Alle sagen, sie denkt ähnlich wie Großvater."

„Bin ich ihr begegnet? Wer ist sie?"

„Sie ist krank. Es belastet sie, was in unserem Land passiert. Manchmal bekommt sie schlimme Kopfschmerzen, und ihr wird übel. Wenn sie sich schlecht fühlt, mag sie große Gesellschaften nicht. Dann hält sie sich vom Lärm im großen Saal fern."

Sorgen erwachten in Branwen. Das Letzte, was sie wollte, war, dass seine Mutter sie ablehnte. „Vielleicht solltest du warten, bevor du sie störst", schlug sie vor.

„Nein, ich werde mich zu ihr schleichen und sie morgen fragen." Er gab ihr einen kurzen Kuss, dann stand er auf und half ihr auf die Beine. „Ich bringe dich besser zurück, bevor du vermisst wirst, doch ich werde dich sofort finden, nachdem ich mit meiner Mutter gesprochen habe. Wir können uns darauf verlassen, dass sie uns helfen wird. Sie ist sehr gut darin, andere zu ihrer Denkweise zu überreden." Seine nächsten Worte waren ein heiseres Flüstern: „Ich verspreche, ich werde bald kommen, um dir den Hof zu machen."

Er drückte ihre Hand und flüsterte weiter: „Ich freue mich auf viele weitere Küsse. Du gehörst zu mir, nicht zu Osbert Ware."

Wie sie betete, dass sie zusammen sein könnten.

Sie gingen Hand in Hand zurück, und plötzlich blieb Alick stehen.

„Was ist?", flüsterte sie und fragte sich, ob ein Tier in der Nähe war. Sie war nicht im Geringsten besorgt, weil Alicks Anwesenheit ihr ein Gefühl der Sicherheit gab, das sie seit langem nicht mehr empfunden hatte.

„Warte hier", sagte er und eilte auf einen Hügel zu. „Ich sehe da oben etwas." Er deutete in die Richtung und rannte den Hügel hinauf, nur, um auf halber Höhe anzuhalten. Er kehrte schnell zurück, schneller, als er hinaufgerannt war.

„Was ist?"

Er nahm ihre Hand und zog sie schneller mit sich. „Ein Nest von Nattern. Ich habe seltsame Bewegungen im Gras gesehen."

„Deshalb bist du da hinaufgelaufen?"

„Nein, hast du die Glockenblumen nicht gesehen? Ich wollte eine Blume für dich pflücken, doch ich musste einen anderen Fleck finden." Er grinste sie an. „Ich gebe vor dir und dir allein zu, dass ich keine Schlangen mag. Ich beeile mich nur für den Fall, dass eine von ihnen beschließt, mir zu folgen."

Sie konnte nicht anders, als einen Blick über ihre Schulter zu werfen, und er drückte ihre Hand. „Ich werde dich beschützen."

Sie hatte sich in ihrem Leben noch nie so sicher gefühlt. Alick MacNicol würde sie vor allem schützen. Sogar vor ihrem Vater.

KAPITEL SECHS

ALICK KLOPFTE AM Morgen nach seinem Gespräch mit Branwen an die Tür zur Kammer seiner Mutter. Er wollte mit ihr sprechen, bevor er frühstückte, aus Angst, dass Branwens Vater schon bald abreisen könnte.

„Mama, wie geht es dir heute Morgen?", fragte er von der Tür aus und wollte ihr Privatsphäre geben, falls sie sie brauchte.

Eine schwache Stimme sagte: „Mir geht es besser, Alick. Bitte komm herein."

Er trat in die Tür und ging zu ihrem Bett. Er wartete und wusste, dass sie Fragen an ihn haben würde, bevor er seine eigenen Fragen stellen konnte. Wie gewohnt begann sie mit Chrissa, die zu fragwürdigem Verhalten neigte.

„Hast du über Chrissa gewacht? Sie hat sich keinen Ärger eingehandelt, wie sie es gewohnt ist, oder?"

„Nein, sie war überall, wie sie es gerne während eines Fests tut, doch sonst benimmt sie sich."

„Dieses Mädchen wird noch dafür sorgen, dass mir alle Haare grau werden, ich schwöre es.

Doch das macht nichts. Ich höre, du hast Neuigkeiten. Komm, setz dich zu mir. Papa sagt, du
hast ein Auge auf ein Mädchen geworfen?"

Sie setzte sich im Bett auf, strich sich die langen Haare aus dem Gesicht und deutete mit der
Hand auf eine freie Stelle auf ihrer Matratze.
Mit ihren dunklen Haaren und blauen Augen
war Kyla Grant immer noch eine der schönsten
Frauen im Land der Grants. Sie war großherzig,
und ihr Clan und ihr Gemahl gingen ihr über
alles. Sie blieb jedoch die meiste Zeit in der
Nähe ihres Zuhauses.

Das war einer der Gründe, warum Alick es
vorzog, dasselbe zu tun.

„Alick, wer ist sie?"

Er setzte sich neben sie auf das Bett und küsste
sie auf die Wange, bevor er antwortete. „Sie
heißt Branwen Denton. Sie ist sehr hübsch und
ein stilles Mädchen, doch ich vermute, dass das
hauptsächlich daran liegt, dass ihr Vater grausam
zu ihr ist. Als wir uns das erste Mal begegnet
sind, hat er sie schlagen wollen, weil sie mit mir
getanzt hatte. Ich habe es nicht erlaubt und ihn
aufgehalten."

„Papa hat es mir gesagt. Er sagte, Onkel Connor war auch da."

„Ja, er hat mich unterstützt. Was hält Papa von
ihr?"

„Er hat nicht viel gesagt. Warum magst du sie?
Jeder würde Mitgefühl für ihre Notlage haben,
doch ist es das, was dich zu ihr zieht?"

„Nein. In dieser Nacht waren Dutzende
hübscher Mädchen im Saal, doch sie ist mir auf-

gefallen. Sie stand ganz allein in der Ecke und beobachtete alles, und etwas an ihrem Gesichtsausdruck … Ich musste zu ihr gehen, um mich vorzustellen. Ich habe ihr ein paar einfache Tanzschritte beigebracht, und wir hatten so viel Spaß beim Tanzen, bis ihr Vater gekommen ist und es ruiniert hat. Ich gebe zu, dass ich das Bedürfnis hatte, sie zu beschützen."

„Sag mir, was du sonst noch über ihren Clan weißt."

Er konnte die Schwäche seiner Mutter sehen, als sie sich zur Unterstützung gegen ein Kissen lehnte. „Soll ich deine Kissen für dich aufschütteln?"

„Nein", sagte sie und winkte ab. „Ich kann das schon selbst. Alick, du musst aufhören, dich so um mich zu kümmern. Was vorbei ist, ist vorbei. Warum verfolgt es dich immer noch?"

Verfolgt war ein großartiges Wort dafür. Es verfolgte ihn und gab ihm auch einen Anker. Bei ihr. Obwohl er nicht verstand, warum, hatte er in letzter Zeit mehr darüber nachgedacht. Wenn er sich an seine Cousins wenden würde, würden sie ihn sicher aufziehen. Seine Mutter hatte Recht – es war schon lange her. Im Sommer, in dem er sechs oder sieben Jahre alt gewesen war, bei einem Fest der Ramsays, an dem sie jedes Jahr teilzunehmen versuchten.

Es war so lange her.

Doch er erinnerte sich an die Angst, als wäre es gestern gewesen, und es hatte sich in der letzten Zeit immer wieder in seinen Träumen wiederholt …

Er, Alasdair und Els waren in der Nähe des
Feldes, auf dem die Spiele stattfanden, herum-
gerannt und beschäftigt gewesen, während die
Älteren am Hindernisparcours für die Reiter
teilgenommen hatten. Er hatte bereits gesehen,
wie sein Vater, sein Großvater, Onkel Jake,
Onkel Jamie, Onkel Quade und Onkel Connor
geritten waren.

Dann erklärten seine Cousins, sie sollten ihr
eigenes Spiel haben – ein Rennen mit zwei
Mädchen. Er hatte gelacht und war mit ihnen
davongerannt, so, wie er es immer tat, auf ein
nahegelegenes Feld zu.

„Sei vorsichtig, Alick", hatte seine Mutter von
ihrem Platz in der Nähe des Feldes ihm nach-
gerufen. Sie und Tante Celestina beobachteten
gemeinsam den Ritt.

Er hatte nur wieder gelacht. Allerdings konnte
er nicht mit seinen Cousins oder den beiden
Mädels mithalten, nach denen sie suchten. Er
wusste nur, dass die Mädchen älter waren als
sie. Er hatte so viele Cousins und Cousinen auf
dem Land der Ramsays, dass es ihn verwirrte.

Alick war zu der Zeit der Kleinste gewesen,
und das hatte ihn zum Langsamsten gemacht.
Er jagte ihnen hinterher, über die nahegelegene
Wiese zum Bogenschießfeld, doch sie waren
nirgends zu sehen. Dyna kam hinter ihm her
und sagte: „Du wirst sie nicht fangen. Du kannst
genauso gut bei uns bleiben und die Pferde
beobachten."

Er winkte Dyna ab und schenkte ihr keine

Beachtung.

„Dyna", rief Tante Sela, nie weit von ihr entfernt. „Alick will mit den Jungs spielen. Lass ihn gehen."

Dyna ging, und er sah sich um, um sie gehen zu sehen, und sich zu vergewissern, dass sie zurück zu ihrer Mutter gegangen war. Seine Mutter hatte ihm immer gesagt, dass er es mit seinem Bedürfnis, seine Cousinen, insbesondere Dyna, zu beschützen, übertrieb. Doch sie war immer in der Nähe, wenn er Hilfe brauchte, und er wollte dasselbe für sie tun.

Als er sich auf der Suche nach Alasdair und Els umdrehte, waren beide verschwunden. Er rannte ihnen nach, bis er außer Atem war und seine Beine müde wurden, doch er konnte sie immer noch nicht finden. Er versuchte es an drei verschiedenen Orten – ohne Glück.

Warum warteten sie nicht auf ihn? Er war so wütend, dass er nach ihnen rief und hoffte, sie könnten seine Stimme hören. „Els! Dair! Ihr wartet nie auf mich!"

Er gab schließlich auf, kehrte mit hängendem Kopf zurück zum Hindernisfeld und dachte, er würde vielleicht auf dem Schoß seiner Mutter sitzen, da seine Cousins nicht da waren, um ihn aufzuziehen. Ja, er war jetzt ein großer Junge, doch er liebte seine Mutter immer noch. „Mama", rief er, als er sich dem Feld näherte. „Mama?"

Sie war nicht da.

Er suchte die Seite des Feldes ab, sah sie jedoch nicht. Sein Vater sollte der nächste auf dem Feld sein, und er war zu Pferd und wartete auf das Zeichen. Er suchte nach seinem jüngeren Bruder Broc, sah ihn jedoch auch nicht. Und auch Tante Celestina und Tante Sela waren verschwunden.

„Mama?" Er drehte sich um und ging zurück zum Palas. Wo konnte sie hingegangen sein?

Und da geriet er in Panik.

„Mama!", schrie er und eilte zurück zum Palas. Er rannte und rannte zum Tor, durch den Hof, durch alle Festzelte, für den Fall, dass sie sich eine Fleischpastete oder ein Gebäck holen wollte.

Doch sie war nirgends zu sehen. Tränen flossen über seine Wangen, und er rannte herum, seine Sicht so verschwommen, dass er die Menschen, denen er begegnete, nicht sehen konnte, doch wenn er auf seine Mutter stoßen würde, würde er es wissen. Sie hatte ein süßes Aroma wie keine andere Frau.

„Alick, bleib stehen", rief ihm eine vertraute Stimme zu. „Warte auf mich."

Obwohl er zu panisch war, um zu registrieren, wer mit ihm sprach, blieb er stehen.

„Alick." Seine Großmutter beugte sich vor, um ihn auf den Arm zu nehmen, und es war ihm egal, ob es jemand sah. Vielleicht war er zu groß, um umarmt zu werden, doch nicht von Großmutter Maddie.

Alick klammerte sich an die Frau, da er befürchtete, auch sie zu verlieren. „Großmama, sie haben sie genommen. Ich bin mir sicher." Er schluchzte an ihrer Schulter, und seine liebe

Großmutter trug ihn zur Bank in Tante Brennas Garten und streichelte seinen Rücken auf ihre beruhigende Weise.

„Alick, niemand hat deine Mutter genommen."

Er blieb stehen und setzte sich auf die Bank neben sie. Er blickte zu Großmama auf, und ihr Lächeln wärmte ihn durch und durch. Alles würde gut werden. Er war sich sicher, jetzt wo sie hier war.

Oder nicht? Er sah zu ihr auf und wischte seine Tränen weg. „Aber ich habe die Leute am Kamin über Männer sprechen hören, die sie gefangen genommen haben. Sie haben ihr wehgetan, und Papa musste sie retten. Ich muss ihn holen. Er muss sie wieder retten."

„Nein, Junge, beruhige dich. Sie ist nicht entführt worden. Sie hat nur wieder diese Kopfschmerzen. Du weißt, dass sie sie manchmal bekommt."

„Aber sie hat es mir nicht gesagt. Sie hätte es mir gesagt, wenn sie gehen musste."

„Sie hat versucht, dich zu finden, doch du warst auf der anderen Seite des Feldes. Ich habe sie ins Bett geschickt und ihr gesagt, dass ich dich finden würde. Dein Bruder ist mit Tante Celestina in der Küche. Deine Mutter schläft wahrscheinlich. Möchtest du nach ihr sehen? Sie ist zu Tante Brenna gegangen, um sich einen Trank zu holen, dann wollte sie sich ausruhen."

Allein seiner Großmutter zuzuhören, ließ den ganzen Schmerz verschwinden. Seiner Mutter ging es wahrscheinlich gut.

„Wo hast du diese Geschichte über ihre Entführung gehört?", fragte sie leise.

„Papa hat es Onkel Quade und Gavin und ein
paar anderen gestern Abend nach dem Abendessen erzählt." Sie fuhr mit den Fingern durch
sein dichtes Haar und versuchte, die Wellen zu
glätten. Ihre Berührung war so beruhigend, dass
er sich an sie schmiegte.

„Das ist vor langer Zeit passiert, bevor sie
verheiratet waren. Deine Eltern würden dich
niemals verlassen." Großmutter zog ihn näher
an sich, schlang ihre Arme in einer warmen
Umarmung um ihn und summte eines ihrer Lieb-
lingslieder. „Alles wird gut. Komm, ich bringe
dich zu Mama."

Das tat sie. Und als sie angekommen waren,
hatte seine Mutter tief und fest geschlafen wie
ein Engel.

Die Stimme seiner Mutter brachte ihn aus
seinen Erinnerungen zurück. Trotzdem hatte er
keine Ahnung, warum ihm ein so kleiner Vorfall
nachging oder warum er zurückgekommen war,
um ihn erneut zu verfolgen.

Für ihn sah sie jetzt genauso aus wie an jenem
Tag auf dem Land der Ramsays.

„Was hast du gesagt, Mama?"

„Ihre Mutter. Kenne ich sie?"

„Ihr Onkel ist der Earl of Thane ..." Ihre
Augen weiteten sich kurz, wahrscheinlich weil
der Earl sich noch nicht auf die Seite von König
Robert gestellt hatte. Zumindest war der Mann

ein Schotte. Er beschloss, seiner Mutter den Rest von dem zu erzählen, was er über Branwen wusste, und dann zu sehen, was sie zu sagen hatte. „Ihre Mutter ist vor zwei Jahren gestorben und hat Branwen und ihre beiden Brüder zurückgelassen. Roy ist zehn und Nab ist fünf Sommer. Sie sagt, ihr Vater gibt ihnen die Freiheit, zu tun, was sie wollen, doch sie sei eingeschränkt und müsse oft über die Kinder wachen. Ich habe ihn gefragt, ob ich um Branwen werben darf, doch er hat mich abgelehnt und gesagt, sie sei verlobt. Branwen hat mir erzählt, dass er die Verlobung gerade vereinbart hat und es sich um Osbert Ware handelt. Kennst du ihn, Mama?"

Seine Mutter zog die Stirn kraus. „Er hat vier Töchter und ein paar Söhne, nicht wahr? Wenn er das ist, wäre er ziemlich viel älter als Branwen."

„Ja, das ist er. Ich habe ihn ertappt, als er versucht hat, ihr im Garten einen Kuss aufzuzwingen. Sie sagte, Osbert habe ihr gesagt, sie habe keine Wahl, da sie verlobt seien."

Seine Mutter schüttelte entschieden den Kopf.

„Nein", sagte sie vehement. „Sie hat das Recht, ihn abzulehnen, auch wenn ich weiß, dass Clan Grant andere Vorstellungen davon hat als viele andere. Doch sobald sie Ehemann und Ehefrau werden, wird er tun, was er will."

Die Tür flog mit einem Knall auf, und beide erschraken auf dem Bett. Es war sein Vater, offensichtlich mit wichtigen Neuigkeiten, sonst hätte er die Tür nicht so aufgeschlagen.

„Welche Neuigkeiten hast du, Finlay? Ich kann

es fast auf deinem Gesicht lesen", sagte Mama.

„Alle übrigen Besucher sind kurz nach Sonnenaufgang abgereist." Er fing Alicks Blick auf und verzog das Gesicht. „Branwen sah nicht glücklich aus, doch was sollte ich tun? Ich konnte sie nicht zum Bleiben zwingen. Ein Bote kam kurz nach ihrer Abreise von MacLintock Castle an. Die Nachricht von Alasdair geschrieben und signiert von deinem Vater. Es heißt, sie haben die Nachricht erhalten, dass Edward Männer geschickt hat, um einige Burgen in den Lowlands anzugreifen. MacLintock ist eine von ihnen. Alasdair will zweihundert Krieger."

„Schon wieder? Wird Edward niemals aufhören, die Schotten zu belästigen?", fragte Mama.

Alicks Herz hatte bei beiden unerwünschten Nachrichten ausgesetzt. „Branwen und Osbert sollen in vierzehn Tagen heiraten. Ich weiß nicht, ob ich in so kurzer Zeit nach MacLintock Castle zurückreisen kann."

Sein Vater warf ihm einen Blick zu. „Großvater hat ein separates Schreiben für dich geschickt. Und eines für Dyna." Er reichte Alick ein kleines Stück Pergament, das er sofort öffnete, las und dann wieder aufrollte.

„Er will, dass Dyna und ich beide kommen."

„Warum?", fragte sein Vater. „Du wirst vielleicht nicht gebraucht, und wenn dein Herz dieses Mädchen will, solltest du ihr nachgehen." Der Blick, den seine Eltern tauschten, war einer, den Alick oft gesehen hatte – sein Vater bat seine Mutter, ihm zuzustimmen, doch wenn es um Großvater ging, waren sie sich nicht immer einig.

„Ich weiß, warum er ihn und Dyna dahaben will, und du solltest es auch wissen, Finlay", sagte Mama. „Denk darüber nach. Alasdair und Elshander sind schon da."

Papa seufzte, als wäre ihm die Antwort auf ihre Frage gerade bewusst geworden. „Die Highlandschwerter."

Alick nickte zustimmend. „Ich muss gehen, sonst wird Großvater böse. Er glaubt, dass unsere Fähigkeiten den Unterschied in einem Kampf ausmachen."

„Pack deine Sachen, Alick", sagte seine Mutter. „Du musst nach MacLintock Castle gehen. Du hast zwei Wochen Zeit, bevor du dich um Branwen Denton sorgen musst."

Alick stand so schnell auf, dass er fast das Gleichgewicht verlor.

Die Highlandschwerter wurden gebraucht. Er hoffte, Branwen würde ihm vergeben.

KAPITEL SIEBEN

BRANWEN WAR ES immer noch schwinde-lig von der überstürzten Abreise von Grant Castle. Eine Magd war gekommen, um sie zu wecken, und hatte ihr gesagt, dass ihr Vater verlangt hatte, dass sie ihn in einer Viertelstunde im Stall traf. Ein Teil von ihr wollte rebellieren und einfach nicht gehen. Doch sie wusste, wie ihr Vater sich rächen würde, wenn sie es versuchte.

Sie hatte nach Alick gesucht, doch im großen Saal, im Hof oder im Stall war nichts von ihm zu sehen gewesen. Und so hatte sie sich auf den Weg zu ihrer süßen Stute gemacht und glaubte von ganzem Herzen daran, dass Alick nach Thane kommen würde, bevor sie gezwungen war, Osbert zu heiraten. Und wenn er es nicht tat, würde sie allein fliehen. Sie musste.

Sie befürchtete, Osbert würde mit ihnen reisen, da er auf der anderen Seite des Waldes von Thane-Land lebte, doch er schloss sich ihnen nicht an. Sie reisten mit fünf Thane-Wachen. Es war eine ruhige Heimreise an dem grauen, wolkigen Tag, doch niemand störte sie. Sie kamen vor Einbruch der Dunkelheit nach Hause, und

Fia begrüßte sie direkt bei den Ställen. Nab freute sich, sie zu Hause zu sehen. „Papa!", schrie er.

Ihr Vater stieg ab und hob den Jungen hoch, warf ihn in die Luft und brachte ihn zum Kichern. „Wie geht es meinem kleinen Krieger? Hat Fia sich gut um dich gekümmert?"

Nab nickte, etwas, das sie insgeheim freute, weil seine Unschuld ihn im Gegensatz zu seinem Bruder dazu brachte, immer die Wahrheit zu sagen. Roy genoss es zu sehen, wenn andere bestraft oder gescholten wurden, deshalb log er oft, um dafür zu sorgen, dass es geschah. Wegen dieser Angewohnheit mochten die Bediensteten ihn nicht.

Ihr Vater war sich seiner Lügen nicht bewusst. Oder vielleicht war es ihm egal.

Die Jungen rannten voraus, und ihr Vater rief ihr zu: „Branwen, du und Fia werdet alle unsere Sachen reinbringen."

Sie nickte und wusste, dass es ihre Aufgabe wäre, vier Satteltaschen zu schleppen, während Roy keine trug. Zumindest war Fia hier, um zu helfen. Sie würden sich unterhalten können, solange sie es leise taten.

„Wie war es?", fragte ihre Freundin.

Sie hielt ihre Augen niedergeschlagen und antwortete: „Einige Teile gut, andere nicht."

„Du bist mit Osbert Ware verlobt?", fragte sie, ihr Blick war auf Branwen gerichtet, als sie von Pferd zu Pferd gingen, um die Satteltaschen abzunehmen. „Bitte sag mir, dass es nicht wahr ist."

„Es ist wahr, doch ich werde ihn nicht heiraten."

„Auweh! Auch wenn er nicht hässlich ist, er hat sechs Kinder, und ich habe gehört, dass er zu geizig ist, Hilfe einzustellen. Lässt die älteste Tochter alles tun. Sie ist sowohl Dienstmädchen als auch Köchin. Und kümmert sich um die Kinder. Außerdem ist er viel zu alt für dich. Welche guten Nachrichten könnten das aufwiegen?"

Sie gingen langsam zum Palas, beladen mit Satteltaschen und zwei zusätzlichen Säcken mit unbekannten Gegenständen, die ihr Vater mitgebracht hatte. „Die gute Neuigkeit ist, dass ich jemandem begegnet bin, den ich sehr mag."

„Wem?" Die Begeisterung in Fias Gesicht erwärmte ihr Herz. Sie war eine wahre Freundin.

„Alick MacNicol."

„Vom Clan Grant? Da warst du doch? Wirklich? Wie schön für dich!" In ihrer Aufregung sprach sie ein bisschen zu laut und hätte beinahe die Aufmerksamkeit anderer auf sich gezogen, doch sie fing sich schnell.

„Es hätte so gut sein können. Er hat um Erlaubnis gebeten, mich zu umwerben."

„Und?"

„Mein Vater hat ihn abgelehnt."

„Dieser dumme alte Narr", flüsterte sie und sah sich um, um zu sehen, wer sie möglicherweise belauschen könnte. Sie schafften es, die Tür offen zu halten, und stellten die Taschen auf einen Tisch im Saal. Roy kam angerannt, um etwas aus seiner Satteltasche zu holen, und er konnte nicht widerstehen, sie zu verspotten.

„Fia, hast du schon gehört? Branwen mag einen Mann auf Grant Castle, doch sie muss den alten Mann Osbert heiraten."

Dann rannte er mit einem selbstgefälligen Gesichtsausdruck davon.

„Wir müssen irgendetwas tun", zischte Fia wütend. „Irgendwas."

„Ich weiß. Ich habe meinen Entschluss gefasst. Ich laufe weg, bevor sie mich verheiraten können. Ich weigere mich, mit diesem räudigen alten Hund verheiratet zu werden", flüsterte sie. Ihr Vater hatte den Saal noch nicht betreten, und die Jungen spielten am Kamin.

„Das willst du tun?"

„Ich weiß noch nicht, wie oder wann, doch ich habe es mir geschworen."

Ihr Vater betrat den Saal, darum beendeten sie ihre Unterhaltung und sortierten die Gegenstände aus den Säcken. Sie leerten alle außer den Satteltaschen ihres Vaters, um die er sich selbst kümmern wollte.

Ihr Vater näherte sich dem Tisch, doch er würdigte sie keines Blickes. „Finde ein schönes Kleid für Branwen", sagte er zu Fia. „Ich werde kein neues kaufen, doch du kannst das Beste reinigen, das sie hat. Wenn sie es dir noch nicht gesagt hat, sie ist verlobt und wird in weniger als zwei Wochen heiraten." Schließlich sah er Branwen an und schenkte ihr ein verschlagenes Lächeln. „Ich möchte, dass sie für ihren Gemahl hübsch aussieht."

Nicht, solange sie noch lebte und atmete. Lieber wollte sie ihren Vater als Ziel ihrer

Bogenschießstunde sehen.

Alick zog Dyna in der Nähe der Ställe beiseite, als sie sich darauf vorbereiteten, nach MacLintock Castle aufzubrechen. „Schau, ich weiß, wir müssen schnell dort sein, doch ich möchte auf dem Weg beim Earl of Thane um Branwens Hand bitten, bevor ich mit dir nach MacLintock Castle gehe."

Er hatte es sich überlegt und konnte den Gedanken nicht akzeptieren, tagelang oder vielleicht länger nichts zu tun. Nicht, wenn Branwens Vater so fest entschlossen schien, zwischen ihnen zu stehen. Er wollte mit ihrem Onkel sprechen, um dem Mann zu zeigen, dass er es mit seiner Nichte ernst meinte.

Dyna hob eine Augenbraue, sagte jedoch nichts.

„Schau, du weißt, dass du mit zweihundert Kriegern langsamer reisen wirst. Wenn ich mit Shadow losreite, werden wir euch wahrscheinlich einholen, bevor ihr überhaupt MacLintock-Land erreicht. Auf jeden Fall sollte ich rechtzeitig zurück sein, um Alasdair zu helfen."

„Du weißt, dass Großvater dich dort erwartet."

„Und ich werde da sein. Sag ihm einfach irgendetwas, falls ich nicht mit euch ankomme. Vielleicht, dass Shadow gestürzt ist oder so etwas. Bitte?"

Dyna stemmte die Hände in die Hüften. „Ich sage ja, doch nur, weil Branwens Vater ein Bastard ist. Ich werde Großvater allerdings nicht anlügen, und ich denke auch nicht, dass du es tun solltest."

„Danke. Ich werde gleich, nachdem wir aufgebrochen sind, die Abzweigung in die andere Richtung nehmen, doch ich verspreche, es vor dem Kampf nach MacLintock Castle zu schaffen."

„Und du solltest besser nicht zu viel später kommen als wir, sonst wird mich Großvater nach dir ausschicken, und das würde mich *nicht* glücklich machen", sagte eindringlich.

„Ich werde da sein. Sorg dich nicht."

Als er glaubte, sich unbemerkt davonmachen zu können, löste er sich von der Gruppe und machte sich auf den Weg nach Thane Castle. Er kam mitten am Tag an, blieb jedoch ein Stück entfernt und band Shadow im Wald fern von der Mauer an. Dann kletterte er auf einen Baum, um in den Hof zu spähen, da er es für gut beraten hielt, vorbereitet hineinzugehen.

Zu seiner Überraschung sah er Branwen mit einem Korb vor den Toren. Sie und ein anderes Mädchen unterhielten sich ernst. Er musste hoffen, dass sie dem Mädchen vertraute. Fia war der Name ihrer Magd, wenn er sich recht erinnerte. Vielleicht war sie das. Branwen hatte ihm gesagt, dass sie wegen ihres Vaters kaum andere Freundinnen hatte.

Er wartete, bis sie von einer Baumgruppe gut versteckt waren, bevor er mit einem Lächeln im Gesicht auf sie zuging. Als Branwen ihn sah, ließ sie ihren Korb fallen, rannte zu ihm und schlang ihre Arme um seinen Hals, bevor sie zurücktrat, um ihn ihrer Magd vorzustellen.

„Alick, warum bist du hier? Wenn mein Vater dich sieht, wird er dich sofort wegschicken.''

Er hielt ihre Hand in seiner und sagte zu beiden Mädchen: „Ich weiß, dass du gesagt hast, du würdest mit deinem Onkel über mich sprechen. Ich würde gerne mit dir gehen, wenn du es tust. Hast du es schon gemacht?''

„Nein, wir wurden ausgesandt, um Weidenruten für neue Körbe zu holen. Ich bin gern gegangen. Vater vertraut mir nicht und sorgt dafür, dass ich nie allein bin. Fia ist immer bei mir.''

„Wo ist er jetzt?''

„Er ist mit einer Gruppe von Männern auf die Jagd gegangen, Roy ist bei ihm.''

„Dann beeilen wir uns. Bring mich zu deinem Onkel. Empfängt er Besucher?''

Fia sagte: „Erlaubt mir einen Vorschlag zu machen. Lasst uns durch das hintere Tor hineingehen. Ich werde deinen Onkel finden. Es ist besser, wenn dich nicht jeder mit ihm sieht. Jemand würde es deinem Papa sagen, und ich denke, es wäre besser, die Wahrheit vorerst vor ihm zu verbergen. Auch wenn ich nicht weiß, was dein Onkel tun wird.''

Alick hielt das für einen soliden Plan, und die drei gingen durch ein zweites Tor in den Hof. Alick und Branwen fanden ein Gebüsch, wo sie warten konnten, ohne gesehen zu werden, und Fia ging in den Palas. Sobald sie außer Sicht war, nahm er Branwens Gesicht und küsste sie leidenschaftlich, ein Kuss voller Angst, dass sie diese Gelegenheit nicht so bald wieder bekommen könnten. Sie küssten einander, bis sie sich keuchend voneinander lösten. Er lehnte seine Stirn an ihre und sagte: „Wir müssen einen Weg finden. Ich werde nicht zulassen, dass sie dich zwingen, Osbert zu heiraten."

Er schlang seine Arme um ihre Schultern, lehnte sich an die weichen Strähnen ihres braunen Haares, während ihr Duft nach Lavendel ihn einhüllte. Alles an ihr war weich – ihre Haut, ihre Lippen, ihre Hände – und doch spürte er ein starkes inneres Wesen, das sie vor der grausamen Art ihres Vaters schützen würde.

Er würde sie als willensstark beschreiben, eine Eigenschaft die oft auch seiner Mutter zugeschrieben wurde. Ihre Stärke war anders als die von Dyna, was für alle, die ihren Weg kreuzten, offensichtlich war, doch sie war nicht schwächer. Vielleicht hatte ihn das in dieser ersten Nacht zu ihr hingezogen.

Fia kehrte rasch zurück und kicherte, als sie sich schnell voneinander zurückzogen „Er ist in seinem Gemach und sagte, ihr könnt gern zu ihm kommen."

Sie machten eine Pause, um zu Atem zu kommen. Branwen strich ihre Röcke glatt, während Alick die verirrten Haarsträhnen aus ihrem Gesicht strich und wusste, dass er dafür verantwortlich war.

Fia führte sie durch einen Seiteneingang in den Palas. Sie kamen an ein paar Küchenmägden vorbei, doch niemand schien sie zu beachten.

Nachdem Fia sie in das Gemach des Earl of Thane gebracht hatte, ging sie und schloss die Tür hinter sich. Der Earl war hochgewachsen mit dunklem Haar, das sich ein wenig lichtete, doch Alick vermutete, dass er in seiner Jugend ein sehr gutaussehender Mann gewesen war. Er war immer noch imposant.

„Seid gegrüßt, mein Herr", begann Alick. „Ich will nicht zu viel Eurer Zeit in Anspruch nehmen. Ich werde meine Frage schnell stellen und mich dann auf den Weg machen. Ich bitte um Eure Erlaubnis, um Eure Nichte zu werben. Ich bin überzeugt, dass wir hervorragend zusammenpassen." Das Gemach hatte eine gute Größe, doch nicht die Wärme der Gemächer seiner Onkel. Es gab auch keine Spuren von Clanfarben. Das seines Großvaters hatte an einer Wand eine große Tapisserie von Grant Castle, die von Großmutters liebevollen Händen angefertigt worden war, und an der anderen ein leuchtend rot–grünes Plaid und Waffen. Waffen waren alles, was in diesem Gemach an den Wänden hing.

Der Earl sah seine Nichte an und fragte: „Hast du deinen Vater gefragt, Mädchen?"

Branwen sah zu Alick, der sagte: „Ich habe ihn um Erlaubnis gebeten, als wir auf Grant Castle waren. Ich bin der Sohn von Finlay und Kyla MacNicol. Wenn ich –"

Der Earl hielt seine Hand hoch, um ihn zu unterbrechen. „Verzeiht mir, dass ich dich unterbreche, doch du bist Kylas Sohn? Kyla Grant?"

„Ja. Warum fragt Ihr?"

„Kein Grund. Geht es ihr gut? Ich habe gehört, dass sie auf dem Fest krank war." Er schien wirklich besorgt zu sein, und Alick war gerührt von der Sorge des Mannes um seine Mutter.

„Es geht ihr viel besser."

„Gut. Dann fahr mit deiner Erklärung fort."

Alick sagte: „Ich habe ihren Vater um seine Erlaubnis gebeten, doch er hat mich abgelehnt. Er sagte, sie sei mit Osbert Ware verlobt."

„Osbert?", fragte der Earl überrascht. „Wann ist das passiert, Branwen?"

„Papa sagte, Osbert hat auf Grant Castle ein Angebot für mich gemacht. Er hat es angenommen, doch ich will ihn nicht heiraten. Er ist so viel älter als ich. Ich bevorzuge Alick." Sie drückte Alicks Hand so fest, dass es weh tat.

„Bist du bereit, ein Angebot für sie zu machen?", fragte der Earl und sah Alick scharf an.

„Ja, auch wenn ich es vorziehen würde, wenn wir Zeit für eine Brautwerbung hätten. Ich muss für meinen Clan auf eine Mission in die Lowlands reisen. Doch ich werde in weniger als einem Mond zurück sein und würde die Gelegenheit begrüßen, Eure Nichte besser kennenzulernen, mein Herr." Er drehte sich zu Branwen um. „Und ich hoffe, dass es in einer Hochzeit enden wird, mein Herr. Ich würde mich sehr freuen, Branwen als meine Frau zu nehmen."

„Hat deine Mutter ihre Zustimmung gegeben? Und hast du seine Eltern getroffen, Branwen?"

„Ich habe seine Mutter noch nicht kennengelernt, nur seinen Vater."

„Meine Mutter und mein Vater unterstützen
beide meine Wahl", warf Alick ein. „Sie glauben, dass jeder bei der Auswahl dessen, mit
dem er oder sie das Leben verbringen wird, ein
Mitspracherecht haben sollte."

Der Earl hob eine Hand, um sein Kinn zu rei-
ben. „Ja, ich bin mir dieses seltsamen Glaubens
der Grants bewusst. Ich muss nicht unbedingt
derselben Meinung sein, doch ich verstehe es.
Wenn ich eine Tochter hätte, könnte ich diese
Argumentation in Betracht ziehen. Ich kann
auch Branwens Entscheidung respektieren, dich
anstatt Osbert Ware ehelichen zu wollen. Das
Alter allein würde dich zu einer angemesseneren
Wahl machen."

Er kehrte ihnen den Rücken zu, ging zum
Fenster und zog das schwere Fell zurück, um
nach draußen zu blicken. Die kühle Luft drang
schnell in den Raum. Er wartete nicht lange,
bevor er das Fell fallen ließ und sich umdrehte,
um ihnen wieder seine volle Aufmerksamkeit zu
schenken.

„Mein Gefühl sagt mir, dass meine Schwester
nicht wollen würde, dass du mit Osbert verheiratet bist. Jeder weiß, dass er zu alt für dich
ist, und er will, dass seine Frau sich um seine
sechs Kinder kümmert. Es ist kein Leben für ein
Mädchen von weniger als zwanzig Jahren. Du
sollst eigene Kinder haben. Erlaube mir, darüber
nachzudenken, und wir sehen uns in einer
Stunde wieder."

Alick spähte zu Branwen hinüber, um ihre

Reaktion zu sehen, und sie nickte schnell, die Erleichterung in ihrem Gesicht offensichtlich.

„In dieser Zeit werde ich den Gemahl meiner Schwester finden, um seine Version zu hören, warum er sich so entschieden hat."

„Ich danke Euch, mein Herr", sagte Alick.

Nun hatten sie Hoffnung, was mehr war, denn als sie sein Gemach betreten hatten.

KAPITEL ACHT

D AS SICHERSTE WÄRE, sich von Alick zu
verabschieden, in der Hoffnung, dass sie
bald wiedervereint werden würden, doch Branwen zögerte, sich von ihm zu trennen. Was,
wenn ihr Onkel sich gegen sie entschied? Sie
würde ihn womöglich nie wieder sehen.

Sie zeigte auf eine Seitentür, die in der Mauer
versteckt war. „Da können wir uns rausschlei-
chen." Niemand war in der Nähe, also machte
sie sich keine Sorgen, gesehen zu werden. Die
meisten waren damit beschäftigt, ihren tägli-
chen Arbeiten in ihren Gebäuden nachzugehen.
„Der Turnierplatz ist auf der anderen Seite, also
können wir gut diesen Weg benutzen. Er ist gut
versteckt."

Als sie durch die Tür gegangen waren, fiel
Alicks Blick auf die äußeren Ställe, zwei mittel-
große Gebäude, die durch ein kleineres Gebäude
in der Mitte verbunden waren. Das Ende lag
fast im Wald. „Eure Ställe sind außerhalb der
Mauer?", fragte er. „Macht ihr euch keine Sorgen, dass sie jemand stehlen könnte?"

„Wir haben beides. Die besten Pferde werden

innerhalb der Mauer gehalten, insbesondere die, die sie für die Zucht verwenden. Doch mein Onkel hat viele Pferde, deshalb haben sie hier draußen ein Gebäude für die Pferde der Wachen angebaut."

„Wir haben versucht, Großvater dazu zu überreden, doch der Gedanke gefiel ihm nicht. Sie mussten unsere Mauer erweitern, um alle Gebäude aufzunehmen. Doch Großvater schlägt immer wieder vor, dass wir dem Palas neue Anbauten hinzufügen. Er möchte, dass alle zusammen bleiben."

„Eure Burg ist die größte, die ich je gesehen habe."

Sie gingen an den Ställen vorbei, und der Stallmeister kam heraus, um sie mit einem breiten Lächeln zu begrüßen. Jep war klein gewachsen für einen Mann, auch wenn er immer noch größer als Branwen war, und hatte grüne Augen, die funkelten, wenn er – wie er sie nannte – Geschichten aus der alten Zeit erzählte. Sie bezweifelte, dass er sehr alt war, denn sein Haar war noch braun. Er hatte ihr das Reiten beigebracht, damals, als ihr solcher Luxus erlaubt gewesen war, und er hatte ihr seitdem weiter geholfen und sie ermutigt. Er und Fia waren die beiden Menschen, die ihr Vater ihr nicht nehmen konnte.

„War das dein edler Hengst, den ich vor den Toren gefunden habe?", fragte Jep Alick. „Sah aus wie ein Grant-Plaid. Ich habe ihn reingebracht, um ihn abzubürsten, und ihm Hafer zu fressen gegeben."

„Ja", sagte Alick. „Shadow frisst alles, was du ihm gibst. Ich danke dir für deine Gastfreundschaft."

Branwen stellte die Männer einander schnell vor und hielt Ausschau nach den Jägern, die bald zurückkommen mussten. Jep musste es bemerkt haben, denn er lächelte und sagte: „Mach dir keine Sorgen. Sie werden nicht vor Einbruch der Dunkelheit zurück sein, Mädchen. Wo hast du diesen feinen jungen Mann getroffen?"

„Bei den Feierlichkeiten auf Grant Castle. Alick hat mir ein paar Tanzschritte beigebracht." Sie sah zu ihm auf und wurde rot. Sie schwor, er sah noch schöner aus als bei dem Fest.

Alick mischte sich schnell ein. „Ja, wir sind uns da begegnet und haben ein paar Tänze getanzt. Sie lernt schnell, doch das weißt du wahrscheinlich schon."

Jep sah sie an und sagte: „Ja, das tut sie. Was bringt Euch nach Thane Castle?"

„Ich war auf dem Weg und habe auf einen Besuch Halt gemacht." Dann wandte sich Alick an Branwen und fragte: „Möchtest du reiten? Vielleicht kannst du mir deinen Lieblingsplatz zeigen."

Jep räusperte sich und sagte: „Mädchen, du weißt, hier gibt es viele Augen, auch wenn die neugierigsten weg sind. Vielleicht wäre es für Alick sicherer, zuerst zu reiten? Du kannst eine Weile später losreiten, um ihn zu treffen. Wenn du deinen üblichen Pfad nimmst, kannst du ihn abseits der Hauptstraße treffen."

Alles in ihr leuchtete auf, sowohl angesichts

Alicks Vorschlag als auch Jeps Rat. Sie wusste bereits, wohin sie ihn bringen wollte – zum See. Sie erklärte, wo sie ihn treffen würde, und sah dann zu, wie er ging. Sie ließ ihn nicht aus den Augen, bis er aus ihrem Blickfeld verschwand.

Jep half ihr beim Aufsitzen, hielt sie jedoch zurück, bevor sie ging. „Danke für deine Freundlichkeit", sagte sie, dankbar, dass er nicht versucht hatte, sie davon zu überzeugen, nicht mit Alick wegzugehen.

„Er ist ein ehrenwerter Mann, wenn ich raten sollte. Bist du genauso begeistert von ihm wie er von dir, Mädchen?"

Die Röte begann in ihren Wangen, doch sie schien sich über ihren ganzen Körper auszubreiten. „Ja. Er ist ehrenwert und freundlich, mehr als jeder andere, den ich getroffen habe." Sie äußerte sich nicht zu ihren Gefühlen, doch sie wusste, dass sie es nicht musste – diese Röte war ihre Antwort.

Er sagte: „Ich wünsche euch viel Glück, doch bitte seid vorsichtig." Damit tätschelte er die Flanke ihres Pferds, und sie ritten in einem flotten Galopp los. Branwen genoss den Wind in ihrem Gesicht, während ihr Pferd frei über die Wiese lief. Sie lenkte das Tier und wurde nicht langsamer, bis sie am See ankamen.

Es war ein warmer Sommertag, mit wenigen Wölkchen am Himmel, jedoch frei von Regenwolken. Alick wartete auf sie und winkte sie zu sich herüber. Als er ihr beim Absteigen half, hielten seine Hände sie länger als nötig, doch es gefiel ihr. Sie standen zusammen am Ende des kleinen Sees und blickten aufs Wasser. „Ich liebe diesen Ort. Er ist so friedlich. Ich habe mich oft gefragt, wie es sich anfühlt, auf dem Rücken auf dem Wasser zu treiben und die Vögel über mir zu beobachten."

„Du weißt nicht, wie man schwimmt?"

Sie schüttelte den Kopf. „Mama sagte, das sei nichts für Damen. Die Jungen spielen am Ufer, doch ich habe andere ins Wasser springen und hinüberschwimmen gesehen. Weißt du, wie man schwimmt?"

„Ja, ich habe als Kind die Hälfte meiner Sommer in unserem See verbracht. Der See der Ramsays ist noch besser für die ganz Jungen geeignet. Baumstämme zum Sitzen, ein Seil zum Schwingen über dem Wasser. Einige meiner liebsten Erinnerungen aus meiner Kindheit sind von Großvater, der eine Eiche im Sturm spielt."

„Eine Eiche? Aber wie? Was hat er getan?"

„Er hat immer die Arme ausgestreckt und jeder, der klein genug war, hat sich an seinen Armen festgeklammert. Er hat uns hin- und her geschwungen, bis alle außer einem einen runtergefallen waren. Ich war ein paarmal der Sieger. Ich habe nicht oft gewonnen, weil ich zu beschäftigt war, zu kichern und Wasser zu schlucken."

„Alick, dein Clan klingt so wunderbar."

Er streckte seine Hand nach ihr aus und führte sie zum Rand des Wassers. „Hier, zieh deine Schuhe aus und binde dein Kleid zusammen. Wir können waten und Fische fangen."

„Das können wir?"

„Ja, knote dein Kleid so, wie du es getan hast, um auf den Baum zu klettern." Da er sein Plaid trug, musste er nur seine Stiefel ausziehen. Nachdem er sie abgelegt hatte, ging er ins Wasser und starrte mit einem zufriedenen Seufzer in den klaren See.

Sie beeilte sich, sich ihm anzuschließen, zögerte dann jedoch. „Ist es kalt?"

„Nein, nur erfrischend." Er streckte ihr seine Hand entgegen, und sie nahm sie, ging durch das kühle Gras und trat auf ein paar Steine, bevor sie vorsichtig einen Fuß ins Wasser tauchte.

„Es ist kalt wie Eis im Winter", kreischte sie und wich zurück.

„Nein, komm zurück. Du wirst dich daran gewöhnen."

Als sie es endlich geschafft hatte, hielt er ihre Hand und zeigte mit seiner anderen Hand nach unten. „Siehst du die Fische? Das sind Bitterfische. Als wir Kinder waren, haben wir versucht, auf sie zu treten oder sie mit unseren Händen zu fangen. Schau. Versuch, auf sie zu treten."

Er zeigte ihr, was zu tun war, und sie folgte seinem Beispiel und lachte amüsiert über die Unmöglichkeit dessen, was sie versuchten. Plötzlich ließ er ihre Hand los, warf ihr einen wildentschlossenen Blick zu und versuchte, einen Fisch mit bloßen Händen zu fangen.

„Hast du oft welche gefangen?"

Er lachte. „Nein, nie. Dyna schon, doch Alasdair, Els und ich haben es nie geschafft. Es hat mich immer geärgert, dass sie in allem so gut war."

Er führte sie am Ufer entlang, die beiden blickten ins Wasser, als sie Hand in Hand gingen. Ihr Herz fühlte sich voll an, und sie wollte, dass dieser Tag nie zu Ende ging. Sie wünschte sich nichts mehr, als den Rest ihres Lebens damit zu verbringen, mit diesem Mann spazieren zu gehen und sein gutes Aussehen, sein strahlendes Lächeln und das Glück zu genießen, das in ihrem Bauch blühte, wenn er in der Nähe war. Es fühlte sich an, als wären ihre Seelen einander vor langer Zeit begegnet.

Nach einer Weile blieb er stehen und zeigte auf das Ende des Sees. „Ist das eine Kapelle?"

„Ja, gelegentlich kommt ein Priester und bleibt ein paar Tage, um Frieden zu haben. Es ist ein besonderer Rückzugsort für sie, eine Atempause von ihren üblichen Pflichten."

Ein Mann in einem dunklen Gewand trat aus dem Gebäude.

„Du meinst ihn? Ist er ein Priester?"

„Ja, das ist Pater MacKenzie. Ihn mochte ich schon immer am liebsten. Mama und ich haben immer mit ihm gebetet, wenn er hier war. Wir haben Brot gebacken und es ihm gebracht. Er ist so nett."

Er drehte sich um, starrte sie an und nahm ihre andere Hand, sodass er beide hielt. „Vielleicht sollten wir nicht auf die Zustimmung deines Onkels warten."

Ihr Hals schnürte sich zu. Sicherlich hatte sie sich verhört. „Was sagst du?"

Er starrte einen Moment zu den Wolken am Himmel auf, bevor er sie wieder ansah. „Ich bitte dich, mich zu heiraten. Es ist kein normaler Beginn für eine Ehe, da es keine große Zeremonie geben wird, kein Fest danach, doch es würde unser Hauptproblem lösen." Er hob seine Hand, um ein paar lose Strähnen hinter ihr Ohr zu streichen. „Ich denke, wir passen sehr gut zueinander, und ich möchte dich nicht an Osbert Ware oder irgendeinen anderen Mann verlieren. Es ist nicht ideal, doch wenn wir die Alternative in Betracht ziehen, sollten wir es jetzt tun."

Benommen, wie sie von dem Vorschlag war, konnte sie nicht die richtigen Worte finden. Ihre Hand wanderte zu seiner Wange, den rauen Stoppeln, und sein Blick erwärmte sie von innen heraus. Ja, es gab keinen Grund zu warten. Branwen war sich nicht ganz sicher, was Liebe war, doch in ihren Gedanken war Liebe die Art, wie sie für Alick empfand. Sie vertraute ihm, mochte, wie er sie zum Lachen brachte, und konnte es nicht erwarten, Gemahl und Gemahlin zu sein. Ihre Mutter hatte ihr gesagt, eine Ehe konnte wunderbar sein, doch nur mit dem richtigen Mann.

Alick war der richtige Mann für sie.

Er war der einzige Mann für sie, und nichts und niemand konnte sie von ihm abbringen.

„Willst du mich ehelichen, Branwen?"

Es war die einfachste Frage, die sie jemals hatte beantworten müssen.

„Ja, es wäre mir eine Ehre, deine Gemahlin zu werden. Ich weiß, dass du für ein paar Tage weg musst, doch ich will auch nicht warten." Sie konnte ihren Vater noch ein paar Tage ertragen, und sobald er wusste, dass sie bereits verheiratet war, würde er eine Heirat mit Osbert Ware nicht erzwingen können.

Sie konnte nur beten, dass der Priester sie verheiraten würde.

Alick konnte nicht glauben, dass er sie gefragt und sie akzeptiert hatte. Das Einzige, was zu tun war, war, den See entlangzugehen und den Priester zu fragen, ob er sie vermählen würde. Obwohl seine Mutter und sein Vater sicher verärgert wären, dass sie der Zeremonie nicht beiwohnen konnten, würden sie sicherlich die Notwendigkeit verstehen. Es wäre nicht das erste Mal, dass ein Mitglied des Clan Grant eine Ehe aus einer Laune heraus einging. Seine Gefühle für Branwen waren viel tiefer als er jemals für möglich gehalten hätte, was eine schnelle Ehe in seinem Kopf rechtfertigte.

Er half ihr, ihre Stiefel anzuziehen, bevor er seine anzog. Dann nahm er ihre Hand und führte sie am Rande des Wassers entlang zur Kapelle.

„Seid gegrüßt, Pater MacKenzie", sagte Branwen und drückte seine Hand etwas zu fest. „Dürfen wir einen Moment Ihrer Zeit haben?"

„Aber sicher, Mädchen. Du weißt, ich genieße unsere Unterhaltungen immer." Er sah umgänglich aus, mit langen dunkelbraunen Haaren, warmen braunen Augen und einem schiefen Lächeln, und wenn er Branwen mochte, würde er sicherlich ihre Situation verstehen.

„Vater, ich bin Alick MacNicol. Ich bin vom Clan Grant und habe Branwen getroffen, als sie anlässlich eines Fests auf Grant Castle war." Er holte tief Luft, bevor er fortfuhr, und nahm ihre Hand in seine. „Branwen und ich möchten heiraten. Ich habe sie um ihre Hand gebeten, und sie hat akzeptiert. Würdet Ihr uns die Ehre erweisen, uns zu verheiraten?" Er fing an, ihren Handrücken zu streicheln.

Der Priester presste die Lippen aufeinander und faltete die Hände vor seiner Kutte. „Du hast ihren Vater gebeten, und er hat dich abgewiesen, nicht wahr?"

Alick seufzte und nickte.

Branwen ging auf Zehenspitzen, um dem Priester in die Augen zu blicken. „Pater MacKenzie, mein Vater hat mich gegen meinen Willen mit Osbert Ware verlobt. Ihr wisst, wie er mich behandelt. Bitte erlaubt uns zu heiraten, sonst werde ich gezwungen sein, einen alten Mann zu heiraten, nur, um für seine sechs Kinder zu sorgen."

Der Priester trat um sie herum und schlenderte zum See, nur wenige kurze Schritte von der Kapelle entfernt. Er stand unter einem großen Baum, dessen Äste über das Wasser ragten und sich sanft im Wind wiegten. Seine Lippen bewegten sich wie im Gebet, doch er sagte nichts.

Alick drückte Branwens Hand und wartete auf den Priester, spürte die Anspannung des Augenblicks. Sein zukünftiges Glück lag in den

Händen dieses Mannes.

Der Priester drehte sich um und kehrte zu ihnen zurück. „Ich werde es tun. In der Vergangenheit habe ich auf der Erlaubnis beider Eltern bestanden, und wir haben Zeugen gebraucht, doch wir leben in unsicheren Zeiten. Meine Berufung hat mich durch die Highlands geführt, und ich sehe, dass nichts mehr so ist, wie es seit diesem von König Edward angefachten Krieg war. Kommt herein, und ich werde euch vermählen." Er drehte sich um und ging in die kleine steinerne Kapelle, die sich vom Grün der Wälder, des Sees und der fernen Berge abhob.

Branwen lächelte Alick an, ein strahlendes Lächeln, das in ihm den Wunsch weckte, ihr die Welt zu schenken, und er schlang seine Arme um sie und küsste sie auf die Wange. Sie machte einen Schritt in Richtung der Kapelle, doch er hielt sie auf.

„Warte bitte einen Moment." Er ließ ihre Hand los und rannte los, auf eine Senke zu, die nicht weit von ihnen entfernt und mit sommerlichen Wildblumen bedeckt war, die größtenteils von einem wunderschönen tiefen Blau waren. Er watete durch die Gräser und Blumen, sammelte blaue Glockenblumen und weiße Margeriten und brachte den Strauß zu ihr in die Kapelle zurück.

Er hielt ihn ihr entgegen, und sein Herz schlug schnell in seiner Brust, als er daran dachte, was sie tun würden, was sie einander versprechen würden. Nicht aus Angst oder Widerwillen, sondern aus Begeisterung über das, was kommen würde. Er wusste endlich, was er wollte, wen er wollte, und das machte den Unterschied.

„Diesmal keine Schlangen", sagte er mit einem Grinsen im Gesicht.

Sie nahm die Blumen und umarmte ihn. „Das sind die schönsten Blumen, die ich je gesehen habe", flüsterte sie an seinem Hals. „Danke dir."

Pater MacKenzie rief nach ihnen, und Alick ergriff ihre Hand und begleitete sie in die Kapelle. Es dauerte einen Moment, bis sich ihre Augen an das schwache Licht der Kerzen im Inneren gewöhnt hatten, doch sie gingen zusammen hinein, immer noch Hand in Hand.

Der Priester begann die Zeremonie auf Gälisch, wie es sein sollte, doch Alicks Aufmerksamkeit galt Branwen. Sie lächelte ihn so an, wie er sie in dieser ersten Nacht lächeln sehen wollte, und trotz der Eile, mit der sie heirateten, fühlte es sich richtig an.

Am Ende der Zeremonie beugte sich Alick vor, um sie auf die Lippen zu küssen. Sie traten wieder hinaus in den grauen Tag und waren überrascht, ein Pferd aus der Burg auf sie zureiten zu sehen. Aus dieser Entfernung konnte er sich nicht sicher sein, doch es sah aus wie der Stallmeister. Jep, wie Branwen ihn genannt hatte.

Sie eilten dem Reiter entgegen und trafen ihn in der Nähe ihrer eigenen Pferde.

„Jep, was ist?", fragte Branwen leise.

„Dein Vater hat Nachricht geschickt, dass sie innerhalb einer Stunde zurück sein werden und du das Abendmahl vorbereiten sollt. Du solltest dich besser beeilen, oder er wird herausfinden,

was du getan hast. Ich bezweifle, dass er es gut-
heißen würde."

Jep warf einen Blick hinter sie auf die Kapelle,
doch er befürchtete eindeutig, was passieren
könnte, wenn er entdeckt würde, denn er wandte
sich wieder in die Richtung, aus der er gekommen war.

„Wir müssen uns beeilen", sagte Branwen und
blickte in Alicks Augen.

„Ich werde dir bis fast zurück zur Burg folgen", sagte er, „doch dann muss ich gehen. Ich
werde zurückkommen, nachdem ich meinen
Cousins geholfen habe, die Engländer abzuwehren."

„Kann ich nicht mit dir kommen?", fragte sie.
Sie klang verängstigt, und er hasste es, der Grund
dafür zu sein. Doch er konnte nicht anders. Egal
wie sehr er sie bei sich haben wollte.

„Branwen, es gibt nichts, was ich mehr lieben
würde, als dich von hier wegzubringen, einen
Ort weit weg von allem zu finden, um dich zu
meiner zu machen und dich die ganze Nacht
in meinen Armen zu halten und dich zu lieben.
Doch wenn mein Vater und mein Großvater herausfinden, dass ich mitten in einem Krieg ohne
Wachen mit dir durch die Dunkelheit geritten
bin, würden sie mich an einen Baum binden
und mich dort einen halben Mond lang darben
lassen. Und das wäre richtig. Wenn es noch hell
wäre, könnte ich es vielleicht in Betracht ziehen,
doch es wird bereits dunkel, vor der Burg meines Cousins lagert eine englische Einheit, und
ich habe keine Wachen bei mir." Er strich mit

dem Finger über ihre Wange und küsste sie dann, ein süßer Kuss, der sie auf eine Weise wimmern ließ, die ihn fast dazu brachte, es sich anders zu überlegen.

„Ich verspreche, dass ich in weniger als drei Tagen zurückkommen werde, und ich werde Wachen oder Gefährten mitbringen, um dich zu beschützen. Es wäre dumm, allein zu reisen. Vertraust du mir?"

„Ja", sagte sie, lehnte sich an ihn und schmiegte ihren Kopf an seine Schulter. „Sei bitte vorsichtig. Ich werde gespannt auf deine sichere Rückkehr warten."

„Und dann werden wir als Gemahl und Gemahlin weiterziehen, das verspreche ich."

Sie besiegelten ihr Versprechen mit einem Kuss, und dann ritt Branwen zurück in Richtung Thane Castle. Alick beobachtete sie, bis sie die Sicherheit der Mauer erreichte. Es fühlte sich seltsam und falsch an, sie von sich wegreiten zu sehen, doch so sehr Alick ihren Vater verabscheute, würde sie dort unter den Wachen ihres Onkels sicherer sein, als wenn sie mit ihm ritt.

Sobald er wusste, dass sie in Sicherheit war, machte Alick sich auf den Weg nach Castle MacLintock, um seinen Cousins zu helfen, die Engländer abzuwehren. Bevor er über die Wiese galoppierte, imitierte er seinen kleinen Cousin John und spuckte zur Seite.

Der Junge hatte noch keine zwei Sommer gesehen, doch er hasste die „Engwishen", wie er sie nannte, und jedes Mal, wenn jemand von ihnen sprach, spuckte er. Der Junge tat alles, was sein Vater Alasdair tat, einschließlich des Schwingens seiner kleinen Holzwaffen.

Die „Engwishen" hatten John entführt und einen Austausch verlangt: den Jungen für Alexander Grant. Doch ihr Plan war dank der Bemühungen der Grants gescheitert, und sowohl der Junge als auch Großvater waren frei.

Er musste glauben, dass sie die Engländer wieder besiegen würden, und diesmal war sein Herz ein wenig leichter, weil er Branwen hatte, zu der er zurückkehren konnte, wenn alles vorbei war. Seine Gemahlin. Sein Weib.

Er ritt weit in die Dunkelheit hinein und nahm einen weniger direkten Weg nach MacLintock Castle. Er wusste, wenn er nicht vorsichtig war, konnte er von einer englischen Einheit angegriffen und an den Hoden am nächsten Baum aufgehängt werden. Shadow, der Fremde schon immer lange vor ihm gespürt hatte, machte ihn auf die englischen Krieger aufmerksam, bevor er sie sah. Eine kleine Gruppe, alle betrunken, saß beisammen und sprach über ihren Plan, morgen beim ersten Licht anzugreifen.

Gab es einen Anführer oder waren sie Räuber, die raubten und plünderten, wo immer sie hinkamen?

Sie waren ungefähr zwanzig an der Zahl, also blieb er außer Sicht und lauschte. Dann hörte er, was er hören musste.

„Wenn Pembroke mit seinen dreihundert Mann ankommt, werden wir die Burg ohne Probleme überrennen." Der Mann, der das gesagt hatte, war definitiv ein Engländer, und so, wie er und ein anderer Mann abseits der anderen sprachen, vermutete er, dass sie das Sagen hatten.

„Burke, ich weiß nicht, warum du darauf bestehst, dass wir uns ihnen anschließen", sagte der zweite Mann, der blond und größer als Burke war.

„Weil die Engländer uns gutes Geld zahlen. Wir kommen, wir kämpfen und laufen dann wie der Teufel zurück nach England, bevor die wilden Schotten einen von uns erwischen. Du weißt, dass das für uns leicht verdientes Gold ist."

„Vielleicht hast du Recht", sagte der blonde Mann, „doch wenn wir so weitermachen, werden wir dafür bezahlen müssen. Einige von uns werden von den Schotten gefangen oder von ihren riesigen Schwertern aufgespießt werden. Überfälle sind sicherer. Vieh stehlen und es verkaufen."

„Es heißt, Edward ist fast tot. Wir müssen ein paar Burgen einnehmen, um ihn in seinen letzten Tagen glücklich zu machen. Sie zahlen uns extra für MacLintock Castle."

„Stimmt, doch die anderen Angriffe gegen die Festung waren erfolglos. Das ist eine gefährliche Angelegenheit, Burke, und du weißt es. Ich sage, wir lassen diesen Angriff aus und stehlen stattdessen ein paar Rinder."

„Solange wir unsere Bezahlung bekommen, ist es mir egal. Wir können uns früh zurückziehen." Er zeigte auf die Gruppe von Männern. „Sorg dafür, dass diese Dummköpfe nicht unser ganzes Bier trinken." Burke wandte sich ab, während der blonde Mann zu der kleinen Gruppe von Räubern ging.

Er packte einen am Arm. „Ich denke, du hast genug. Du musst morgen kämpfen können."

Der Mann schwankte ein wenig, als er sich umdrehte. „Mach dir keine Sorgen. Es macht mir Spaß, Schotten zu töten. Ein kleines Bier wird mich nicht daran hindern." Er gackerte auf eine Weise, die Alick dazu brachte, ihm vors Schienbein treten und ihn dann erstechen zu wollen. „Sobald wir hier fertig sind, können wir Bruce nachgehen."

„Ich komme nicht mit. Ich bleibe in der Nähe von England", sagte ein anderer betrunkener Narr und stand unsicher auf, während er einen weiteren Schluck aus seinem Trinkschlauch trank.

„Es wird keine Jagd auf Bruce geben", sagte der blonde Mann. „Wir kehren zurück zu unseren Raubzügen und dem einfachen Leben."

„Mir recht", sagte der erste Betrunkene, fiel rücklings von dem umgestürzten Baumstamm, auf dem er saß, und schlug mit dem Kopf an einen anderen Baum.

Alick hatte alles gehört, was er hören musste. Er wollte seine Cousins warnen, sich auf einen Angriff am frühen Morgen vorzubereiten. Bei dreihundert Mann war der Kampf ungefähr ausgeglichen. Zweihundert Grant-Krieger und Alasdairs Männer würden es zu einem einfachen Kampf machen, da jeder gute Highlander es leicht mit drei Engländern aufnehmen konnte.

Diese Narren würden leicht zu schlagen sein,

weil sie vom Bier schmerzende Köpfe haben würden, auch wenn er vermutete, dass er keinen von ihnen sehen würde. Der mit dem Namen Burke hatte vor, sich bezahlen zu lassen und zu verschwinden.

Nun, die Grant-Krieger würden sie morgen alle in die Flucht schlagen. Ein kurzer Kampf und zurück zu seiner süßen Branwen, damit er sie nach Grant Castle bringen konnte, wo sie als Gemahl und Gemahlin leben konnten. Er hatte sich noch nie so sehr auf etwas gefreut wie auf die Aussicht, sein Weib nach Hause zu bringen.

KAPITEL NEUN

BRANWEN FOLGTE IHREM kleinen Bruder nach draußen, etwas, das sie jeden Tag tat, nachdem sie gefrühstückt hatten. Nab war immer beschäftigt, und es war ihre Pflicht, ihm zu folgen und dafür zu sorgen, dass ihm nichts zustieß.

Sie waren fast eine Stunde draußen und spielten im Hof, als ihr Vater aus dem Stall kam. Branwen war sich nicht sicher, wo er gewesen war – er war heute Morgen wortlos gegangen und hatte am Abend nicht mit ihr gesprochen. Sie wusste immer noch nicht, ob ihr Onkel ihm von Alicks Bitte um ihre Hand erzählt hatte.

„Nab, geh ins Haus", sagte ihr Vater. „Branwen, du kommst mit mir."

Der Ausdruck auf seinem Gesicht duldete keine Widerrede, und zu ihrer Überraschung kam Roy, um Nab zu holen, und führte ihn in den Palas. Roy half nie mit Nab oder irgendetwas. Das selbstgefällige Grinsen auf seinem Gesicht war kein gutes Zeichen. Als sie vor den Toren standen, zeigte ihr Vater auf ihr Pferd und sagte: „Steig auf. Ich habe die Magd deine

Sachen packen lassen. Du kommst mit mir in Osberts Dorf."

„Aber Papa, hat Onkel William mit dir gesprochen?"

Ihr Vater drehte sich zu ihr um und lächelte tatsächlich, was sie selten sah. „Das hat er, doch ich will nur, dass du Osberts Kinder triffst, bevor du voreilige Entscheidungen triffst. Eine kurze Reise hin und zurück."

Sie seufzte und fügte sich dem Unvermeidlichen. Sie kannte ihren Vater gut genug, um zu wissen, dass es unmöglich war, ihm etwas auszureden. Außerdem konnte er sie nicht zwingen, etwas zu tun, was sie nicht wollte. Sie war bereits verheiratet – auch wenn sie sich davor fürchtete, wie er reagieren könnte, wenn sie es ihm jetzt sagte. Wenn er sie geschlagen hatte, weil sie mit Alick getanzt hatte, was würde er tun, wenn er herausfand, dass sie ihn geheiratet hatte?

Sie stieg auf das Pferd und warf einen Blick auf den Beutel, der am Sattel hing. Sie war überrascht, wie groß er war.

Was hatte Fia für sie gepackt? Ein krankes Gefühl in ihrem Bauch sagte ihr, dass sie womöglich Schutz brauchen würde. Sie hoffte, dass ihr neuer Dolch in der Tasche war.

Das Dorf war zwei Stunden entfernt, doch sie ritten den ganzen Weg schweigend. Das Dorf bestand aus etwa zwanzig Hütten, die sich um einen Brunnen und einen kleinen Platz herum gruppierten, der Fluss nicht weit entfernt. Ein paar Leute bearbeiteten das Land auf der einen Seite. Sie sah sich nach einer Burg um, doch das

Dorf war abgelegen, und sie vermutete, dass sie ohne einen Laird lebten.

Sie hielten an einer der größeren Hütten an, und Osbert kam heraus, um sie zu begrüßen. Er eilte zu ihr und packte sie an der Taille, um ihr beim Absteigen zu helfen. Sie mochte nicht einmal das Gefühl seiner Hände auf ihrer Kleidung. Er sah aus, als hätte er sich für sie gewaschen, trug ein Leinenhemd und eine Hose. Sein Haar war ordentlich gekämmt, doch sie erkannte, dass er kein häuslicher Mann war.

Und nicht annähernd so gutaussehend wie Alick MacNicol, doch er schien heute Morgen hinreichend freundlich zu sein.

„Branwen, geh rein", sagte ihr Vater. „Wir kommen gleich nach."

Osbert sagte: „Meine älteste Tochter, Lora, erwartet dich drinnen. Sie wird dich den anderen vorstellen."

Ihr Magen krampfte sich zusammen, einfach, weil sie seine Kinder nicht kennenlernen wollte, doch sie tat, was ihr gesagt wurde. Das Mädchen im Haus konnte nicht mehr als ein paar Jahre jünger sein als sie. Ihr glattes rotes Haar, fast braun, war von ihrem Gesicht weg geflochten, und sie hatte ein hübsches Lächeln und Grübchen. „Hier, Milady."

Branwen sagte: „Du kannst mich Branwen nennen. Keine Titel nötig." Lora nickte und führte sie in die hintere Kammer, in der drei jüngere Mädchen zusammengekauert auf dem Boden saßen, während zwei Jungen abseits miteinander rangen. Von den Jungen vermutete sie, dass sie sieben und vielleicht fünf Sommer alt waren, während die Mädchen im Alter um sie herum verstreut waren.

Die jüngste war ein sehr schönes Kind mit Engelsaugen. Sie starrte zu Branwen auf und sagte: „Bist du meine neue Mutter?"

Erschrocken sagte Branwen: „Nein. Ich besuche euch nur."

Lora reagierte auf eine Weise, die ihr sagte, dass das nicht das war, was ihnen gesagt worden war. Sie packte die beiden Jungen, trennte sie und sagte: „Begrüßt Lady Branwen."

Sie hielten nur für einen kurzen Moment inne, bevor sie sich über etwas anderes stritten. „Kümmere dich nicht um sie", sagte Lora mit einer abfälligen Handbewegung. „Sie streiten immer."

Sie setzte sich auf einen nahen Hocker und fragte sich, warum sie hierher gebracht worden war. Etwas sagte ihr, dieser Besuch sei mehr als das, was ihr Vater beschrieben hatte. Als sie Loras Augen sah, bemerkte sie etwas, das ihr nicht gefiel – Mitleid.

Osbert öffnete die Tür und sagte: „Wir sind bereit, meine Süße." Sein breites Lächeln erweckte ein unbehaglicheres Gefühl in ihr als alles, was die Kinder hätten tun oder sagen können.

„Bereit? Wofür?", fragte sie, wirklich verwirrt von seinen Worten.

„Natürlich für unsere Hochzeit. Die kleine Coira ist so aufgeregt."

Coira sprang von ihrem Hocker und versuchte,

in die Hände zu klatschen, doch sie verlor das Gleichgewicht und stolperte gegen eine ihrer Schwestern. Das Mädchen revanchierte sich schnell, indem es Coira ins Gesicht schlug, während das dritte aufstand, um das arme kleine Mädchen zu treten.

„Bitte hört auf damit", sagte Branwen.

Sie sah Lora und Osbert an, um zu sehen, wie sie auf die Aktionen der beiden Mädchen reagierten, doch Lora zog Coira einfach von den anderen beiden weg. War das der Normalzustand – Jungs kämpften, und die Mädchen ohrfeigten und traten einander?

Coira entkam Loras Händen und rannte zu Branwen, um ihr Gesicht in ihren Röcken zu vergraben. Branwen wusste nicht, was sie tun sollte, also umarmte sie das kleine Mädchen. Ihr Vater schob den Kopf hinter Osbert hervor und sagte: „Beeil dich, Branwen. Ich kann nicht den ganzen Tag darauf warten, dass du heiratest, und ich muss es genehmigen."

„Aber Papa, du hast gesagt, es würde erst in vierzehn Tagen passieren."

„Das habe ich getan, doch das war, bevor ich von Alicks und deinem Besuch bei deinem Onkel erfahren habe. Ich entscheide, wen du heiratest, nicht der Earl of Thane."

Sie folgte ihm in die vordere Kammer, überrascht, einen Priester dort stehen zu sehen. Er nickte und sagte: „Milady, wenn Ihr zu mir treten würdet?" Er streckte seine Hand aus und wies auf die Stelle, an der sie stehen sollte. Dann nickte er Osbert zu, damit er seine Position einnahm.

Sie weigerte sich, sich zu bewegen. „Papa, du kannst mich nicht zwingen. Ich habe Alick MacNicol geheiratet, als du weg warst. Es tut mir leid, dass ich es hinter deinem Rücken getan habe, doch du hast mir keine Wahl gelassen. Mr. Ware, ich entschuldige mich, doch ich liebe einen anderen. Ich bin bereits verheiratet."

„Was?", keuchte Osbert, der Schock stand ihm klar ins Gesicht geschrieben. „Das habt Ihr mir nicht gesagt, Denton. Wie kann ich ein Weib heiraten, das bereits einem anderen die Treue geschworen hat?"

„Sie lügt." Ihr Vater ballte seine Fäuste auf eine Weise, die ihr sagte, dass er sie gerne bei ihr anwenden würde, doch sie zwang sich, nicht vor ihm zusammenzucken. „Wer hat euch verheiratet?", fragte er.

„Pater MacKenzie. Wir haben die Kapelle am See besucht, und er war dort. Er hat uns verheiratet. Ich schwöre, das ist die Wahrheit."

„Master Denton?", fragte der Priester. „Auf ein Wort bitte."

Ihr Vater ging zu ihm, doch sie konnte seine Worte an den Priester hören. „Sie lügt. Es gibt keinen Pater MacKenzie. Er ist vor über einem Jahr verstorben."

„Ich kenne auch keinen Pater MacKenzie. Ich habe von einem gehört, doch wenn Ihr sagt, dass er tot ist? Dennoch muss ich die Wahrheit wissen. Ich kann keine Frau verheiraten, die schon einen Gemahl hat." Der Priester spielte mit seiner Kutte, offensichtlich verunsichert angesichts der Neuigkeit.

„Glaubt Ihr, sie hat diese Hochzeit erfunden?", fragte Osbert und sah sie mit einem Ausdruck an, den sie hasste. Mitleid, wenn sie raten sollte. Ein Blick, der besagte, dass er sie entweder für verwirrt oder dumm hielt.

„Sie hat sich das zusammengesponnen, um diese Ehe zu verhindern. Ich werde nicht zulassen, dass sie das tut, nachdem wir den ganzen Weg hierhergekommen sind." Dann holte ihr Vater mehrere Münzen aus seiner Geldbörse und gab sie dem Priester. „Ich sage dir, es gibt keinen Pater MacKenzie." Er trat auf sie zu, packte ihren Oberarm und drückte ihn, bis sie laut genug schreien wollte, damit alle sie hören konnten. „Jetzt wirst du tun, was von dir verlangt wird."

Der Priester begann die Zeremonie, die Münze ihres Vaters war die einzige Überzeugung, die er benötigte, und Branwen hörte benommen zu, wissend, dass sie nur auf einen Teil antworten musste. Immerhin hatte sie gerade die Zeremonie mit einem anderen Mann erlebt.

Als dieser entscheidende Teil endlich kam, und der Priester fragte: „Nimmst du diesen Mann, Osbert …", schrie sie: „Nein, das tue ich nicht. Sie zwingen … Au!"

Ihr Vater drehte ihr Handgelenk grausam, bis sie antwortete: „Ja! Bitte lass los. Du brichst mir den Arm."

Der Priester starrte in die Ecke und ignorierte die Brutalität, die sich direkt vor ihm abspielte.

Ihr Vater ließ los, sobald sie sich der Beziehung

verschrieben hatte – ein falsches Versprechen, da sie bereits mit einem anderen verheiratet war. Osbert beendete sein Gelübde und drückte ihr einen nassen Kuss auf die Wange, weil sie im letzten Moment ihr Gesicht abwandte.

„Ich werde draußen mit dir reden, Osbert", sagte Branwens Vater und sah sie dann mit Verachtung im Blick an. „Und Branwen, vielleicht wirst du es dir gut überlegen, bevor du mich noch einmal hintergehst. Doch ich hoffe, wir sehen uns nach diesem Tag nie mehr."

Osbert sagte: „Das ist ein bisschen hart, mein Herr. Sie ist nur ein Mädchen. Kein Grund, sie grausam zu behandeln. Sie ist von Eurem eigenen Fleisch."

Arnald Denton drehte sich auf den Fersen um und ging ohne ein weiteres Wort.

Ohne jegliche Schuldgefühle.

Alick betrat MacLintock Castle durch das hintere Tor und war froh, dass er auf dem Weg dorthin keine weiteren Engländer gesehen hatte. Als er drinnen war, fand er seine Cousine, seine Cousins und seinen Großvater an einem Tisch im großen Saal. Joya, Els' Gemahlin, und Emmalin, Alasdairs Gemahlin, begrüßten ihn zuerst, weil sie der Tür am nächsten waren, doch auch die anderen standen auf, um ihn willkommen zu heißen.

Er wollte ihnen vor allem sagen, dass er endlich die Frau seiner Träume gefunden hatte, dass er sie geheiratet hatte, doch er wusste, dass jetzt nicht die richtige Zeit dazu war. Die Engländer würden bald eintreffen, und er musste den anderen alles erzählen, was er über den Angriff herausgefunden hatte. Er würde seine guten Nachrichten später teilen, sobald sie die Engländer abgewehrt hatten.

Sie saßen alle um den Tisch herum, und Emmalin und eine Magd brachten Platten mit Käse und Brot.

„Danke", sagte Alick, „ich habe großen Hunger." Er nahm sich ein Stück Brot, fing an zu kauen und schluckte seinen ersten Bissen herunter, bevor er seine Neuigkeiten überbrachte. „Sie werden am Morgen angreifen."

Alasdair sprang von seinem Sitz auf. „Und was wartest du, mir das zu sagen?"

„Setz dich, Alasdair", sagte Großvater. Dann richtete er seine Aufmerksamkeit wieder auf Alick. „Sag uns, was du weißt und woher."

Alasdair nahm widerwillig seinen Platz neben seiner Frau ein und ergriff ihre Hand, als er sich niederließ. „Entschuldige. Sprich."

„Ich bin auf zwanzig Männer gestoßen, die um ein Feuer geredet haben. Sie warten auf den Earl of Pembroke und ungefähr dreihundert seiner Männer. Der Plan ist, morgen die Burg anzugreifen." Er biss erneut in sein Brot und dachte an jenes Paar grüner Augen, die die schönsten waren, die er jemals gesehen hatte. „Die Gruppe, die ich belauscht habe, bestand aus englischen Räubern, die sich gegen Bezahlung Pembrokes Männern anschließen wollten. Die, die ich gesehen habe, werden für unsere Krieger keine

Bedrohung darstellen."

„Wie haben sie sich vorbereitet?", fragte Dyna.

Alick konnte nicht anders, als über das, was er gesehen hatte, zu schmunzeln. Grant-Krieger auf Patrouille hätten das niemals getan. „Indem sie Bier getrunken haben bis zum Umzufallen. Sie werden bei Tagesanbruch elend sein. Alle außer ihren beiden Anführern. Einer heißt Burke. Das ist alles, was ich gehört habe, abgesehen davon, dass sie lieber auf Raubzug gehen, als mit den Engländern in den Kampf zu ziehen. Wenn Pembrokes Männer so sind wie sie, sollte die Verteidigung der Burg ein Leichtes für uns werden."

„Trotzdem wollen wir so wenige Männer wie möglich verlieren, deshalb sollten wir planen, dass ihr eure Schwerter verwendet. Sie geben uns die Möglichkeit, sie schnell und einfach zu erledigen." Großvaters Blick wanderte von einem seiner Enkelkinder zum nächsten und suchte leise nach ihrer Zustimmung.

Emmalin sagte: „Sicherlich wird es funktionieren, wo ihr alle hier seid. Ihr könnt einfach einen Platz in den Toren einnehmen und nicht von der Stelle weichen."

Großvater wandte sich Emmalin zu und sagte: „Wir brauchen John."

Alle Köpfe schossen in Emmalins Richtung, um zu sehen, wie sie reagieren würde. Ihr Gesicht wurde tiefrot, doch sie blieb stark. „John ist ein kleiner Junge, der durch den Burghof stolpert. Er ist nicht alt genug, um an einer Schlacht teilzunehmen." Sie sah Großvater nicht einmal an.

Alasdair kam herein, um die Entscheidung seiner Frau zu verteidigen. „Wir können es wahrscheinlich auch ohne John tun, Großvater."

Hartnäckig wie immer sagte der alte Mann: „Du hast es so deutlich gesehen wie der Rest von uns. Es hat nur zuverlässig in Johns Gegenwart funktioniert. Ich werde mich aus dem Kampfgeschehen heraushalten und abseits mit ihm warten. Er kann sein kleines Schwert schwingen."

Emmalin räusperte sich, starrte in die Mitte des Tisches und stellte absichtlich keinen Blickkontakt mit jemandem her. „Bei allem Respekt, meine Antwort ist immer noch nein. Ein Kind in seinem Alter ist zu jung, um den Tod und das Töten mitanzusehen."

Alick war erstaunt, doch beeindruckt von ihrer Stärke, und blickte von Alasdair zu Großvater, um zu sehen, wie sie reagierten.

Großvater sagte: „Alasdair, du musst deine Frau überzeugen."

Alasdair räusperte sich und sagte: „Ich werde nicht gegen ihre Wünsche handeln, Großvater, doch wenn wir stark sind, müssen wir uns nicht auf die Macht verlassen."

„Doch wenn wir sie brauchen?", flüsterte Els.

„Nein." Emmalin hob abwehrend beide Hände. „Und ich werde nicht länger darüber diskutieren. Mein Sohn wird nicht an einer Schlacht teilnehmen. Er ist ein Kind."

Nachdem sie gegangen war, sagte Dyna: „Großvater, wir können es ohne John schaffen.

Ich bin ihrer Meinung."

„Ich hoffe, ihr habt Recht", sagte er.

Sie standen alle früh auf, wanderten ruhelos auf und ab, spähten durch die Fenster, gingen zu den Toren und versuchten, Entscheidungen ohne die dafür nötigen Informationen zu treffen.

„Wo sind sie?", fragte Alasdair und kaute vor den Toren auf einem Grashalm.

„Nördlich von hier. Sie ziehen in Richtung Südwesten. Sie kommen nicht aus dieser Richtung."

Alick hatte ein ungutes Gefühl, obwohl das nicht unbedingt mit dem Angriff zu tun hatte. Er war mitten in der Nacht aufgewacht, nachdem er wieder denselben Albtraum über seine Mutter gehabt hatte.

„Warum bist du so unsicher? Wieder ein Albtraum?", fragte Alasdair.

„Ja", antwortete er schnell und wandte sich ab, um auf und ab zu gehen. Er wollte seinem Cousin nicht vor dem Kampf von Branwen erzählen. Es wäre nicht richtig. Doch er bedauerte es zutiefst, seine Braut zurückgelassen zu haben. Warum hatte er sie nicht einfach mitgebracht? Er hatte sich gesorgt, im Dunkeln zu reiten, ja, doch er hatte auch gehofft, er könnte Branwens Vater überzeugen. Oder, dass der Earl of Thane in ihrem Namen eingreifen würde. Jetzt war er voller Zweifel und befürchtete, dass in Thane Castle etwas schiefgegangen sein könnte.

„Ich glaube nicht, dass sie hinterhältig sind",

sagte Alasdair und ging hinauf auf die Mauer. „Sie sind Engländer", rief er. „Zu dumm, um hinterhältig zu sein."

Großvater kam durch den Hof und sagte: „Bereite deine Männer vor. Die Engländer sind auf der anderen Seite gesehen worden. Du und deine Cousins solltet in der Nähe der Tore kämpfen und für alle Fälle zusammenbleiben."

„Und wo willst du Dyna?", fragte Alick, als sie sich anschickte, sich ihnen anzuschließen. Els kam aus der Küche zu ihnen.

„Sie kann von der Mauer aus schießen", sagte Großvater. „Bereitet euch vor, während ich allein mit Alick spreche." Er winkte den anderen zu, und sie gingen, obwohl sie es eindeutig vorgezogen hätten, zu bleiben und zuzuhören.

Alick sah seinen Großvater an und fragte sich, worum es ging. „Was ist, Großvater?"

„Warum bist du so spät gekommen und warum bist du allein gereist? Etwas, wovor du mehrmals gewarnt wurdest, seit die Feindseligkeiten mit den Engländern eskaliert sind. Du hättest leicht von einer Gruppe betrunkener Räuber oder Engländer angegriffen werden können."

Er hatte erwartet, dass sein Großvater ihm irgendwann auf die Schliche kommen würde. „Ich war bei Branwen Denton."

„Den Namen kenne ich nicht."

„Sie ist eine Nichte von William, dem Earl of Thane. Sie leben derzeit bei ihm."

„Und warum hattest du solch ein dringendes Bedürfnis, sie zu sehen?" Der alte Mann ließ nicht locker.

„Wir sind uns beim Fest auf Grant Castle begegnet. Ihr Vater hat sie grausam behandelt, und ich habe um Erlaubnis, sie umwerben zu dürfen, gebeten."

„Und?"

„Er hat sie mir verweigert." Er bemerkte das kleine Zucken im Gesicht seines Großvaters. Er würde niemals seine Wut zeigen, doch Alick kannte die Zeichen. „Großvater, sie ist mir wirklich wichtig."

„Warum hat er dir die Erlaubnis verweigert? Hat der Mann dir einen Grund genannt?"

„Er sagte, sie sei bereits mit Osbert Ware verlobt." Er scharrte mit dem Fuß und wünschte, das Verhör wäre vorbei.

„Der alte Osbert, der vor kurzem seine Frau verloren hat?"

„Genau der."

„Und doch bist du zu ihr nach Thane gegangen. Wie erklärst du das?"

„Ich wollte mit ihrem Onkel, dem Earl of Thane, sprechen. Meine Hoffnung war, dass er mein Anliegen unterstützen und ihren Vater davon überzeugen würde, meiner Bitte nachzukommen. Du hast dich immer gut mit dem Earl verstanden, oder?"

„Ja, in den letzten Jahren, doch er unterstützt Bruce nicht."

„Ich weiß das, doch sie sind keine Feinde, nicht wahr? Du hast dich nie mit ihm gestritten, oder?"

„Nein, haben wir nicht. Ich nehme an, du hast mit dem Mann gesprochen, nachdem du rechtzeitig hier angekommen bist. Wie hat er auf deine Bitte reagiert?"

„Er sagte, er würde über meinen Vorschlag nachdenken." Er kratzte sich am Hals und machte sich plötzlich Sorgen, wie sein Großvater auf diesen nächsten Teil reagieren würde. „Doch später haben wir in der Nähe des Sees einen Priester gefunden, und er hat zugestimmt, uns zu verheiraten. Ich habe Branwen zu meiner Frau gemacht, weil ich nicht bereit war, es dem Zufall zu überlassen. Ich wollte es dir nach dem Kampf erzählen."

Sein Großvater winkte Dyna zu ihnen.

Als sie sich auf den Weg gemacht hatte, sagte Großvater: „Du hattest Recht, Dyna. Die beiden haben geheiratet. Gratuliere deinem Cousin."

„Wenn ich nur gewettet hätte", sagte sie lächelnd und klopfte Alick auf die Schulter.

Die ersten Geräusche der englischen Reiter hallten zu ihnen herüber. Alasdair, der seinen Männern auf der Mauer Anweisungen zuge- rufen hatte, wandte sich ihnen zu. „Alick, wir brauchen dich", rief er. „Großvater, du gehst mit John hinein?"

„Ja", sagte Großvater und drehte sich um, um zu gehen, doch er blieb stehen, um zu sagen: „Viel Glück. Euch allen." Dann sah er Alick an und zwinkerte ihm zu. „Ich kenne jemanden, der einen wichtigen Grund hat, diesen Kampf zu überleben."

Er wusste, was der alte Mann dachte.

Es war seine Hochzeitsnacht.

KAPITEL ZEHN

OSBERT NAHM BRANWENS Hand und sagte: „Ich werde dich niemals so hart behandeln, Milady." Er küsste sie auf die Wange und flüsterte: „Ich kann es kaum erwarten, dich heute Abend in meinem Bett zu haben. Warum kümmerst du dich nicht um die Kinder und machst unser Abendessen, während ich draußen mit deinem Vater spreche?"

Einfach so war sie die Dienerin und Magd eines anderen geworden.

Sie starrte ihm nach und rieb sich den Arm, wo ihr Vater ihn verdreht hatte, um ihren Gehorsam zu erzwingen. Wie sehr sie sich wünschte, Alick wäre geblieben. Oder hätte sie mitgenommen.

Tränen stiegen in ihre Augen, doch sie weigerte sich, sie fließen zu lassen oder sich besiegt zu fühlen. Sie würde sich durchsetzen. Sie musste es tun.

Zum Glück trat Lora hinter sie. „Milady, was werdet Ihr jetzt tun?"

Sie warf einen Blick auf das Mädchen, sah wieder das Mitgefühl und sagte ihr die Wahrheit. „Bitte nenn mich Branwen. Und ich werde weglaufen. Erzähl mir den Tagesablauf deines Vaters, damit ich weiß, wann die beste Gelegenheit ist."

Lora warf einen Blick über die Schulter, um sich zu vergewissern, dass niemand da war, und flüsterte dann: „Nur, wenn du mich mitnimmst."

Branwen hätte nicht schockierter sein können. Ein genauerer Blick zeigte sich jedoch – die Augen des Mädchens waren müde, ihr Kleid abgetragen, und die Schwielen an ihren Händen waren ein Beweis für die harte Arbeit, die sie leisten musste. „Bist du sicher?"

Sie nickte schnell. „Ja. Ich flehe dich an. Eines Tages werde ich zurückkommen und Coira holen, doch die anderen sind gemein und wurden sowohl von Mutter als auch Vater verwöhnt. Sie dürfen tun, was sie wollen und haben keine Aufgaben. Ich muss alles tun."

„Das Kochen?"

„Ja." Sie nickte energisch, und Tränen flossen über ihre Wangen.

„Du wäschst die Kleider?"

„Ja, im Bach, und ich bade die Kinder, flechte ihre Haare, wasche die Laken, putze das Haus und gehe auf den Markt, Lebensmittel einkaufen. Im Sommer kümmere ich mich auch um den Garten, wenn er fruchtbar ist."

„Was tut dein Vater?", fragte sie, geschockt von dem, was sie hörte. Dieses Mädchen musste härter arbeiten als sie.

„Er geht ins Dorf und trifft sich mit den anderen Männern. Er arbeitet gelegentlich mit mir im Garten, doch je älter ich werde, desto weniger tut er. Ich weiß, dass er mir niemals erlauben wird zu heiraten."

„Wie viele Winter bist du alt?" Lora war hübsch, und sicherlich würde jemand aus dem Clan Grant sie als geeignete Frau betrachten. „Möchtest du heiraten?"

„Fünfzehn. Und nein, ich will nie heiraten, weil ich mich nicht für immer um Kinder kümmern will, doch ich will hier weg. Ich würde Nonne werden, bevor ich mich von einem Mann an dieses Leben der Plackerei binden lassen würde."

„Wohin würdest du gehen? Hast du andere Verwandte, die du besuchen möchtest?"

Lora schüttelte den Kopf und starrte zu Boden. „Vielleicht hältst du mich für dumm, doch ich habe viele Jahre davon geträumt, Gwyneth Ramsay zu finden. Ich will Bogenschützin sein, genau wie sie. Vielleicht für die schottische Krone arbeiten oder einfach nur für die Schotten kämpfen."

Branwen musste lächeln. „Ich kenne jemanden, der von Gwyneth ausgebildet wurde. Sie ist ihre Nichte, und ich würde mich freuen, dich ihr vorzustellen. Sie hat mir Unterricht gegeben."

„Du kannst schießen?" Die Begeisterung des Mädchens mit den großen Augen traf sie tief.

„Ja. Ich habe geübt. Obwohl ich noch viel zu lernen habe."

Lora ergriff ihre Hand. „Bitte. Nimm mich mit. Wir können uns gegenseitig helfen."

Branwen dachte einen Moment über ihre Bitte nach, doch sie brauchte nicht lange. Warum nicht? Das Mädchen kannte die Gegend besser als sie, darum konnte sie eine große Hilfe sein. Sie war sich ehrlich gesagt nicht sicher, ob sie den Weg zurück auf Thane-Land finden konnte, und sie musste in der Nähe der Burg warten, um die Rückkehr ihres Mannes abzupassen. Sie wären auch sicherer, wenn sie zusammen reisten. „Gut. Doch wir müssen heute gehen. Wann ist die beste Zeit für uns zu fliehen?"

„Lass uns eine große Mahlzeit zubereiten, und dann kannst du um ein Bad bitten. Du kannst es nehmen, während die anderen mit dem Essen beschäftigt sind. Wir werden durch die Hintertür hinausschleichen."

Branwen nickte, und ein kleines Lächeln huschte über ihr Gesicht. „Klingt nach einem wunderbaren Plan. Erzähl niemandem davon."

Sie sah, dass Lora vor Begeisterung auf und ab springen wollte, doch sie mussten ihren Plan geheim halten.

Branwen zwinkerte Lora zu und sagte: „Zeit für uns, das Abendessen zuzubereiten. Hilfst du mir, alles zu finden?"

Branwen hatte nach besten Kräften eine Mahlzeit gekocht und sich dabei auf Loras Hilfe verlassen. Obwohl sie viel jünger war, war sie in der Küche sehr geschickt und zeigte ihr, wie man das Gemüse schnitt und was nötig war, um einen Eintopf reich an brauner Brühe und Gemüse zu kochen. Sie hatte bereits mehrere Brote parat, was ein großes Glück war, denn Branwen hatte noch nie in ihrem Leben einen Laib Brot geknetet oder gebacken.

Alle Kinder kamen ins Haus und warteten auf ihren Vater. Als Osbert hereinkam, trat er an ihre Seite, küsste sie auf die Wange und strich mit seinem Finger über ihre Wange, etwas, das ihr überhaupt nicht gefiel.

Doch an diesem Abend erlaubte sie es. Sie sagte: „Wenn du keine Einwände hast, möchte ich ein Bad nehmen, allein, während alle essen. Lora kann mir mit dem Wasser helfen."

Osberts Augen leuchteten auf, und er nickte, als ob es ein geheimes Verständnis zwischen ihnen gäbe. „Verstehe. Bitte tu das. Wir werden eure Hilfe erst brauchen, wenn wir fertig sind. Dann kannst du aufräumen, während sich die Kleinen in deinem Bad waschen. Wir werden all das Wasser nicht für einen verschwenden." Er beugte sich vor und sagte: „Vielleicht möchte ich auch ein Bad. Da kannst du mir helfen."

Auch wenn seine Bemerkung ihre Haut prickeln ließ, sagte sie kein Wort, sondern folgte Lora nach draußen, um die Wanne zu finden und sie in die hintere Kammer zu bringen, wo sie allein baden konnte.

Natürlich hatte sie nicht die Absicht, ein Bad zu nehmen. Sobald sie das Wasser hereingebracht hatten, schloss sie die Tür hinter Lora, sah nach, ob ihre Satteltasche alles enthielt, was sie brauchte, und schwang sie über ihren Rücken. Fia hatte gut für sie gepackt. Sie hatte nicht nur ihren Dolch zwischen den Kleidern versteckt, sondern auch einen kleinen Beutel mit getrocknetem Fleisch und Käsestücken eingepackt. Ihre Freundin hatte geahnt, dass sie weglaufen würde. Natürlich hatte sie Branwens Pfeil und Bogen nicht in der Tasche verstecken können. Sie würde einen Ersatz finden müssen.

Nein, sie brauchte den Bogen, den Dyna ihr gegeben hatte. Sie würde sich in der Nacht zurückschleichen, um ihn zu holen.

Als Lora ihren eigenen Beutel gepackt hatte, nickte sie Branwen zu, und sie schlichen so leise wie möglich zur Hintertür hinaus. Sobald sie hinter dem Haus waren, hielt Lora ihren Finger an die Lippen und winkte Branwen, ihr zu folgen.

Lora führte sie zu einem Pfad hinter den Häusern und blieb in ihrer Nähe, da es dunkel war. Sobald sie weit genug vom Haus entfernt waren, begannen sie zu rennen. Sie rannten und rannten, bis sie so weit weg waren, dass Branwen befürchtete, sie hätten sich verlaufen. Sie packte Loras Mantel von hinten und zwang sie stehenzubleiben.

„Warte bitte. Wir müssen entscheiden, wohin wir gehen.”

Lora blieb stehen und sah sie verwirrt an. „Ich dachte, du würdest uns von hier aus führen. Kehren wir auf dein Land zurück?”

„Nein”, sagte sie. „Wir müssen uns von meinem Vater fernhalten. Unweit von Thane Castle gibt es eine Höhle. Ich denke, wir können vorerst dort bleiben. Ich hasse es, nachts zu reisen, weil es gefährlich ist, doch wir haben keine Wahl. Es ist fast dunkel. Wir müssen uns beeilen.”

„Bist du sicher, dass sie uns nicht finden werden?”

„Mein Vater weiß nichts von der Höhle. Ich habe sie vor langer Zeit bei einem Spaziergang mit meiner Mutter gefunden. Ich schätze, sie ist anderthalb Stunden von hier entfernt."

„Dann geh du voran. Ich werde dir folgen."

Sie kamen schließlich in der richtigen Gegend an, zumindest glaubte sie das, doch die Nacht war angebrochen, und sie konnte die Höhle nicht finden. Branwen sagte: „Sie ist hier irgendwo. Ich weiß es. Sie ist gut versteckt."

Sie suchten noch eine Weile, bevor Lora flüsterte. „Hier. Ich denke, sie ist hinter diesen Büschen, nicht weit vom Bach."

Es gab ziemlich viel Gestrüpp, das den Eingang verbarg, also zückte Branwen ihren Dolch heraus und schnitt einen Weg, ließ den Eingang jedoch verborgen. Sie traten vorsichtig in die Höhle und waren froh, sie leer zu finden. „Hier. Wir können hier schlafen."

Sie kehrten zum Bach zurück und füllten einen Schlauch mit Wasser, bevor sie in die Höhle zurückkehrten und sich einen Schlafplatz suchten – außer Sichtweite des Eingangs, obwohl er immer noch nah genug war, um das Mondlicht zu nutzen. Erschöpft ließen sie sich beide auf ihren Plaids nieder, nicht weit voneinander entfernt. Branwen lag auf dem Rücken und starrte an die Decke. „Vielleicht hätte ich dich nicht mitnehmen sollen."

„Ich bin froh, dass du es getan hast. Ich hasse meinen Vater. Seit Mutter gestorben ist, ist er anders. Früher war er glücklich, als Mama noch lebte, doch jetzt ist er die ganze Zeit unglücklich. Und faul."

Branwen drehte sich zu ihr um. „Mein Vater war genauso. Meine Mutter ist vor zwei Jahren gestorben, und seitdem ist nichts mehr wie zuvor."

Das jüngere Mädchen nickte mit einer Weisheit, die weit über seine Jahre hinausging. „Er vermisst Mama, und ich verstehe das. Sie war immer fröhlich, hat gelächelt und das Haus sauber gehalten. Ich bin nicht so gut darin wie sie, und ich möchte es einfach nicht mehr tun. War es für dich genauso?"

„Nein. Papa ist immer noch gut zu den Jungen. Ich habe zwei Brüder. Wir leben auf der Burg meines Onkels, also muss ich nicht kochen, doch ich muss auf meine Brüder aufpassen. Papa lässt sie tun, was sie wollen, und wird nie böse auf sie. Auf mich ist er jedoch immer wegen irgendetwas wütend. Ich bin es leid, auf eine so lieblose Art zu leben. Alick hat mir gezeigt, dass es im Leben mehr gibt, als auf meine Brüder aufzupassen und mich zu fragen, wann ich das nächste Mal geschlagen werde."

„Wie furchtbar! Mein Vater hat uns nie geschlagen. Ich bin froh, dass du weggelaufen bist. Doch wohin gehen wir jetzt? Ich habe einen Laib Brot mitgenommen, doch ich habe wenig anderes, wovon wir leben können."

„Wir sind nicht weit von Thane-Land entfernt. Einer meiner liebsten Menschen dort ist der Stallmeister Jep. Ich werde mich hinschleichen, um zu sehen, ob er mir meine Bogen und Köcher finden und mir ein Pferd geben kann. Die Burg meines Onkels ist groß, und sie haben über hundert Pferde. Ich glaube nicht, dass jemand merkt, wenn eines fehlt. Dann können wir meinen wahren Gemahl suchen."

Lora riss die Augen weit auf. „Erzähl mir mehr über ihn."

„Ich habe mich bei einem Fest auf Grant Castle in ihn verliebt. Er wollte um mich werben, doch mein Vater hat ihn abgelehnt und mich stattdessen deinem Vater versprochen. Also sind Alick und ich weggelaufen, um zu heiraten. Es hatte nichts mit dir oder deinen Geschwistern zu tun."

„Aber wo ist er jetzt? Warum hat er dich nicht mitgenommen? Ihr solltet zusammen sein." Loras Worte trafen ihre eigenen dunklen Gefühle und ließen sie sich fragen, warum Alick keinen Weg gefunden hatte, genau das zu tun.

Doch dann dachte sie über ihre Situation nach. „Das Land seines Cousins wird von den Engländern angegriffen. Er ist gegangen, als es schon dunkel war, und hatte keine Wachen bei sich. Er hat sich Sorgen gemacht, mich nicht vor den Engländern schützen zu können. Wenn ich raten sollte, wollte er wahrscheinlich seiner Familie auch eher die Neuigkeiten mitteilen, nachdem sie angegriffen wurden, als zuvor."

„Klingt als wäre er ein guter Mann. Er ist ein Krieger?"

„Ja, er hat immer sein Schwert bei sich, und seine Cousine ist das Mädchen, das ich erwähnt habe – das mir einen Bogen gegeben und mir beigebracht hat, wie man ihn benutzt."

„Ich würde beide gerne treffen. Glaubst du,

dein Stallmeister könnte dir noch einen Bogen besorgen, damit du es mir beibringen kannst?"

„Ich werde ihn darum bitten. Ich will auch versuchen, etwas zu essen zu finden. Dann müssen wir nur noch warten, bis Alick zurückkommt, um mich zu holen. Dann können wir nach Grant Castle gehen, sobald er kommt. Ich werde Jep bitten, mir eine Nachricht zu senden, wenn er die Burg erreicht."

„Bist du sicher, dass wir Jep vertrauen können?"

„Das bin ich."

„Und du glaubst, Alick war ehrlich, als er sagte, er werde zurückkommen?" Lora starrte an die Decke, während sie sprachen. Der Stein war so glatt wie das Wasser in einem See an einem windstillen Tag.

„Ja, das tue ich. Ich vertraue ihm mit meinem Leben." Wie sehr sie doch hoffte, dass sie Recht hatte.

Branwen stand weit genug von Thane Castle entfernt, um die Situation einzuschätzen. Es war kurz vor Sonnenaufgang, und sie wusste, dass es normalerweise wenig Bewegung gab, bis die Männer gefrühstückt hatten, was sie taten, nachdem sie ihren Morgen in den Turnierplatz begonnen hatten. Ihr Vater war wahrscheinlich noch nicht einmal wach. Nab wachte normalerweise als erster auf und rannte kurz nach Sonnenaufgang in die Küche für seinen Brei, irgendwann folgte Vater ihm, und Roy pflegte

kurz vor Sonnenaufgang in den Saal zu schlen-
dern. Ihr Vater bestand darauf, seine Kinder von
den anderen fernzuhalten, obwohl sie nie verstanden hatte, warum.

Jetzt war also die sicherste Zeit, um Jep im
Stall zu besuchen. Als sie sich sicher war, dass
niemand in der Nähe war, machte sie sich auf den
Weg zu den Ställen vor dem Tor. Sie war glücklich zu sehen, dass ihr treuer Freund bereits bei
der Arbeit war. Sie erschreckte ihn, bedeutete
ihm jedoch schnell, still zu bleiben. Er folgte ihr
hinaus in das Wäldchen hinter dem Stall.

„Mädchen, was tust du? Ich habe gehört, dein
Vater hat dich gezwungen, diesen alten Mann zu
heiraten. Ist das wahr?"

„Ja und nein. Er zwang mich, Osbert Ware zu
heiraten, doch ich weigere mich, auch nur eine
Nacht in seinem Bett zu verbringen. Erinnerst
du dich, als du mich mit Alick MacNicol in der
Nähe der Kapelle gesehen hast?"

„Ja."

„Wir haben geheiratet. Mein Onkel hatte versprochen, mit meinem Vater zu sprechen, doch
wir beide befürchteten, er würde keinen Grund
sehen ... und wir waren so nah an der Kapelle. Wir
haben dort unser Ehegelübde abgelegt. Nachdem Alick gegangen war, hat mein Vater mich
zu Osbert Ware geschleppt und mich gezwungen, ihn zu heiraten, doch ich bin gestern Abend
nach Einbruch der Dunkelheit weggelaufen."

„Ich hatte mich gefragt", sagte Jep und tippte
auf seine Lippe, „doch wie kann dich jemand
mit Ware verheiraten, wenn du bereits mit Alick

verheiratet bist?"

„Mein Vater hat den Priester bezahlt. Die Ehe kann nicht gültig sein. Er hat meinen Arm verdreht, bis ich ja gesagt habe. Ich habe mich in einer Höhle versteckt, doch ich brauche meinen Bogen und Köcher. Ich würde auch einen zweiten nehmen, wenn du einen finden kannst, den niemand vermisst."

„Ah, Mädchen. Ich besorge dir alles, was du brauchst, und ein Pferd. Wir haben ein paar neue hier, darum kann ich dir eins davon mit einem Sack Hafer schenken. Ich kann dir auch Trockenfleisch und Haferkuchen geben, doch das ist alles, was ich hier draußen habe."

Erleichterung breitete sich in ihr aus. „Danke. Du bist ein lieber Freund, Jep."

„Dein Vater ist ein Dummkopf, wenn er dich so behandelt, wie er es tut." Er ging mit dem Versprechen, schnell zurückzukehren. Sie wanderte in dem kleinen Wald auf und ab, bis er zurückkam. Er trug einen Sack, zwei Bögen, zwei Köcher voller Pfeile und zwei weitere Plaids, die er über den Rücken des Pferds geworfen hatte. „Ich habe so viel Essen wie möglich in den Sack gepackt. Ich werde für dich aufheben, was ich kann, falls du an einem anderen Tag zurückkommst."

„Danke dir. Wenn du Alick MacNicol siehst, erzähl ihm, was ich dir gesagt habe."

„Das werde ich. Er wird sicher bald zurück sein, und ich werde ihn zu dir schicken."

Sie umarmte ihn schnell und verschwand mit ihrem Pferd zwischen den Bäumen, damit sie nicht gesehen wurde, wenn sie aufstieg. Sie fand einen Baumstamm, der ihr das Aufsteigen erleichterte, schwang sich auf das Pferd und trieb es in einen schönen Trab, bis sie sich sicher genug fühlte, den Galopp zu erlauben, den das Tier so sehr wollte. Jep hatte ihr ein gutes Pferd gegeben. Jetzt musste sie nur noch warten.

Geduld. Sie brauchte Geduld, bis Alick zurückkam.

KAPITEL ELF

ALEXANDER GRANT BEOBACHTETE das Geschehen von den Zinnen aus, immer noch aufgebracht darüber, dass Emmalin ihm nicht zutraute, für Johns Sicherheit zu sorgen. Er erinnerte sich daran, was seine liebe Frau Maddie zu ihm über die Rettung von Claray, Selas erstgeborener Tochter, gesagt hatte. Zu dieser Zeit war das Mädchen von grausamen Männern gefangen gehalten worden. Strategisch gesehen wäre der klügste Schritt gewesen, mit ihrer Rettung zu warten, doch Maddie hatte darauf bestanden, sofort zu handeln.

Ich muss die Kinder unseres Landes beschützen. Du denkst an alle anderen, doch ich habe auch einen Zweck, und der ist nicht weniger wichtig.

Oh, wie seine Liebe zu ihr in diesem Moment gewachsen war. Sie hatte sich für das eingesetzt, woran sie glaubte, und sich geweigert, nachzugeben. Er hatte ihrer Bitte stattgegeben und sie hatten die kleine Claray gerettet, wofür Sela ihnen viele Male gedankt hatte.

Emmalin war nicht anders als Maddie, nur,

dass ihre Schutzbereitschaft ihrem eigenen Sohn galt. Ein kleines Lächeln huschte über sein Gesicht. Seine Söhne hatten ihn einmal gefragt, wonach sie bei einer Frau suchen sollten. Er hatte nicht daran gedacht, ein ganz besonderes Merkmal zu erwähnen, das einer Frau in seinen Augen unschätzbaren Wert gab.

Finde eine Frau, die für deine Kinder kämpft.

Emmalin tat genau das, und er bewunderte, dass sie ihm gegenüber stark blieb, etwas, das viele Frauen nicht getan hätten.

„Du hast deine Tochter gut erzogen, Finnean."

Er wusste nicht, ob sein alter Freund, ihr Vater, ihn im Himmel hören konnte, doch er hielt es für möglich. Wenn ja, lächelte der alte Laird auf seine Tochter hinab und sah zu, wie sie um ihr Land und ihre Kinder kämpfte.

Die Schlacht hatte begonnen. Er behielt die Engländer vor der Mauer im Auge und versuchte zu schätzen, wie viele es waren. Er war sich sicher, es waren mehr als zweihundert, etwas weniger als die Zahl, die Alick am Abend zuvor gehört hatte.

Dieser Gedanke ließ ihn auf und ab gehen. Zwar hatten sie mehr als genug Krieger und Wachen, um sie zu besiegen. Krieger der Grants und die gut ausgebildeten Krieger der MacLintocks, mit denen sein Enkel jeden Tag arbeitete, doch er wollte sich dennoch nicht überraschen lassen. Er ging an den Zinnen entlang und beobachtete besonders seine Enkelkinder. Dyna schoss schnell einen Pfeil nach dem anderen von ihrer erhöhten Position auf der Mauer ab, und auch die Männer kämpften gut.

Nach fast einer Stunde harten Kampfes waren die meisten Engländer tot oder geflohen, doch dann kamen vierzig Mann über die äußeren Mauern auf beiden Seiten und fanden ihren Weg in die Tore, wo weniger als ein Dutzend MacLintock-Krieger zur Verteidigung geblieben waren. Es war ihre Absicht gewesen, alle Kämpfe vor den Toren zu halten, doch diese Gruppe hatte bis fast zum Ende des Gefechts gewartet, um einen letzten Versuch zu unternehmen, die Burg einzunehmen. Alasdair war der erste, der es bemerkte und der erste, der sie angriff, doch Alick und Els waren direkt hinter ihm. Er war stolz zu sehen, wie sie gegen die Eindringlinge kämpften.

Doch es war kein leichter Kampf. Es war drei gegen zwanzig, obwohl ein paar andere gekommen waren, um den Cousins zu helfen. Nicht unüberwindbar, aber dennoch eine Herausforderung.

Alexander Grant zog sich auf der Mauer zur Tür zurück, riss sie auf und schrie die Treppe hinunter. „Joya! Emmalin! Ihr werdet gebraucht. Auf die Mauer!" Die Macht der Highlandschwerter war stärker, wenn die beiden Frauen in der Nähe waren. Die Tür flog auf, und die beiden kamen mit großen Augen heraus und starrten erschrocken auf das Kampfgeschehen unter ihnen.

„Wo ist John?", fragte Alexander.

„Drinnen mit Besseta. Sie passt auf alle Kinder auf." Sie sah Alexander an. „Was ist passiert? Wie sind sie hereingekommen?" Die Panik in ihren Augen schoss direkt in seinen Bauch.

Alexander antwortete: „Wie sie reingekommen sind, spielt im Moment keine Rolle. Ihr müsst beide eure Gedanken auf eure Ehemänner konzentrieren. Und Emmalin, ich muss dich noch einmal bitten, John zu holen."

„Nein! Ich werde ihn nicht diesem Gemetzel aussetzen ..."

„Emmalin." Er unterbrach sie und legte seine Hand auf ihre Schulter. „Hol ihn. Niemand kommt hier hoch. Doch sein Vater kämpft in diesem Augenblick gegen die Engländer. Ich verstehe deinen Wunsch, euren Sohn zu beschützen, doch wenn du einen Weg kennst, wie du seinem Vater helfen kannst, solltest du ihn nicht benutzen? Bring ihn mit seinem Schwert hierher. Er muss ihm vielleicht nicht einmal nahe sein, damit es funktioniert. John wird nicht einmal etwas vom Kampf unten sehen."

Emmalin nickte und verschwand. Sie war nicht lange weg, bevor sie mit John und seinem Holzschwert zurückkam. „*Seanair*, ich kämpfe wie Papa."

Er war so froh, den Jungen zu sehen, dass er Emmalin umarmen wollte, doch es gab wichtigere Dinge, die seiner Aufmerksamkeit bedurften. „Dyna!", rief Alexander über den Hof. „Dein Bogen! Jetzt!"

Dyna hörte ihn. Sie drehte sich um, und richtete ihren Bogen gen Himmel, doch nichts geschah. Auf dem Hof ging Els in die Knie, nachdem er einen Hieb auf seine linke Schulter nicht hatte abwehren können, doch er stand sofort wieder auf.

Joya schrie auf, doch sie verstummte schnell. Sie hatte wahrscheinlich Angst, Els weiter abzulenken. Sie wandte sich Emmalin zu und sagte: „Sie sind in Schwierigkeiten. Lass John sein Schwert hochhalten. Els wurde geschlagen."

Emmalin nahm John auf ihre Hüfte und sagte: „John, halte dein Schwert in den Himmel."

Der Junge hielt sein Schwert mit einem strahlenden Lächeln hoch. „Ich Aleshander Grant, *Seanair*."

Dann warteten sie.

Es dauerte nicht lange. Ein Blitz schoss vom Himmel und traf einen Baum am Rande des Hofes, was vier Engländer durch dic Luft schleuderte. Zwei standen nicht wieder auf, und die anderen beiden rappelten sich hoch und rannten so schnell sie konnten aus den Toren hinaus, gefolgt von vieren ihrer Kameraden.

„Halt dein Schwert wieder hoch, Aleshander Grant", sagte Alexander. Der Junge gehorchte eifrig, während Alexander die Schlacht beobachtete und bemerkte, wie sich das Geschehen veränderte. Blitze zuckten durch den Himmel, eine schillernde Machtmanifestation, für alle sichtbar.

Er sah, dass Alasdairs Schwung viel leichter wurde, als er in weitem Bogen gleich zwei Feinde niederschlug. Alick ging dem Mann nach, der Els angegriffen hatte, wahrscheinlich weil er wusste, dass er verletzt war, und schlug den Narren mit einem Schlag nieder – und dann einen weiteren Engländer, der ungläubig auf den Griff seines Schwertes starrte. Wahrscheinlich, weil die Hitze seine Hände verbrannt hatte. Das gab ihnen den Vorteil, den sie dringend brauchten.

John hielt sein Schwert wieder hoch, und drei weitere Blitze erhellten den Himmel. John kicherte und sagte: „Das war ich, *Seanair*. Hast du gesehen? Ich Aleshander Grant."

„Ja, das warst du, Junge." Er zerzauste die Haare des kleinen Jungen und lächelte.

Bald gelang es den Grant-Kriegern, den Feind zu überwältigen. Alasdair ließ sein Schert sinken und sah sich im Hof nach Nachzüglern um. Dann blickte er auf und sah seine Frau direkt an, lächelte und nickte.

Emmalin drückte ihren Sohn an sich und flüsterte: „Gott sei Dank."

Der Angriff war vorbei.

Kyla ging die Treppe hinunter in das Kellergewölbe und suchte nach einem weiteren Fass Bier für morgen. Sie überprüfte die Lager alle zwei Wochen selbst, um sicherzugehen, dass sie die benötigten Vorräte hatten. Sobald sie sich für eines entschieden hatte, würde sie drei Knechte nach unten schicken, um das Fass für sie zu holen.

Sie suchte, fand das, das sie wollte, und schauderte in der kalten Luft und ließ dann die Tür des Lagers offen, damit die Jungen sie nicht aufschließen mussten, wenn sie herunterkamen. Ihre Schritte hallten vom Steinboden wider, als sie ging, doch sie kam nicht sehr weit, bevor ein maskierter Mann hinter einer Säule aus dem Schatten vor sie trat.

„Du wirst ohne zu schreien mit uns kommen."

Zwei andere traten neben ihn. Ihr Instinkt war zu fliehen, doch ihr Vater hatte sie gut trainiert. Kein Grund, in einer ausweglosen Situation Kraft zu verschwenden. Konnte sie drei starken Männern davonlaufen oder sie aufhalten?

Wahrscheinlich nicht, selbst mit dem Dolch in ihrer Tasche, darum beschloss sie herauszufinden, was sie wollten, was ihr Zeit geben würde, die Situation einzuschätzen.

Sie waren auf Grant-Land. Innerhalb von Castle Grant, um Himmels willen. Verdammt, Jamic hatte sie vor den Gefahren gewarnt, die es mit sich bringt, die Tore für das Fest zu öffnen. Die Eindringlinge mussten die Gelegenheit genutzt haben, die weitläufige Burganlage und den Keller zu erkunden. Vielleicht hatten sie sogar auf der Lauer gelegen.

Was glaubten sie, wie weit sie gehen konnten?

Offensichtlich ziemlich weit.

„Sicher nicht", sagte sie. „Ich werde nirgendwo mit euch hingehen."

„Du wirst, oder wir werden deine Tochter Chrissa töten und dich dabei zusehen lassen, wie wir ihr die Kehle aufschneiden."

Der arrogante Bastard würde lernen, wo sein Platz war, sobald ihre Krieger ihn gefasst hatten.

„Woher willst du etwas über meine Tochter wissen?"

„Sie ist zwölf Winter alt, und meine Freunde sind mit ihr außerhalb der Burgmauern. Einer hat sein Messer an ihrer Kehle und wartet auf weitere Anweisungen. Sie schleicht sich gerne allein raus, wusstest du das nicht?" Nur einer von ihnen sprach, die anderen beiden standen schweigend und bedrohlich da.

„Du lügst."

„Tun wir das?" Er griff in seinen Sporran, holte ein zerknautschtes Stück Pergament heraus und warf es ihr zu.

Sie faltete es auseinander und fiel fast in Ohnmacht, als sie es als Chrissas Lieblingshaarband erkannte, mit dem sie ihr am Morgen die Haare gebunden hatte.

Sie spürte, wie das Leben aus ihrem Gesicht wich, doch sie wappnete sich, da sie ihnen nicht die Befriedigung geben wollte, zu wissen, dass sie sie getroffen hatten.

„Nun denn. Was muss ich tun?"

„Du wirst uns zu unseren Pferden folgen und allen, die nahe kommen, sagen, dass sie zurücktreten sollen. Sobald wir dich auf das Pferd setzen, werden die anderen deine Tochter bringen, und wir werden sie freilassen."

„Wo bringt ihr mich hin?"

„Ich stelle die Fragen. Verstanden?"

Sie nickte. Der Verantwortliche zerrte sie vor sich und stieß sie zur Treppe. „Wir gehen durch die Küche und durch den Hinterausgang hinaus."

Sie tat, was ihr gesagt wurde, und betete, dass ihre Tochter in Sicherheit war und dass sie sie gehen lassen würden, solange Kyla ihren Befehlen folgte. Es war offensichtlich, dass es nicht um ihre Tochter ging. Und ging es überhaupt um sie?

Die Engländer hatten zuvor versucht, ihren Vater zu entführen. Könnten sie es wieder auf ihn abgesehen haben? Oder wollten sie jemand anderen? Robert the Bruce? Sie wusste es nicht, doch sie würde wachsam bleiben, um die Wahrheit herauszufinden.

Sie musste glauben, dass die Highlandschwerter und die Macht der Grant-Krieger sie retten würden. Ihr Sohn Alick und dessen Cousins hatten Fähigkeiten, die weit über die anderer Krieger hinausgingen.

Sie gingen im Schutz der Dunkelheit durch den Burghof. Es waren nicht viele Leute draußen, doch als sie sich dem Tor näherten, sagten die Wachen am Fallgitter: „Halt. Wer seid ihr? Tretet von unserer Herrin zurück oder ihr werdet sterben."

„Lasst sie", sagte Kyla mit zitternder Stimme. „Jemand von ihnen ist da draußen mit Chrissa. Tut ihnen nichts, doch bringt meine Tochter in Sicherheit, sobald sie mich weggebracht haben. Rettet sie."

Die Wachen gehorchten. Connor stand oben auf der Mauer und blickte auf sie hinab. Um ihn herum standen vier Bogenschützen, die Pfeile auf die Männer gerichtet, die Kyla mit einem Dolch in Schach hielten.

„Eure Bedingungen", rief ihr Bruder. „Was wollt ihr, und wem untersteht ihr?"

Ihr Bruder Jamie kam von hinten, sie konnte seine Stimme hören. „Damit kommt ihr nicht durch. Vielleicht für ein paar Stunden, doch wir werden euch jagen."

„Was wir wollen ist einfach. Bringt Alexander Grant in zwei Tagen nach Glasgow. Dann werden wir eure Herrin freilassen."

„König Edward wird dafür bezahlen. Es ist mir gleich, wer er ist, wir Schotten unterstehen ihm nicht mehr. Wir haben unseren eigenen König."

„Da hast du Recht. Ihr untersteht ihm nicht mehr." Der erste Mann lachte, als er Kyla am Arm packte und sie durch das nun offene Tor vor sich her stieß. „König Edward ist nicht unser Herr."

Kyla konnte ihre Überraschung über diese Erklärung nicht verbergen. Wenn nicht Edward, wer dann?

Der Anführer sagte: „Edward ist tot. Unser Herr ist sein Sohn, König Edward II."

Chrissa lächelte zufrieden. Es war ihr wieder gelungen, sich an den Wachen am Tor vorbeizuschleichen. Sie konnte nicht anders, als darüber zu kichern, wie sie es diesmal geschafft hatte. Einer von Connors Jungen, Morgan, liebte es, im Mittelpunkt der Aufmerksamkeit zu stehen. Sie hatte ihrem Cousin versprochen, dass sie ihm in dieser Nacht Gebäck aus der Küche stehlen würde, wenn er im Hof hinfallen und schreien würde.

Der Junge hatte so laut geschrien, dass niemand Chrissas Pferd Beachtung geschenkt hatte, als sie das Tier zum Tor geführt hatte und nebenher gerannt war, um nicht bemerkt zu werden. Es war ihr leicht gefallen, hinauszukommen, da die Tore noch offen waren. Wenn keine Engländer in der Nähe waren, ließen die Grants ihre Tore bis zum Einbruch der Dunkelheit offen. Doch für sein Schauspiel würde sie Morgan zusätzliches Gebäck besorgen.

Jetzt stieg sie auf ihr Pferd und galoppierte über die Wiese, die Berge in der Ferne und den Wind in ihren Haaren, so wie sie es liebte. Als sie sich dem Bogenschießfeld näherte, verlangsamte sie ihr Pferd und sah sich um, um sich zu vergewissern, dass sie allein war. Sie sah niemanden in der unmittelbaren Umgebung und brachte ihr Pferd an eine Stelle mit saftigen Gräsern, damit es grasen konnte, sprang von seinem Rücken und nahm ihren Bogen.

Doch sie hatte keine Chance, nach einem Pfeil zu greifen, bevor zwei Männer aus einem nahe gelegenen Baum fielen und sie packten, einer presste seine Hand auf ihren Mund, während der andere ihre Arme hielt.

„Sei still, und wir werden dir nichts tun."

Endlich ein eigenes Abenteuer. Sie täuschte Angst vor und zitterte ein wenig, während sie zustimmend nickte und die Rolle eines verängstigten Mädchens spielte. Sobald ihre Häscher ihren Griff lockerten, schlug sie zu.

Sie biss dem einen in die Hand und trat dem anderen in die Hoden, während der erste noch vor Schmerz heulte. Sie rannte zu ihrem Pferd und versuchte, sich einen Pfeil zu nehmen, doch sie schaffte es nicht. Einer von ihnen packte sie an den Haaren und riss sie zurück, doch sie wirbelte herum und krallte mit den Nägeln über seine Wangen und seinen Hals.

„Au, du kleines Biest! Ned, nimm du sie."

„Wie du willst. Wenn du nicht mit einem kleinen zehnjährigen Mädchen fertigwerden kannst, ich denke, ich kann das", antwortete er und verdrehte die Augen. Als Ned sie packen wollte, griff sie erneut an.

Sie biss ihm in den Arm und schlug mit ihrer Faust so hart sie konnte in den Schritt. Als er sich vor Schmerzen krümmte, sagte sie: „Doch nicht so leicht, mit dem zehnjährigen Mädchen fertigzuwerden, was? Und ich bin zwölf, du Bastard."

Der erste lachte. „Hat dich erwischt, was, Ned?"

„Halts Maul, Lewis. Halt sie einfach fest, während ich mir die Hoden massiere."

„Groß sind die sicher nicht", lachte sie, als wüsste sie, was er meinte. Sie hatte die Küchenmägde neulich über die Größe der Hoden eines Mannes reden hören. Sie hatten sich damit gerühmt, wessen Mann den größten Schwanz hatte, darum nahm sie an, dass es eine Beleidigung war, einem Mann zu sagen, dass seine Hoden klein waren.

Der Mann lachte. „Mädchen, hör auf, zu versuchen, uns zu beeindrucken, und gib Ruhe. Jetzt sei still, und wir lassen dich in einer halben Stunde gehen. Verstanden? Wir müssen dich nicht verletzen ..."

„Ihr habt mich nicht verletzt. Ich habe euch

beide verletzt, ihr dummen Bastarde." Sie hatte Onkel Loki das sagen hören, und nur auf einen Grund gewartet, um es selbst zu verwenden.

Einer schlug ihr hart ins Gesicht, doch sie revanchierte sich schnell, indem sie ihm hart vors Schienbein trat. „Au. Du machst es mir wirklich schwer, dich nicht zu schlagen, du kleine Hexe. Bleib einfach ruhig und behalte deine Hände für dich. Sobald unsere Freunde die andere Gefangene haben, lassen wir dich gehen."

Von wem sprach er? Ihre Gedanken kreisten um ein Dutzend verschiedener Möglichkeiten, doch sie kannte die Antwort bereits in ihrem Herzen. Sie sprachen von ihrer Mutter.

„Wen wollt ihr?", fragte sie trotzdem. Sie wollte diese Hunde nicht wissen lassen, dass sie ihnen bereits auf die Schliche gekommen war.

„Deine Mutter. Und du wirst sie nicht zurückbekommen."

Jemand pfiff in der Ferne, und Ned nickte Lewis zu. „Lass sie gehen. Das ist das Signal."

Beide schwangen sich auf ihre Pferde und ritten davon.

Chrissas Haar war zerzaust, da sie irgendwo ihr Haarband verloren hatte, doch es war ihr egal. Sie musste kämpfen, um ihre geliebte Mutter zu retten. Sie rief den Männern nach: „Ihr habt mich nicht zum letzten Mal gesehen, ihr dreckigen Hunde!"

Und sie meinte es ernst.

KAPITEL ZWÖLF

IN DEM MOMENT, als Alick und die anderen nach dem Kampf den großen Saal betraten, flogen die Frauen seiner Cousins in deren Arme, und alles, was er tun konnte, war, sich umzusehen, sich leer zu fühlen und sich zu wünschen, Branwen wäre hier.

Er warf einen Blick auf Dyna, die sagte: „Denk es nicht einmal."

Das brachte ihn zum Lachen. Dyna schaffte es immer, ihn zum Lachen zu bringen, ganz gleich in welcher Situation. Großvater saß auf seinem Stuhl neben dem Kamin, John schwang vor ihm sein Holzschwert. „Ich kämpfe gegen dich, *Seanair*."

„Nein, Junge", sagte er leise, doch fest. „Du übst mit *Seanair*. Kämpfe niemals gegen jemanden, den du liebst."

Der Junge hielt inne und starrte ihn verwirrt an.

„Du willst Mama oder Papa oder deine Schwester oder mich nicht verletzen. Du kämpfst nicht gegen uns. Du kämpfst gegen die Engländer. Mit mir kannst du üben."

„Ich übe mit dir?"

„Ja, wir werden üben." Großvater nahm ein anderes kleines Holzschwert, das in der Nähe des Kamins lag, und hielt es vor sich, damit der Junge dagegen schwingen konnte.

Emmalin seufzte, als sie sah, was er tat. „Ich hatte gehofft, ihn noch ein bisschen länger von den harten Wahrheiten des Krieges fernhalten zu können."

Großvater sagte: „Das ist ein lobenswerter Gedanke. Meine Maddie wollte das auch, doch wir sind im Krieg. Es ist also unwahrscheinlich, dass dir das lange gelingen wird. Doch was er jetzt schon lernen muss, ist der Unterschied zwischen Freunden und Feinden."

Emmalin nickte. „Ich weiß. Bitte erwähne es auch Alasdair gegenüber."

Alick setzte sich neben seinen Großvater. „Es hat wieder funktioniert, Großvater. Ich habe die Hitze, die Macht gespürt. Die Blitze waren für alle sichtbar, doch sag mir, was sie ausgelöst hat. Ich war zu beschäftigt, um es zu sehen."

Dyna sagte zu Els: „Zieh deine Tunika aus und lass mich deine Wunde nähen. Das blutet zu stark."

Els setzte sich auf einen Stuhl am Tisch, auf dem Dyna ihre Utensilien bereitgelegt hatte. „Ich werde nachsehen, ob es noch andere gibt, die genäht werden müssen, nachdem ich mit dir fertig bin. Ich habe genug Salbe für ein paar Verletzte mitgebracht. Schau nicht hin. Sag Großvater, wann du die Hitze zum ersten Mal bemerkt hast."

Els biss die Zähne zusammen, als die Nadel das erste Mal seine Haut durchbohrte, darum setzte sich Joya neben ihn und hielt seine Hand.

Emmalin ließ sich mit auf einen Stuhl fallen. „Ich wollte John nicht dazu holen, doch ich hatte Angst davor, was passieren würde, wenn diese Männer den Palas gestürmt hätten."

In den nächsten Minuten sprachen sie über das, was passiert war und wie es sich von anderen Gelegenheiten unterschied. Nur eines war auffällig: Ihre Schwerter waren im Verlauf des Kampfes nicht schwerer geworden. Die Macht hatte ihnen diesmal nicht die Kraft geraubt.

Alasdair kam mit einem Krug Bier zu ihnen.

„Alasdair, ist dein Schwert schwerer geworden?", fragte Großvater. „Die anderen haben es diesmal nicht bemerkt."

Er nickte und blickte von Els zu Alick. „Meines ja. Keins der anderen?"

Els war zu beschäftigt, die Zähne zusammenzubeißen, um zu antworten, also antwortete Alick für ihn. „Nein. Meins war leicht zu schwingen wie immer, wurde am Ende jedoch nicht schwerer. Wann ist es bei dir passiert, Alasdair?"

„Erst am Ende. Mein letzter Schwung, als ich es bemerkt habe."

„Es ist ziemlich seltsam, dass nur einer von euch das erlebt hat. Nun, wir haben eine gute Vorstellung geliefert", sagte Großvater. „Wir können sicher sein, dass die Leute über die Blitze reden werden."

„Das war ich, Papa. Großer Donner", sagte John aufgeregt und blickte zu seinem Vater auf.

Alasdair seufzte und sagte: „Ja, das warst du, Junge. Ich bete, dass die Engländer das nie erfahren. „Es ist ein Geheimnis." Er hielt seinen Finger an die Lippen und sagte: „Shhhh."

„Ist ein Geheimnis", wiederholte er. „Onkel Els, üben?"

Els biss noch immer die Zähne zusammen, da Dyna immer noch seine Schulter nähte, darum sagte Alick: „Ich werde mit dir üben, John." Er musste etwas tun, sonst würde er zu den Ställen laufen, losreiten und nicht anhalten, bis er Branwen erreichte. Er hoffte, dass der Earl of Thane ihren Vater davon überzeugt hatte, dass sie zu ihm gehörte, doch er wusste, dass ihr Vater ein sturer und grausamer Mann war. Auch wenn er es vorgezogen hätte, sein Leben mit Branwen mit Zustimmung ihrer Familie zu beginnen, würden sie möglicherweise darauf verzichten müssen. Morgen würde er zu ihr gehen können, ohne jemanden aus seiner Familie zu verärgern, da war er sich sicher.

John mochte die Idee, mit ihm zu üben eindeutig, da er vor Freude lachend auf Alick zu gerannt kam.

„Übrigens, ich wollte euch alle wissen lassen, dass ich Branwen geheiratet habe, bevor ich gestern hergekommen bin."

Alasdair stellte seinen Kelch ab und hatte fast sein Bier über den Tisch gespien. „Du hast was? Du hast ohne uns geheiratet? Und das sagst du uns erst jetzt?"

Er wollte es gerade erklären, als Gaufried mit finsterem Gesicht hereinkam. Emmalin bemerkte es sofort und winkte den Vogt zu sich. „Was ist passiert?"

„Da ist ein Bote an der Tür", sagte er. „Soll ich ihn hereinbringen?"

„Sag uns zuerst, was passiert ist", sagte Großvater, seine Miene bereits aufgebracht.

Gaufried räusperte sich und sagte: „Die Engländer haben Kyla entführt."

Alick stand abrupt auf und hätte John dabei fast umgeworfen. „Meine Mutter? Sie haben meine Mutter entführt?" Bei dem Gedanken krampfte sich sein Magen zusammen, und er trat einen Schritt vor, voller Entschlossenheit. Entschlossenheit, in den Stall zu eilen, wenn auch aus anderem Grund.

Großvater packte seinen Unterarm und sagte: „Nein, du wirst noch nicht gehen. Gaufried, bring bitte den Boten herein."

Alick sah zu Großvater auf, um zu sehen, wie er auf die Nachricht reagierte, und der angespannte Ausdruck des alten Mannes sagte ihm alles, was er wissen musste. Kyla war seine Mutter, doch sie war die älteste Tochter seines Großvaters.

Sein *Kind*.

Gaufried ging zurück zur Tür, öffnete sie, und ein Mann, gehüllt in das Plaid der Grants kam herein. „Magnus", sagte Alexander. „Gut, dich zu sehen. Sag uns, was du weißt. Wie konnten sie so etwas Verabscheuungswürdiges tun?"

Magnus sagte: „Jamie und Finlay werden morgen hier sein. Sie haben mich vorausgeschickt."

Emmalin winkte eine Magd herbei und sagte:

„Bring Ale und eine Fleischpastete für ihn, bitte."

„Die Details", forderte Großvater ihn auf.

„Sie waren zu fünft. Sie sind durch das hintere Tor hereingekommen, haben vier Wachen getötet und sich dann eingeschlichen. Zwei von ihnen haben Chrissa in der Nähe des Bogenschießfeldes vor den Toren festgehalten, und die anderen drei haben darauf gewartet, dass Kyla in den Keller ging, und sie dort gefangen genommen."

Alick glaubte, sich übergeben zu müssen. Sie hatten auch seine Schwester? Er würde definitiv gehen.

„Sie drohten, Chrissa zu töten, falls Kyla sich weigerte, mit ihnen zu gehen. Sie wollen sie gegen dich eintauschen, mein Laird. Ich bin mir sicher, dass du bald eine Nachricht bekommen wirst, da fast jeder weiß, dass du hier bist."

Alick sagte: „Wo ist Chrissa?"

„Ihr geht es gut. Sie ist zu Hause. Alle fünf Männer sind mit Kyla zu Pferd davongeritten. Es war ungefähr eine Stunde nach Einbruch der Dunkelheit."

Alle Anwesenden mussten die Nachricht für einige Momente verdauen, dann sagte Großvater: „Dieser Bastard Edward."

„Oh, die andere Neuigkeit habe ich fast vergessen. König Edward ist tot. Sein Sohn ist jetzt König, und er hat die Männer geschickt, um Kyla zu entführen."

Alick stand auf. „Ich muss so schnell wie möglich los."

Doch wohin?

Zu seiner Mutter oder seiner Gemahlin?

Branwen feuerte einen weiteren Pfeil ab, überrascht, als sie den Apfel im Baum traf und ihn herunterriss. Sie rannte los, um ihn aufzuheben und biss in die süße Frucht, bevor sie sie Lora reichte. „Hier, iss auf."

Lora sagte: „Ich kann immer noch nicht glauben, dass du von jemandem trainiert wurdest, der von Gwyneth Ramsay gelernt hat." Sie legte einen Pfeil an, und er flog weit über das Ziel hinaus. „Ich bin nicht besonders gut darin", sagte sie und ließ ihre Schultern hängen.

„Du darfst nicht aufgeben. Es dauert viele, viele Versuche, bis man besser wird. Übe weiter, doch vergiss nicht, eine Weile aufzuhören, wenn deine Schultern schmerzen. Du musst dich erst daran gewöhnen."

„Wie sehr ich wünschte, wir könnten ein Kaninchen töten, um etwas zu essen zu haben. Ich habe solchen Hunger", sagte Lora. Sie hatten eine weitere Nacht in der Höhle geschlafen und obwohl Jep ihnen etwas zu essen gegeben hatte, war es nicht viel für zwei.

„Vielleicht kann ich noch ein paar Äpfel für später herunterschießen." Sie zielte und schoss einmal, zweimal, dreimal, verfehlte mit den ersten beiden Pfeilen, traf jedoch mit dem dritten.

Lora rannte hinüber, um den Apfel aufzuheben. „Der ist groß und saftig", sagte sie mit einem süßen Lächeln. „Wir können ihn heute

Abend teilen. Er reicht für uns beide."

„Vermisst du deine Brüder und Schwestern, Lora? Ich habe mir immer eine Schwester gewünscht", sagte Branwen und hielt inne, um in die Büsche zu starren. Sie suchte nach Anzeichen, dass sie jemand beobachten könnte, doch da war nichts.

Lora überlegte kurz, dann nickte sie. „Nur Coira. Die anderen sind alle so gemein, und es scheint ihnen Spaß zu machen, das kleine Mädchen zu quälen. Sie ist erst drei Sommer, doch sie hat ein großes Herz. Es tut mir so leid, dass ich sie dort gelassen habe. Ich muss sie da wegbringen, bevor die anderen sie ruinieren und sie auch gemein wird."

„Wir werden es versuchen", versprach sie. Sie hatten beschlossen, auf dem Land der Grants zu leben. Nicht einmal Branwens Vater wäre mutig genug, sie aus Grant Castle zu stehlen, und Osbert Ware hatte weder Einfluss noch Vermögen, um zu versuchen, sie zu holen. Nicht, dass er das Recht gehabt hätte, Branwen zu verfolgen.

Lora schoss zwei weitere Pfeile und quietschte dann. „Schau! Ich habe einen getroffen", sagte sie und rannte zu dem Baum, auf den sie gezielt hatte.

„Du lernst schnell. Gut, denn du musst mir vielleicht helfen, wenn Alick nicht sofort kommen kann", sagte sie und betete schweigend, dass er kommen würde.

Sie vermisste ihn schon. „Komm, lass uns unsere Waffen verstecken, dann können wir zur

Burg gehen, um zu sehen, ob Jep uns noch mehr Essen besorgt hat. Vielleicht hat er sogar Alick gesehen."

Die beiden gingen zurück in die Höhle, erfrischten sich im Bach und fütterten dann das Pferd, bevor sie zur Burg aufbrachen.

Es war ein grauer Sommermorgen, doch die Luft war angenehm. Nicht zu heiß, und eine leichte Brise wehte. Sie pflückten auf dem Weg ein paar Wildblumen und hielten sich abseits des Pfades, um nicht gesehen zu werden.

Bald standen sie vor Thane Castle.

Branwen umarmte Lora kurz und sagte: „Du solltest hier zurückbleiben. Wir dürfen nicht riskieren, dass wir beide erwischt werden. Ich werde zu Jep gehen und so schnell wie möglich zurückkommen." Sie gab ihr den kleinen Blumenstrauß, den sie gepflückt hatte.

„Bitte komm zurück", sagte das jüngere Mädchen und zupfte an den Blumen. „Was ist, wenn du entdeckt wirst? Ich weiß nicht, ob ich es allein schaffen kann."

Branwen umarmte sie erneut. „Wenn mir etwas passiert, werde ich wieder fliehen. Doch geh kein Risiko ein. Wenn ich in einer Stunde nicht zurück bin, geh zurück zur Höhle. Da bist du am sichersten. Ich werde einen Weg zurück zu dir finden."

„Auch wenn sie dich einsperren? Was ist, wenn sie dich zurück zum Haus meines Vaters bringen?"

„Dann laufe ich wieder weg. Und denk dran, falls ich nicht zurückkomme, irgendwann wird

Alick hier sein. Du kannst ihm alles erzählen."

„Aber ich kenne ihn nicht", sagte Lora mit zitternder Unterlippe.

„Er hat schönes, dunkelrotes Haar und viele Muskeln. Er trägt ein Langschwert. Viel größer als die, die unsere Wachen tragen. Sein Pferd ist schwarz mit weißer Blesse. Natürlich trägt er das rote Plaid der Grants. Jep weiß, wo du bist, und er wird ihn zu dir schicken. Ich muss das tun, sonst hungern wir."

Lora nickte. „Ich weiß. Pass auf dich auf."

Branwen machte sich auf den Weg zur Burg und versteckte sich vor den Männern, die das Tor bewachten. Als sie zu den Ställen vor der Mauer kam, sah sie Jep in der Nähe stehen und ein Pferd abreiben. Also schlich sie sich näher, bevor sie flüsterte. „Jep."

Er drehte sich in ihre Richtung und riss die Augen auf, als er sie sah, dann hob er einen Finger an seine Lippen. Er hob die Hand, was so viel heißen musste wie „warte". Er verschwand für einen Moment, bevor er mit einem kleinen Sack zurückkam. Nachdem er ihn ihr gegeben hatte, verschwand er schnell wieder.

Das war kein gutes Zeichen, darum wirbelte sie herum und rannte los. Sie rannte über die Wiese zu den Bäumen, die Sicherheit für sie bedeuteten. Sie war fast da, als zwei Reiter Alarm schlugen und direkt auf sie zukamen.

Da sie wusste, dass sie sie einfangen würden, rannte sie so schnell sie konnte und hoffte, dass sie den Sack so nah am Wald fallen lassen konnte, dass Lora ihn finden würde. Als sie fast bei ihr waren, warf sie ihn so weit wie möglich vor sich und rannte dann in die andere Richtung. Die beiden Pferde holten sie ein, und einer der Krieger hob sie hoch und warf sie über sein Pferd.

Er wurde langsamer und sagte zu seinem Begleiter: „Es ist Branwen. Mädchen, warum bist du weggelaufen? Dein Vater ist kein glücklicher Mann."

Sie richtete sich auf und stieß gegen die Brust des Mannes. „Warum, Wiley? Weil ich bereits verheiratet bin. Ich habe einen Mann vom Clan Grant geheiratet, bevor mein Vater versucht hat, mich mit diesem alten Narren zu heiraten, der schon sechs Kinder hat. Was würdest du in meiner Situation tun?"

Branwen kannte viele der Wachen auf der Burg, und Wiley war einer von denen, die ihrer Notlage immer mehr Mitgefühl entgegengebracht hatten. „Ah, Mädchen. Ich mache dir keine Vorwürfe. Er hat dich einem alten räudigen Hund versprochen. Doch er könnte innerhalb eines Jahres sterben, und dann bist du Witwe und sein Land gehört dir. Sobald der alte Bock stirbt, kannst du mein Bett wärmen, und es wird niemanden interessieren. Ich würde mich freuen, von dir zu kosten."

Sie kehrte ihm den Rücken zu und verschränkte wütend die Arme. Männer. Sie alle dachten gleich. Sie alle dachten, es sei so einfach, als Frau zu leben, doch sie hatten keine Ahnung, wie es war. „Wo bringst du mich hin?"

„Zur Burg. Dein Vater ist auf der Suche nach

dir." Wiley ritt auf den Hof, stieg ab und half ihr
vom Pferd. Zwei Wachen traten aus der Tür auf
sie zu, zwei, die sie hasste. Sie packten sie bei
den Armen und zerrten sie mit sich, obwohl sie
einem vors Schienbein trat und dem anderen in
die Hand biss.

Das brachte ihr nur eine Ohrfeige ein. „Dummes Mädchen", schnaubte derjenige, der sie
geschlagen hatte. „Du verdienst, was dich
erwartet."

Sie zerrten sie in den dunkelsten Teil des
Kellers, in dem vor langer Zeit Gefangene festgehalten worden waren. In jüngster Zeit wurden
nur noch selten Feinde hier eingesperrt, doch die
Kerker waren noch immer da.

Sie hätte nicht überraschter sein können. „Was
tut ihr? Ich werde in meine Kammer gehen.
Nehmt eure Hände von mir."

Der Größere der beiden grinste. „Du gehörst
nicht mehr zu diesem Clan. Du bist davongelaufen. Dein Vater hat gesagt, dass du bis zu seiner
Rückkehr als Gefangene festgehalten werden
sollst."

Die Tür schloss sich hinter ihr. Die Zelle war
bis auf einen Hocker und einen Nachttopf leer.
Eine Wache kehrte zurück, schloss die Tür auf
und brachte einen Strohsack, ein Plaid und einen
Krug Wasser. „Du bekommst eine Sonderbe-
handlung, die die anderen nicht bekommen. Du
bekommst einen Sack Stroh."

Sie war zu geschockt, um zu antworten. Sie
starrte auf den Strohsack und das Plaid, und
ihr wurde bewusst, dass sie genau in derselben

Position war, in der sie mit ihrem Vater immer
gewesen war.

Machtlos. Völlig machtlos, bis er zurückkam.

KAPITEL DREIZEHN

ALICK RANNTE ZUR Tür, wurde jedoch von einer polternden Stimme aufgehalten, die er sehr gut kannte. „Alick!"

Großvater.

„Clan Grant wurde gerade angegriffen. Du gehst nirgendwo allein hin. Bitte komm zurück, während wir planen, wer wohin geht." Niemand sagte ein Wort und wartete darauf, dass Alick antwortete.

„Großvater, ich muss meine Mutter finden." Nachdem er darüber nachgedacht hatte, hatte er die einzige Entscheidung getroffen, die er treffen konnte – seine Mutter suchen zu gehen. Branwen war seine Frau – sie waren von einem Priester verheiratet worden, der das bezeugen konnte – und sie würde in Thane Castle in Sicherheit sein. Niemand würde ihr etwas tun. Während er sofort zu ihr zurückkehren wollte, musste er tun, was er konnte, um zuerst seine geliebte Mutter zu retten.

Er konnte nicht glauben, dass sein Großvater ihn aufhielt. Er war so wütend, dass jemand sich erdreistet hatte, seine Mutter zu entführen, dass er die englischen Bastarde am liebsten töten würde.

„Ich denke, dir fehlt eine wichtige Information, Junge."

„Was?", fragte er, drehte sich um und ging zurück zu dem Mann, der die Aufmerksamkeit aller auf sich zog.

„Weißt du, wo deine Mutter ist?" In seiner Stimme lag kein Urteil – sie war ruhig und vernünftig und forderte Alick auf, seine Optionen sorgfältig abzuwägen und das Offensichtliche nicht zu übersehen.

Etwas, das er zu oft tat.

Er ließ den Kopf hängen und wusste, dass sein Großvater Recht hatte. Schon wieder. „Ich weiß es nicht. Ich wollte Magnus fragen. Sicher hat er eine Idee."

Magnus kam aus der Küche und kaute auf einer Fleischpastete. „Wir wissen nicht, wo sie ist. Wir haben versucht, ihr zu folgen, doch die Spur verloren, als sie eine Schlucht überquert haben. Sie müssen durch den Bachlauf gegangen sein. Doch so oder so wird die Nachricht nicht zu uns kommen – wir sollen zu ihnen gehen. Deshalb werden dein Vater und Jamie morgen herkommen. Sie sammeln Krieger, um sie mit nach Glasgow zu bringen. Dort wollen sie den Austausch durchführen. Alexander Grant gegen Kyla."

„Du meinst, wir sollen hier warten, bis sie ankommen?", fragte Alick fassungslos.

„Ja, und du wirst auch nicht allein losgehen. Wir brauchen dich als Teil der Highlandschwerter", erinnerte ihn Großvater. „Du weißt, dass sowohl deine Mutter als auch dein Vater dir sagen würden, dass du nicht blindlings loslaufen sollst, wenn du keine Ahnung hast, wo du suchen sollst."

Verdammt, er hatte tatsächlich die Schwerter vergessen. Sie hatten den Grants geholfen, die Engländer auf der Burg und Johns Entführer in Ayr zu besiegen. Vielleicht würden sie ihnen jetzt auch helfen.

Großvater hatte Recht – er konnte sich nicht auf die Suche nach seiner Mutter machen, doch vielleicht konnte er nach Branwen sehen.

„Dann gehe ich nach Thane Castle. Vater kommt erst morgen an, und wir brechen erst in zwei Tagen nach Glasgow auf. Das ist mehr als genug Zeit, um nach Thane Castle und zurückzureiten. Ich würde mich besser fühlen, wenn ich meine Gemahlin hierher zurückbringen würde. Ihr Vater ist ein grausamer Mann."

Großvater warf einen Blick auf seine Hände in seinem Schoß, als würde er an längst vergangene Zeiten denken. Nach einem Moment seufzte er und sagte: „Geh. Ich freue mich darauf, das Mädchen kennenzulernen, das du als dein Weib ausgewählt hast, doch bleib nicht zu lange weg. Nimm Dyna und fünf Wachen mit und seid morgen wieder da."

Alick hatte den alten Mann fast umarmt, doch er hielt sich zurück und nickte stattdessen dankbar. „Ich weiß deine Unterstützung zu schätzen, Großvater."

„Die hast du. Und ich muss deinem Vater

erklären, dass du bereits verheiratet bist, um deine Abwesenheit zu rechtfertigen."

Etwas, das Alick lieber selbst getan hätte, doch er stimmte der Argumentation seines Großvaters zu. „Ich danke dir. Ich verspreche, wir kommen bald zurück."

„An wen hast du gerade gedacht, Großvater?", fragte Dyna.

Alexander Grant hob den Kopf, seine Augen feucht von unvergossenen Tränen „Maddie. Als ich sie das erste Mal gesehen habe, war sie allein in einer Kammer und ich konnte sehen, dass sie geschlagen worden war. Brodie und ich mussten gehen, sind jedoch zurückgekehrt, nachdem wir von ihrem Stallmeister eine Nachricht bekommen hatten. Wir hätten niemals weggehen dürfen, und ich fühle mich gelegentlich immer noch schuldig."

Alasdair trat auf ihn zu. „Doch es hatte ein gutes Ende, Großvater. Fühl dich nicht schuldig. Am Ende hast du getan, was richtig war, und siehst du, wie es funktioniert hat? Hättest du es anders gemacht, wer weiß, was hätte passieren können."

Er sah zu seinem Enkel auf und lächelte. „Du bist weiser als dein Alter vermuten ließe, Alasdair. Alick, geh, finde dein Mädchen und bring es her."

Schritte, schnell und wütend, hallten von der Treppe zu ihr herunter. Die Nacht war fast angebrochen, vermutete sie. In der Nähe der Treppe gab es ein kleines Fenster, das Licht hereinließ, doch dieses Licht wurde schwächer.

Sie rechnete damit, die Nacht hier zu verbringen. Ihre Hände kneteten wütend ihre Röcke. Wie sollte sie fliehen? Und was war mit Lora? Sie hoffte, dass das Mädchen wenigstens den Sack mit dem Essen gefunden hatte.

Es dauerte nicht lange, bis sie Schritte auf dem Gang hörte. Sie hielt den Atem an und wartete gebannt, wer es war. Zum Glück war es Jep.

„Mädchen, vergib mir, doch ich habe versucht, dich zu warnen. Ich wusste, dass dein Vater wütend war, doch ich hatte nicht erwartet, dass er dich hierher bringen würde."

Branwen sah ihren lieben Freund an. „Jep, du musst nach Alick suchen, sag ihm, dass ich hier bin. Ich fürchte, mein Vater wird die Wachen anweisen, ihn anzulügen. Bitte hilf mir, ihn zu finden." Sie konnte die Tränen spüren, die in ihren Augen brannten, doch sie weigerte sich, sie fließen zu lassen, biss sich stattdessen auf die Lippe und dachte an den Hass, den sie jetzt für ihren Vater empfand.

„Ich verspreche, ihn zu suchen. Hier, ich habe ein Stück Käse für dich, doch halte es versteckt. Lora hat den Sack gefunden, den du ihr zugeworfen hast, und geschafft wegzukommen, ohne gesehen zu werden. Also mach dir keine Sorgen um sie. Ich werde deinem Gemahl von euch beiden erzählen."

„Ich danke dir, Jep."

Er ging so schnell wie er gekommen war, doch zumindest wusste sie, dass sie einen Verbündeten hatte. Fia würde ihr auch helfen, wenn sie konnte, doch ihre Freundin hatte wahrscheinlich keine Ahnung, dass sie im Kerker war. Nur die Wachen würden es wissen.

Wusste ihr Onkel, was ihr angetan worden war? Sie hätte Jep fragen sollen, doch sie hatte nicht daran gedacht. Vielleicht würde sich ihr Onkel überreden lassen, ihr zu helfen, wenn er wüsste, in welcher Situation sie sich befand.

Würde Alick kommen, um sie zu holen? Wenn ja, wann?

Das Schlimmste war die Unsicherheit. Selbst wenn er kam, würde er die Wahrheit nicht erfahren, wenn er nicht Jep oder Lora begegnete.

Kurze Zeit später hob sie den Kopf und war überrascht, dass sie auf dem Strohsack eingeschlafen war. Jemand steckte einen Schlüssel ins Schloss.

Wie sie betete, dass es nicht ihr Vater war!

Doch ihre Gebete waren in letzter Zeit nicht beantwortet worden, und auch jetzt war keine Ausnahme.

„Egal was ich tue, ich bereue deine Geburt, Tochter. Jetzt hast du Schande über mich gebracht. Steh auf."

Sie gehorchte, denn das war, was sie immer getan hatte, obwohl ihr Herz rebellierte. Er holte aus und schlug zu. Ein Schlag, der so heftig war, dass ihr Kopf gegen die Wand schlug.

Ich hasse dich, ich hasse dich, ich hasse dich.

Die Gedanken waren so mächtig, dass sie ihn fast übertönten, doch seine nächsten Worte erregten ihre Aufmerksamkeit.

„Du wirst hier bleiben, bis Osbert zurückkommt. Ihr werdet die Bettungszeremonie
zelebrieren, und ich werde es bezeugen. Ich
glaube deinen Lügen über die Heirat mit dem
Grant-Jungen nicht, und ich werde bald die
Wahrheit herausfinden, nicht wahr? Ich werde
als Beweis nach den blutigen Laken suchen.
Osbert wird morgen kommen, und du wirst bei
ihm liegen. Dann wirst du mit ihm zurückkehren
und für seine Kinder sorgen. Dieses Mal werde
ich drei Wachen mitschicken, damit du nicht
wieder wegläufst. Und wo ist Osberts älteste
Tochter?"

Sie bemühte sich, unschuldig auszusehen, doch
ihr Herz raste in ihrer Brust, seine schreckliche
Drohung klingelte in ihren Ohren. Trotzdem
wusste sie es besser, als ihm etwas über Lora zu
erzählen.

„Papa, ich sage dir, Pater MacKenzie hat uns
verheiratet", beharrte sie.

„Du hast dir schon viele Geschichten über den
Priester ausgedacht, der mit dir spricht, doch
ich weiß, dass es nur Geschichten sind. Es gibt
keinen Pater MacKenzie, es gab keine Hochzeit
und du gehst als Jungfrau zu Osbert. Er hat mir
gutes Geld für deine Jungfräulichkeit bezahlt,
und er wird sie bekommen."

Was? Ihr Vater hatte den Verstand verloren!
Natürlich gab es Pater MacKenzie. Natürlich
war sie verheiratet, obwohl er zu Recht davon
ausgegangen war, dass die Ehe noch nicht voll-
zogen war.

„Ich weiß nichts über seine Tochter. Ich bin

davongelaufen."

„Sie hat wahrscheinlich gesehen, was du getan hast, und beschlossen, deinem Beispiel zu folgen. Wenn ich herausfinde, dass du sie ermutigt hast, bekommst du beim nächsten Mal mehr als eine Ohrfeige."

Er wirbelte herum, öffnete die Tür und ging, wobei er darauf achtete, die Tür hinter sich wieder abzuschließen. Branwen rieb sich die Wange, bevor sie vorsichtig ihren Kopf betastete und eine Beule fand.

Bitte, Herr. Hilf Alick, seinen Weg zu mir zu finden. Bitte.

Sie ließ sich auf den Strohsack fallen und schloss die Augen, denn sie wollte nicht sehen, was als Nächstes kam.

Branwen schlief unruhig, die Kälte und ihre Angst vor Ratten und Insekten verhinderten jeden erholsamen Schlaf. Irgendwann hörte sie Stimmen. Sie ging zur Tür und spähte durch das kleine Fenster.

Leise Männerstimmen drangen von der Treppe zu ihr herab, während Stiefel auf den Stein schlugen und Schritte durch die Dunkelheit der Nacht hallten.

Die Schritte kamen näher, und sie betete, dass es nicht ihr Vater war, der zurückkam, um sie erneut zu schlagen.

Was sie sah, schockierte sie. Zwei Wachen trugen eine regungslose Gestalt den Gang entlang. Sie wich von der Tür zurück, denn sie wollte sehen, wen sie trugen, wollte jedoch vermeiden, dass die Wachen es bemerkten.

Sie betete, dass es nicht Alick war.

Als sie an ihrer Zelle vorbeikamen, stellte sie sich auf die Zehenspitzen und spähte hinaus. Alles, was sie in der Dunkelheit erkennen konnte, war langes, dunkles Haar. Zwei Männer trugen die Gestalt, während einer vor ihnen herging, um die Zelle aufzuschließen.

„Habt ihr den Strohsack mitgebracht? Er hat darauf bestanden, dass wir einen in die Zelle bringen", fragte der erste Mann.

Der Mann hinten sagte: „Ich hole einen."

„Und zwei Plaids, einen Krug Wasser und einen Teller mit Brot und Käse. Wir lassen es einfach abgedeckt da."

„Wer kontrolliert die Keller?"

„Ich bin nicht sicher."

Dann gingen sie, ohne einen Blick in ihre Richtung zu werfen, sodass sie keines ihrer Gesichter erkennen konnte.

Wer war die Gestalt mit den dunklen Haaren?

KAPITEL VIERZEHN

ALICK UND DYNA näherten sich Thane Castle lange nach Einbruch der Dunkelheit. „Ich bin froh, dass es schon dunkel ist", sagte er und verlangsamte sein Pferd. Er sah sich nach einem geeigneten Ort um, um ihre Pferde zu verstecken. Nach seinen bisherigen Begegnungen mit Arnald Denton hatte er keine Lust, den Mann an diesem Abend zu treffen. Wenn sie nichts von Jep in Erfahrung bringen konnten, Branwens Vertrautem, dem Stallmeister, dann würden sie sich einschleichen müssen. Der Wind wehte über das Land und gab der Nacht etwas Unheimliches, als würden Gewitterwolken mit dem Versprechen von Regen aufziehen.

Er blickte zum Himmel auf und fragte sich, was das Wetter bringen würde, als Dyna seine Frage beantwortete.

„Es wird nicht regnen", sagte sie in einem Ton, von dem er wusste, dass er ihn nicht in Frage stellen sollte. „Doch wir müssen aufpassen, Alick. Was ist dein Plan?"

Sie hielten ihre Pferde an, und Alick sagte zu den Wachen: „Ich möchte, dass ihr hier bleibt.

Schaut, was passiert. Haltet Ausschau nach einem jungen Mädchen, falls wir durch ein Tor hineingehen und sie durch ein anderes hinausgeht. Dyna, hast du Vorschläge?"

„Ich werde sehen, ob ich durch das hintere Tor kommen kann."

Alick sagte: „Gute Idee. Sie vertraut dem Stallmeister. Ich würde lieber mit ihm anfangen, doch im Stall sind noch viele Leute. Darum fürchte ich, dass er mir nicht viel erzählen kann. Ich werde das Naheliegendste tun und darum bitten, mit dem Earl zu sprechen."

Alick und Dyna blieben in Deckung und beobachteten die Aktivitäten rund um die Ställe vor den Mauern. Es waren weit mehr Wachen unterwegs, als er bei seinem letzten Besuch bemerkt hatte. Einige der Männer waren auf der Jagd gewesen, doch nicht viele. Und die Art und Weise, wie die Männer ausschwärmten und untereinander flüsterten, deutete auf geheime Aktivitäten hin.

Etwas hatte sich geändert.

„Dyna, ich weiß, es ist dunkel und man kann nicht viel sehen, doch hören sich diese Männer nicht wie Engländer an? Doch alle sind normal gekleidet. Ich sehe keine anderen Plaids als Thane. Was sagst du?"

Dyna presste die Lippen aufeinander und sagte: „Ich sage, wir müssen uns bewegen. Denn ich denke, du hast Recht, und das ist nicht gut."

Alick sah sie an. „Also gut. Lass uns gehen."

„Wir treffen uns bald wieder hier", sagte Dyna. „Wenn etwas passiert, verschwinde ich und lasse eine Wache hier, um dich zu informieren."

Alick nickte. „Gut. Viel Glück. Für uns alle."

Sie gingen auseinander, und Alick ging mit seinem Pferd zu den Ställen, damit er eine Ausrede hatte, mit dem Stallmeister zu sprechen. Jep war da, doch er schüttelte kurz den Kopf, um ihm zu zeigen, dass er nicht offen sprechen konnte. Eine Wache fragte ihn, was er wollte. „Ich bin hier, um den Earl of Thane zu sehen. Ich habe ihn vor ein paar Tagen getroffen, und er hat mir gesagt, ich solle zurückkommen." Keine direkte Lüge, nur eine kleine.

Der Begleiter des Mannes, eine andere Wache, bestätigte: „Ja, er war hier. Lass ihn ein."

„Du kannst dein Pferd da drüben anbinden und durchs Tor in den Hof gehen. Die Wache dort wird dich zu den Gemächern des Earl begleiten."

Alick war überrascht, dass es so einfach war. Er nahm nicht an, dass es so leicht sein würde, wenn er erst einmal im Hof war. Vielleicht würde er zurückkommen, um dem Stallmeister Fragen zu stellen, wenn die Antworten, die er bekam, nicht ausreichten. Er wurde zum Palas geführt und stand eine Weile vor der Tür, bevor eine Wache ihn hinein und zur geschlossenen Tür des Gemachs des Earls durch den großen Saal führte. Im großen Saal waren nicht viele Leute. Ein paar kleine Gruppen von Kriegern, die Bier tranken.

Er hatte Branwens Namen noch nicht erwähnt und entschieden, dass es für ihn am sichersten wäre, direkt mit dem Earl über sie zu sprechen.

Alick hatte das Bedürfnis, auf und ab zu gehen, während er wartete, entschied sich jedoch dagegen. Ehe er sich's versah, öffnete sich die Tür, und drei Wachen traten heraus. Eine bedeutete ihm einzutreten. „Er erwartet dich."

„Seid gegrüßt, mein Herr", sagte er, als er eintrat. William Cargill, der Earl of Thane, saß hinter seinem Schreibtisch und winkte ihn zu einem Stuhl.

„Ich bin hier, um Branwen zu sehen, mein Her", sagte er.

„Ah, meine süße Nichte", sagte der Earl. Er verzog das Gesicht. „Ich fürchte, ich habe schlechte Nachrichten für dich. Als ihr Vater zurückgekommen ist, hat er sie schnell zu Osbert Wares Dorf gebracht und sie sofort verheiratet. Ich habe versucht, ihn davon zu überzeugen, dein Werben zu erlauben, doch er wollte nichts mit dir zu tun haben. Es tut mir leid. Ich habe großen Respekt vor deinem Clan, und meine Schwester hätte deiner Bitte, um ihre Tochter zu werben, sicher zugestimmt. Leider weilt sie nicht mehr unter uns. Wenn ich Branwen wiedersehe, werde ich ihr sagen, dass du sie gesucht hast."

Alick war fassungslos. Er wusste nicht, was er sagen sollte. „Verheiratet? Er hat sie schon in die Ehe gezwungen? "

„Es tut mir leid, mein Sohn. Ich sehe, du bist aufgebracht. Möchtest du ein Bier?"

Er schüttelte den Kopf, denn er wollte wirklich keines. Er wollte kein Bier, keine Fleischpastete oder sonst etwas. Und er wollte ganz sicher kein anderes Mädchen. „Nein, ich möchte meine Gemahlin sehen."

„Deine Gemahlin? Ich habe vielleicht zugestimmt, für dich mit Arnald zu sprechen, doch ich habe keine Heirat genehmigt."

„Als wir Euch zurückgelassen haben, sind wir zum Loch gegangen. Pater MacKenzie war in der Kapelle und hat uns nach schottischem Recht verheiratet."

Der Earl lachte. „Jetzt erzählst du Geschichten. Thane-Land ist das Land von König Edward. *Er* regiert dieses Land, nicht schottisches Recht. Und es gibt keinen Pater MacKenzie. Er ist schon lange nicht mehr hier."

Alick konnte die Worte nicht glauben, die von den Lippen des Mannes kamen. Sein Verhalten war völlig anders, wenn Branwen nicht dabei war. „Vielleicht habt Ihr ihn noch nie getroffen, doch ich habe ihn mit eigenen Augen gesehen. Der Priester hat uns verheiratet."

„Ich finde es unter den gegebenen Umständen unwahrscheinlich, dass ihr diese angebliche Ehe vollziehen konntet. Der Vollzug wird es regeln, und ihr Vater erwartet, dass morgen die Bettungszeremonie stattfindet. Ich erlaube dir nicht, meine Nichte zu sehen und ihr damit Flausen in den Kopf zu setzen. Branwen ist ein gutes Mädchen, egal, was ihr Vater über sie sagt. Meine Schwester hat mir die Ehre übertragen, ihre Interessen zu schützen. Und darum bitte ich dich jetzt, zu gehen."

Alick konnte nicht anders, als herauszuplatzen: „Und ist es ein Teil dieser Ehre, ihrem Vater zu erlauben, sie zu schlagen? Denn ich habe es mit eigenen Augen gesehen. Habt Ihr Euch nie gefragt, woher sie all diese Male hat? Wäre Eure Schwester stolz darauf, wie gut Ihr auf ihre Tochter aufpasst? Oder liegt Lügen im Blut aller auf Thane Land?"

Der Earl fuhr mit rotem Gesicht von seinem Sessel auf „Wie kannst du es wagen, so mit mir zu sprechen! Du bist hier nicht mehr willkommen. Wachen!" Die Tür öffnete sich schnell, und der Earl befahl: „Begleitet diesen Narren hinaus, vor unsere Tore. Lasst ihn nicht aus euren Augen, bis er draußen ist."

Alick lachte. „Ich denke, das beantwortet meine Frage, nicht wahr? Eure Schuld wird Euch verzehren. Ich habe Mitleid mit Euch."

„Hinaus!"

„Und Ihr werdet mich auch nicht aufhalten. Ich werde gehen, doch ich werde meine Gemahlin zurückbekommen." Dann schrie er: „Branwen, ich bin hier, um dich zu holen!"

Die beiden Wachen gaben ihm jeweils einen Stoß, doch er ignorierte sie und warf Cargill über die Schulter einen Blick zu. „Wenn Ihr tausend Grant-Krieger wollt, könnt Ihr genau das bekommen."

Einer der Wachen gab ihm einen weiteren Stoß, doch Alick packte das Handgelenk des Mannes und drehte es hinter seinen Rücken, wobei er den Mann fest gegen die Wand drückte. „Nimm deine Hand von mir, oder du wirst der erste sein, den ich töte, wenn ich zurückkomme, um mein Weib zu holen!"

Er verließ das Gemach des Earl und ging hinaus durch das Tor, die Wachen direkt hinter ihm. Als er sein Pferd holte, dachte er daran, mit dem Stallmeister zu sprechen, doch der war damit beschäftigt, sich mit jemand anderem zu unterhalten.

Also blieb ihm nur die Hoffnung, dass Dyna sie gefunden hatte. Der Earl hatte in einem Punkt Recht. Wenn sie noch ihre Jungfräulichkeit besaß, konnte Ware sie nach englischem Recht für sich beanspruchen.

Er musste auch an seine Mutter denken. Es war wichtig, Branwen schnell zu finden, damit er rechtzeitig nach MacLintock Castle zurückkehren konnte.

Dyna, finde sie. Das Einzige, was er zu diesem Zeitpunkt noch übrig hatte, war das Vertrauen in seine Cousine. Wenn jemand sie in dieser Burg finden konnte, war es Dyna.

Er schnippte mit den Zügeln seines Pferdes und ging zurück zu ihrem Treffpunkt.

Sein Herz schmerzte mehr als jemals zuvor.

Branwen saß zitternd auf ihrem Strohsack. Das dünne Plaid hielt sie nicht wirklich warm. Ihr war nicht bewusst gewesen, wie kalt die Keller selbst im Sommer waren, doch andererseits war nirgends ein Kamin mit einem wärmenden Feuer.

Sie kauerte sich zusammen und atmete langsam, um zu verhindern, dass sie in Tränen ausbrach. Wenn ihr Vater zurückkam, wollte sie nicht, dass er die Tränen auf ihren Wangen sah.

Aus der anderen Zelle war kein Laut zu hören, doch sie war sich nicht sicher, ob die andere Kammer nahe genug war, um sie zu hören oder gehört zu werden. Sie hatte gehört, dass dem anderen Gefangenen ein Trank verabreicht worden war, sodass der Mann wahrscheinlich erst am Morgen aufwachen würde.

Wer konnte er sein? Sie wusste nicht einmal, ob der andere Gefangene ein Mann war, doch es schien eine sichere Vermutung zu sein. Frauen wurden wahrscheinlich nicht oft in den Kerker geworfen ... doch was wusste sie schon? Sie hatte nicht gedacht, dass die Kerker überhaupt benutzt wurden, doch die Wachen redeten, als ob sie sie gut kannten. Wie unwissend sie darüber war, was auf der Burg, auf der sie lebte, vor sich ging.

Konnte der Gefangene etwas mit König Edwards Krieg gegen Robert the Bruce zu tun haben? Niemand hatte jemals zuvor mit ihr über den Krieg gesprochen – außer Alick kurz – und sie war zu sehr mit ihrem Leben und ihrer Plackerei beschäftigt gewesen, um dem Geschehen außerhalb der Burg viel Aufmerksamkeit zu schenken. Was sie belauschte, waren in der Regel leise Unterhaltungen, sodass sie nicht viel hören konnte.

Sie horchte auf, als sie etwas im Gang hörte. Und tatsächlich, sie hörte leichte Schritte auf sich zukommen, wie die von einer Frau oder einem kleinen Jungen. Sie setzte sich auf ihren Strohsack, lehnte sich an die Wand und wartete, in der Hoffnung, die Person zu sehen, die auf sie zukam. Und hoffte, dass es kein anderer Feind war.

Die Schritte hielten in der Nähe ihrer Tür an. Wie verzweifelt sie aus dem Fenster spähen wollte, doch sie wagte es nicht, das Risiko einzugehen.

Sie wartete darauf, dass etwas passierte, das Herz pochend, doch plötzlich donnerten Stiefel die Treppe hinunter, und die leisen Schritte eilten davon.

Einer der Wachen kam, riss die Tür auf, warf ihr ein weiteres Plaid zu und gab ihr einen frischen Krug Wasser und ein Stück Käse. Er sagte nichts, also sprach sie auch nicht. Er schlug die Tür zu, schloss sie ab, ging dann und murmelte: „Dummes Mädchen. Tu, was dir gesagt wird."

Sobald er gegangen war, steckte sie den Käse in ihre Tasche und wickelte das Plaid um ihren Körper. Dann schlich sie auf Zehenspitzen zur Tür und spähte aus ihrem Fenster, um zu sehen, ob die leichten Schritte zurückkehrten.

Sie hörte Lärm von oben, der wahrscheinlich das Geräusch leiser Schritte dämpfen würde. Oben schienen viel mehr Menschen zu sein als gewöhnlich. Sie vermutete, dass es Männer waren, weil es schwere Schritte waren. Da nicht geschrien wurde, bezweifelte sie, dass es ein Angriff war, und der Mangel an Musik deutete darauf hin, dass es auch kein Fest oder Markt war. Warum also waren so viel mehr Männer als sonst im großen Saal?

Die Person mit dem leichten Schritt war wahrscheinlich nicht aus dem großen Saal gekommen. Würde sie zurückkehren? Sie konnte nur beten, dass es Fia oder jemand anderes war, der ihr helfen konnte.

Sie presste sich an die Wand und spähte durch das Fenster, versuchte zu sehen, ohne gesehen zu werden, und wartete.

Es fühlte sich an, als hätte sie eine Ewigkeit so gestanden, doch dann erschien ein bekanntes Gesicht im Fenster.

Dyna.

Sie war so dankbar, ein freundliches Gesicht zu sehen, dass sie beinahe über ihre eigenen Füße gestolpert wäre, als sie zu ihr eilte. „Der Schlüssel", sagte sie. Doch Angst überkam sie, als sie auf den leeren Nagel blickte, an dem die Wachen ihn zuvor aufgehängt hatten. Kein Schlüssel.

Dyna lächelte und hielt ihn hoch. „Du meinst den hier? Ich dachte mir, dass du vielleicht das dumme Mädchen bist, über das die Wache geflucht hat." Sie schloss die Tür auf, öffnete und schloss sie wieder, nachdem Branwen die Zelle verlassen hatte.

„Wir gehen hinten raus", flüsterte Dyna.

„Danke." Sie nahm die Hand des anderen Mädchens und drückte sie.

„Dank mir später. Wir müssen hier raus, und du musst ganz still sein. Oben ist eine Versammlung, nicht, dass ich wüsste, worum es geht."

Branwen nickte nur, und Dyna führte sie zum Hintereingang aus dem Palas. Sie sahen niemanden, und niemand hielt sie auf – die meisten

Leute waren wahrscheinlich im Saal versammelt
–, doch dann hielt Dyna sie an. „Ich habe mein
Pferd hinter der hinteren Mauer zurückgelassen.
Kannst du klettern?"

„Ja, mit einem kleinen Schubs." Sie würde
über diese Mauer kommen, und wenn sie dafür
zehn Bäume besteigen müsste.

Zum Glück brauchte es nur einen. Dyna führte
sie zu dem Baum, den sie benutzt hatte, gab ihr
einen Schubs, und bald waren beide oben auf
der Mauer. „Ich springe zuerst", sagte Dyna.
„Du hast ein Kleid an. Ich werde dich fangen."

Als beide am Boden waren, sagte Dyna:
„Warte. Du kannst nicht rennen, wenn dir das
Kleid um die Beine schlägt." Sie griff nach dem
Rock, zog ihn hoch und band die Stofffalten
um ihre Taille. Dann half sie ihr aufs Pferd und
schwang sich hinter ihr auf das Plaid.

Sie ritten los, und Branwen musste gegen die
Tränen ankämpfen, weil sie so glücklich war,
Thane Castle zu verlassen. Eine Freundin an
ihrer Seite zu haben. Sie sprach ein kurzes Gebet
für eine sichere Flucht. Sie ritten eine Weile, bis
sie weit genug von der Burg entfernt waren, dass
die Wachen sie nicht erkennen konnten, dann
trieb Dyna das Pferd im Galopp über die Felder.

Wenig später bemerkte sie ein Pferd, das wie
Shadow aussah, und einen Mann, der nicht weit
davon entfernt stand. Dyna ritt direkt auf ihn
zu, und Branwens Herz pochte in ihrer Brust –
konnte sie zu hoffen wagen?

Als sie fast bei ihm waren, konnte sie schließlich die Umrisse von Alicks hübschem Profil

erkennen. Dyna hielt ihr Pferd an und half Branwen beim Absteigen. Sie sagte: „Schau, wen ich im Kerker gefunden habe, Alick."

Sie rannte zu ihm.

Branwen rannte auf ihn zu, und Tränen nahmen ihr die Sicht, als sie sich in seine wartenden Arme warf. Sie schluchzte ein paar Minuten, bevor sie sich daran erinnerte, dass sie sich noch nicht entspannen konnte. Sie mussten immer noch Lora finden und dann weiter.

Alick hielt ihren Hinterkopf und flüsterte ihr ins Ohr: „Bist du unverletzt, meine Liebe?"

Sie zog sich zurück und nickte. „Danke. Es war furchtbar. Bitte, wir müssen weg. Mein Vater wird nicht nachgeben. Er hasst mich. Ich will ihn nie wiedersehen."

Alick hob ihren Kopf zum Mondlicht, und seine Miene verhärtete sich: „Das sehe ich. Welcher Bastard hat dich diesmal geschlagen?"

„Bitte, können wir später reden? Osbert Wares älteste Tochter ist mit mir geflohen. Wir müssen sie finden. Ich habe sie in einer Höhle zurückgelassen, und sie hat nicht viel zu essen. Sie hat wahrscheinlich solche Angst ..."

„Langsam", sagte Dyna. „Wie weit ist die Höhle von hier entfernt?"

Branwen trat von den Pferden zurück, um sich umzusehen, und zeigte dann auf den Wald. „Da entlang. Es ist nicht weit."

Alick setzte sie auf sein Pferd und sagte: „Reite voran, doch zuerst muss ich unsere Wachen finden." Sobald sie die anderen gefunden hatten, holte er sie ein, schwang sich aufs Pferd und

folgte Branwens Anweisungen zur Höhle. Kurz
darauf bat Branwen ihn, langsamer zu reiten, da
sie sicher war, in der Nähe der versteckten Höhle
zu sein. Sie sah sich um und suchte nach dem
Bach, da das Rauschen des Windes das Plät-
schern des Wassers übertönte. „Halt hier an",
sagte sie. „Ich habe Angst, wir könnten sie sonst
erschrecken. Ich hoffe, ihr ist nichts passiert."

Alick half ihr vom Pferd, und sie zeigte in Richtung der Höhle. „Sie ist hinter diesen Bäumen."
Sie entschied, dass es am besten wäre, sie zu
rufen. „Lora?"

Dyna trat hinter sie. „Sie hat das Haus ihres
Vaters mit dir verlassen? Wie viele Jahre ist sie?"

„Ja, sie mochte nicht, wie er sie behandelt hat,
nachdem sie ihre Mutter verloren hatten. Ich
konnte ihr keinen Vorwurf daraus machen und
war mir sicher, sie würde mir selbst dann folgen,
wenn ich es ihr verboten hätte. Sie ist ein süßes
Mädchen von fünfzehn Jahren."

„Du musst eine interessante Geschichte zu
erzählen haben."

Sie warf Dyna einen Blick zu und flüsterte:
„Das tue ich. Doch ich will eine Weile lieber
nicht darüber nachdenken."

„Wann immer du bereit bist", sagte Dyna und
tätschelte ihre Schulter.

„Lora?", rief Branwen erneut.

Das tränenbefleckte und schmutzige Gesicht
des armen Mädchens erschien am Eingang der
Höhle. „Branwen? Bist du das?"

„Ja, mir geht es gut."

Lora rannte zu ihr und warf sich ihr um den

Hals. „Ich hatte befürchtet, dich nie wiederzusehen."

„Komm, sammle ein, was du hast. Ich hole meinen Beutel, dann müssen wir gehen, bevor sie meine Abwesenheit entdecken. Und vergiss unsere Bögen nicht. Vater wollte Osbert in die Burg bringen. Er wollte der Bettungszeremonie beiwohnen."

Dyna schnaubte.

Alicks Gesichtsausdruck verfinsterte sich. „Du machst Scherze. Ich habe von Bettungszeremonien gehört, doch vor deinem eigenen Vater?"

„Ich werde alles erklären, doch bitte. Wir müssen uns beeilen. Ich möchte nicht wieder im Kerker landen." Sie ging in die Höhle und half Lora, ihre Plaids zusammenzurollen. „Hier. Ich habe ein Stück Käse. Nimm es, Lora. Zumindest haben sie mir zu essen gegeben."

Sie gingen, nachdem das Mädchen ihr dürftiges Mahl zu sich genommen hatte, und Alick band ihre Säcke an sein Pferd, bevor sein Blick auf die Bögen fiel. „Ihr habt geübt?"

Branwen nickte. „Lora, das ist Dyna. Sie ist diejenige, die von Gwyneth Ramsay trainiert wurde."

Lora starrte Dyna mit großen Augen an. „Branwen hat mir das Schießen beigebracht, und ich habe die ganze Zeit geübt, als sie weg war. Wirst du mir irgendwann auch helfen? Bitte?", fragte sie es wie jemand, der es gewohnt war, abgewiesen zu werden – doch ihre Stimme und ihr Blick waren so hoffnungsvoll, dass Branwen betete, sie würde einmal bekommen, was sie sich wünschte. Sie hatte es verdient.

„Natürlich, später. Doch jetzt kannst du mit mir reiten", bot Dyna an.

Das Mädchen schüttelte den Kopf. „Wir haben ein Pferd. Ich kann ziemlich gut reiten."

Sie stiegen auf und ritten los, doch schnell hörten sie Pferde hinter sich.

„Da sind sie! Tötet sie!"

Fünf Krieger, die das Plaid des Earls trugen, galoppierten auf sie zu.

KAPITEL FÜNFZEHN

ALICK FLUCHTE UND rief: „Dyna, mach dich bereit." Er verlangsamte sein Pferd, ließ Branwen zu Boden und schrie Lora zu. „In die Bäume! Versteckt euch!"

Branwen rannte davon, und Dyna trieb ihr Pferd in den Wald, bevor sie selbst auf einem Baum verschwand. In der Zwischenzeit blieb Alick mit den drei Wachen zurück. Sie hätten auf ihre Angreifer zureiten können, doch Alick wollte, dass sie nah genug für Dynas Pfeile kamen.

Er hörte, wie Dyna Anweisungen gab, wohin Branwen und Lora gehen sollten, dann sah er den ersten Pfeil durch den Himmel schießen und sein Ziel mitten in der Brust einer ihrer Verfolger finden. Was ihn jedoch überraschte, war der zweite Pfeil, der direkt hinter dem ersten kam und den zweiten Mann vom Pferd riss.

Das konnte nicht Dyna gewesen sein.

Er warf einen Blick über die Schulter und war überrascht zu sehen, dass alle drei Mädchen ihre Bögen erhoben hatten. Ein weiterer Mann fiel von seinem Pferd und verschob das Verhältnis zu ihren Gunsten. Sie hatten tatsächlich geübt. Alick stieß den Kriegsschrei der Grants aus, griff den ersten Bastard an und schlug ihn mit einem Stoß seines Schwertes nieder. Die drei anderen Grant-Wachen ritten auf die verbleibenden Männer zu, von denen einer jetzt einen Pfeil im Bein hatte. Ein weiterer Pfeil traf den Verwundeten mit solcher Wucht, dass er vom Pferd fiel.

Das Scharmützel dauerte nicht lange, doch er rief Dyna zu: „Wir müssen weiter, bevor sie uns weitere Krieger hinterherschicken."

Es herrschte Chaos. Verschreckte Pferde stiegen, und die beiden noch lebenden Männer schrien und jammerten, während Alick den drei Wachen Anweisungen gab. „Ihr reitet zuletzt. Dyna", sagte er und drehte sich zu ihr um, als sie und die Mädchen sich ihnen näherten. „Du nimmst Lora. Branwen, komm her, du reitest mit mir."

Schnell waren die Mädchen auf den Pferden und die siebenköpfige Gruppe verließ Thane-Land in Richtung MacLintock Castle.

Nachdem Alick eine halbe Stunde lang die Pferde getrieben hatte, ließ er sie langsamer reiten, als sie eine Schlucht durchquerten, die sich in der Dunkelheit als schwierig erweisen konnte.

„Du bist unverletzt?", fragte er.

„Ja, mir geht es gut. Ich bin so dankbar, dass du gekommen bist, um mich zu holen." Sie drehte ihren Kopf herum und küsste ihn süß auf die Wange.

„Ist das alles, was ich bekomme, dafür, dass

wir unser Leben riskiert haben? Ich denke, ein Kuss auf die Lippen wäre angemessener."

Sie kicherte und strich einen flüchtigen Kuss über seine Lippen.

„Ist das alles?", fragte er.

„Ja, das ist alles, was du bekommst. Ich will nicht, dass du unser Pferd gegen einen Baum lenkst." Sie drehte sich wieder um und lehnte sich an ihn.

Er stützte sein Kinn für einen Augenblick auf ihren Kopf. „Also wurdest du gezwungen, Osbert zu heiraten?"

Sie seufzte und sah ihn über die Schulter an. „Der Mann, den ich hasse, hat es arrangiert, doch das Wissen, dass wir bereits verheiratet waren, hat das Leid gelindert."

„Es ist gut, dass wir diesen Priester gefunden haben, während wir darauf gewartet haben, dass dein Onkel über mein Angebot nachdenkt."

„Ja. Woher wusstest du, dass es notwendig werden würde? Ich hatte gehofft, mein Onkel würde uns unterstützen."

Alick küsste ihre Schläfe. „Wir leben in schwierigen Zeiten. Ich denke, dein Onkel hat König Edwards Sohn seine Treue geschenkt. Ich denke, Robert the Bruce wird weiter kämpfen, bis er seinen Thron gesichert hat. Er wird in die Highlands gehen, um die Treue der Lairds zu suchen, die ihm noch nicht geschworen haben. Dein Onkel ist einer von ihnen. Es wird eher früher als später Krieg geben. Nimm das nicht als Beleidigung, doch ich vermute, dein Onkel war so beschäftigt mit der Situation in Schottland, dass er beschlossen hat, die Angelegenheit deiner Heirat deinem Vater zu überlassen."

„Und mein Vater nutzte die Ablenkung meines Onkels, um mich loszuwerden."

„Ich fürchte, damit hast du wahrscheinlich Recht." Alick wusste, wie sehr die Misshandlung ihres Vaters sie verletzte. Er konnte sich nicht dazu bringen, ihr zu sagen, wie ihr Onkel über sie gesprochen hatte.

„Hast du jemandem erzählt, dass wir geheiratet haben?", flüsterte sie, auch wenn sie wusste, dass Dyna zu weit hinter ihnen war, um ihre Unterhaltung mitzuhören.

„Ja, obwohl ich nicht die Gelegenheit hatte, mit meinen Eltern zu sprechen." Er drückte ihre Taille. „Branwen, meine Mutter ist entführt worden, darauf muss ich mich als Nächstes konzentrieren."

„Entführt?", fragte sie entsetzt. „Was ist passiert? Wie hast du davon erfahren?"

„Mein Onkel ist mit den Neuigkeiten von Grant Castle gekommen. Wir werden Großvater in zwei Tagen nach Glasgow begleiten. Sie behaupten, dass sie Mama im Austausch für ihn zurückgeben werden. Ich bin so dankbar, dass du bei mir und in Sicherheit bist, doch ich muss weiter nach Glasgow. Ich muss mich darauf konzentrieren, meine Mutter zu retten. Ich fürchte, es wird keine Feier unserer Ehe geben, bis wir Mama und Großvater wieder haben."

Es war nicht der Empfang, den er sich für sie gewünscht hatte, doch er würde es später gutmachen.

Sie seufzte. „Solange wir zusammen sind, ist alles gut."

„Gut." Er hielt inne, überlegte und fügte dann hinzu: „Da Lora eine Fremde in meiner Familie ist, solltest du wahrscheinlich diese Nacht bei ihr schlafen. Wir können unsere Hochzeitsnacht für eine Zeit aufsparen, in der wir beide keine Sorgen haben. Bist du damit einverstanden?"

Er hatte es um ihretwillen vorgeschlagen, wissend, dass sie sich wahrscheinlich Sorgen machen würde, das Mädchen allein zu lassen. Wenn er ehrlich war, war das Letzte, was er wollte, zu warten, doch er wollte Branwen gegenüber verständnisvoll sein. Sie hatte die letzte Nacht in einem Kerker verbracht, und das war etwas, das den Wunsch in ihm weckte, ihrem Vater eine Gliedmaße nach der anderen auszureißen.

Eines Tages würde er sein Schwert durch das Herz dieses grausamen Mannes bohren.

„Ja", sagte sie und gähnte, während sie seinen Arm tätschelte. „Ich werde ein oder zwei Nächte bei Lora bleiben."

„Wir kehren auf MacLintock-Land zurück. Es ist ein langer Ritt. Warum lehnst du dich nicht zurück und ruhst dich aus? Du wirkst müde."

„Das bin ich", sagte sie mit schweren Augenlidern. Er konnte sehen, wie sehr sie darum kämpfte, wach zu bleiben.

„Schließ einfach deine Augen und lausch den Vögeln und den Geräuschen des Waldes. Wir haben unser gemeinsames Leben vor uns."

Innerhalb von Sekunden war sie eingeschlafen.

Branwen erwachte, als sie MacLintock Castle erreichten. Es war gespenstisch still, doch die Wachen am Tor ließen sie schnell herein. Sie ließen ihre Pferde im Stall und gingen in den großen Saal. Branwen hielt Loras Hand. Ihr Herz schmerzte für das arme Mädchen, dessen Augen vor Angst weit aufgerissen waren.

„Du vertraust diesem Clan?", flüsterte Lora.

Branwen drückte ihre Hand und sagte: „Ja, das tue ich. Sie sind wundervoll. Du wirst sehen. Und ich werde bei dir schlafen, damit du nicht allein bist."

„Versprochen?"

„Ja, Alicks Mutter ist entführt worden, darum denke ich, er wird lange aufbleiben, um den Angriff zu planen. Er muss sich darauf konzentrieren, sie zu retten."

Im Saal angekommen führte Dyna sie zum Kamin. Augenblicke später kamen zwei große Männer die Treppe herunter geeilt, einer von ihnen mit einem hübschen Mädchen mit lockigen roten Haaren.

„Ist alles gut?", fragte der erste.

„Ja", sagte Alick. Als sie den Kamin erreichten, stellte er Branwen und Lora seinen Cousins Alasdair und Els und Joya, Els' Frau, vor. „Ist Emmalin bei den Kindern?"

„Ja, sie war erschöpft, also habe ich sie mit ihnen zu Bett geschickt", sagte Alasdair und warf Holzscheite ins Feuer im Kamin. „Setzt euch. Wir werden essen und alles anhören, was ihr uns zu erzählen habt.”

„Wo ist Großvater?”

„Er ist auch ins Bett gegangen. Er macht sich Sorgen um Tante Kyla. Er wird ausgeruht sein wollen, um mit Onkel Jamie und mit deinem Vater zu sprechen, Alick. Sie werden morgen früh erwartet”, sagte Els.

Joya eilte mit Dyna in die Küche und kehrte mit Fleischpasteten und Ale für alle zurück. Als sie an den Kamin kamen, stellten sie die Tabletts auf einen Tisch in der Nähe, und Dyna richtete ihre Aufmerksamkeit auf Lora.

„Setz dich”, sagte sie warmherzig. „Du bist hier willkommen. Wir haben fast vierhundert Krieger, um diese Burg zu schützen, von denen viele die besten im ganzen Land sind.” Sie gestikulierte in Richtung Essen und Getränke auf dem Tisch. „Bedient euch alle.”

Branwens Magen knurrte, und sie errötete bis zu den Zehen, als die anderen sie ansahen.

Lora sagte: „Ich denke, sie haben dir im Kerker nicht mehr zu essen gegeben, als ich in der Höhle hatte.”

Alasdair und Els starrten die beiden Mädchen geschockt an.

„Kerker?”, fragte Els.

„Ja”, sagte Branwen. „Mein grausamer Vater hat versucht, mich mit einem alten Mann zu heiraten, darum bin ich weggelaufen.”

Lora sagte: „Und ich bin mit ihr gegangen, weil dieser Mann mein Vater ist und ich ihn hasse.”

Einige Augenblicke lang sagte niemand etwas, doch dann fragte Joya: „Wie bist du im Kerker gelandet?"

Branwen erklärte es, während alle mit großem Interesse zuhörten.

„Also warst du die ganze Zeit allein, Lora?", fragte Dyna, als sie fertig war.

Das Mädchen nickte, und ihr Blick trübte sich. „Allein in einer kalten Höhle zu sein war besser als bei meinem Vater. Ich wusste, dass jemand kommen würde. Branwen hat mir gesagt, ich soll an Alick glauben."

„Ich habe dich vorhin schießen sehen", sagte Dyna. „Du bist Bogenschützin?"

Sie errötete. „Branwen hat es mir beigebracht. Ich habe die ganze Zeit geübt, während sie weg war. Es hat mir geholfen, mir die Zeit zu vertreiben, auch wenn ich jetzt Schwielen an den Fingern habe."

Alick lächelte Branwen an und wandte seinen Blick dann ab, um Lora in seinen Kommentar miteinzubeziehen. „Ich konnte nicht fassen, dass ihr alle drei Pfeile auf unsere Angreifer geschossen habt ..."

„Warte", sagte Alasdair „Ihr wurdet angegriffen?"

„Auf dem Rückweg. Ungefähr sechs bis acht von Thanes Männern schätze ich. Zuerst schienen es nur wenige zu sein, doch es waren mehr. Es war schwer im Dunkeln zu sehen, doch es hat mich sicherlich ermutigt, so viele Pfeile durch die Luft fliegen zu sehen."

Lora sagte: „Ich glaube, ich habe nicht getroffen." Ihre Wangen waren immer noch rot.

„Macht nichts", sagte Els. „Allein die Angst, von einem Pfeil durchbohrt zu werden, beunruhigt die meisten Krieger. Das hilft immer."

Sie aßen und plauderten eine Weile, doch plötzlich legte sich Erschöpfung wie ein dunkler Mantel um Branwen. „Ich denke ..."

Dyna nickt: „Komm, ich bringe dich nach oben. Lora, möchtest du mitkommen?"

„Ja. Ich bin müde. Und am Morgen würde ich gerne mitgehen, wenn du einen weiteren Bogenschützen gebrauchen kannst."

Dyna sagte: „Oh, ihr werdet beide mitkommen. Wir brauchen alle Bogenschützen, die wir kriegen können."

Branwen sah Alick an, und er legte seine Arme um sie und küsste sie auf den Kopf. „Du hast viel durchgemacht. Ruh dich jetzt aus, und wir sehen uns morgen."

Dyna führte sie zu einer Kammer mit drei Betten. Sie sagte: „Ich komme auch bald, doch ihr zwei seht so müde aus, dass ich nicht glaube, dass ihr mich hören werdet." Sie zeigte ihnen alles, was sie brauchen würden – Nachtkleider in einer Truhe, Pelze für Wärme und einen Krug mit frischem Wasser, das die Magd gerade gebracht hatte. „Braucht ihr sonst noch irgendetwas?"

Branwen, plötzlich von der Erschöpfung überwältigt, schüttelte den Kopf. Dyna umarmte beide, dann ging sie. „Glaubt mir, ihr werdet viel glücklicher sein als bei denen, die euch Gewalt angetan haben. Ihr seid hier überall willkommen, wo es Grants gibt." Sie ging und schloss die Tür hinter sich.

Lora wandte sich mit einem strahlenden Lächeln an Branwen. „Die Kammer ist einer Königin würdig, findest du nicht, Branwen? Und so etwas wie diese Burg habe ich noch nie gesehen."

„Alles ist schön, doch das Beste ist, dass alle freundlich sind. Das ist mir wichtiger. Seit Mama gestorben ist …"

Lora sagte: „Mir auch. Mama hat mein Leben schön gemacht. Ich vermisse sie schrecklich."

Sie umarmte Lora und sagte: „Wir haben beide schwere Zeiten durchgemacht, doch was zählt, ist, dass wir hier sind. Wir sind sicher. Jetzt sollten wir wirklich schlafen. Ich kann mich kaum auf den Beinen halten."

Die Wahrheit war, dass sie fast geweint hätte, als sie die prallen Matratzen mit den dicken Pelzen darauf zum ersten Mal gesehen hatte. Sie fanden passende Nachtgewänder, zogen sich um, wuschen sich Gesicht und Hände und fielen dann auf ihre jeweiligen Betten. „Lora, fürchte dich nicht. Es ist so himmlisch, wie es aussieht."

Und Branwens Herz war endlich voller Hoffnung.

KAPITEL SECHZEHN

SOBALD DIE MÄDELS gegangen waren, sagte Alick: „Ich muss alles wissen, was ihr gehört habt. Irgendwas über Mama?"

„Nein", sagte Alasdair. „Wir müssen wie angewiesen nach Glasgow. Wir werden es genauso wie zuvor angehen. Großvater sagte, er will nichts ändern."

„Doch er kann nicht so tun, als wäre er altersschwach. Sie werden wissen, dass er es nicht ist." Alick stand auf und ging auf und ab, dann nahm er sein Bier und trank es schnell. Er würde mehr brauchen, um heute Nacht schlafen zu können. Es kreisten zu viele besorgte Gedanken in seinem Kopf, obwohl er zumindest wusste, dass Branwen in Sicherheit war. Wenigstens dem Namen nach war sie seine Gemahlin, und ihr Vater hatte keine Autorität, sie ihm wegzunehmen. Der Earl of Thane auch nicht.

Er konzentrierte sich auf den Plan für morgen.

„Stimmt, sie wissen, was bei Johns Entführung passiert ist. Wir müssen annehmen, dass möglicherweise dieselben Männer dahinter stecken."

Els zuckte die Achseln. „Keiner der Zeu-

gen von Großvaters Maskerade hat noch lange
gelebt. Vernauld war der Einzige, der überlebt
hat, und er hat nicht lange genug gelebt, um es
vielen zu erzählen. Ich denke, wir könnten den
gleichen Trick versuchen."

„Großvater sagte, er wird diesmal langsam
gehen", sagte Alasdair. „Doch er will sie direkt
treffen."

„Und wir haben zwei weitere Bogenschützen", fügte Els hinzu.

„Gut", sagte Alick, frustriert über ihren Mangel an Fortschritt, das Fehlen eines wirklichen
Plans. „Ich gehe schlafen. Ich muss mich ausruhen, bevor wir Mama zurückholen." Er stieg die
Treppe hinauf und ging den Korridor hinunter zu
der Kammer, die Alasdair für männliche Gäste
bereithielt. Es standen insgesamt vier Betten
darin. Manchmal benutzten es Mädchen, doch
meistens männliche Familienmitglieder. Magnus würde später herkommen und sein Vater
morgen.

Alasdair folgte ihm und blieb vor einer anderen Kammer stehen. „Du siehst erschöpft aus.
Du kannst diese Kammer haben. Ich weiß, deine
Gemahlin ist heute Abend bei Lora, doch ihr
zwei könnt hier schlafen, wann immer ihr wollt."

„Danke. Ich werde dein Angebot annehmen.
Bald werden wir unsere eigene Kammer haben
wollen."

Er schlief ein paar Stunden, bevor er von
einem leisen Klopfen an seiner Tür geweckt
wurde. Er stand auf, um sie zu öffnen, und griff
nach seinem Plaid, um seinen nackten Körper zu

bedecken.

Branwen stand mit tränennassem Gesicht auf der anderen Seite. „Ich hatte einen Albtraum, und Lora und Dyna schlafen tief und fest. Jemand im großen Saal hat mir gesagt, wo du schläfst. Würdest du ein bisschen mit mir nach unten kommen? Bitte?"

Er warf einen Blick auf sie, zog sie in die Kammer und schloss leise die Tür hinter sich. Sie fiel in seine Arme und schluchzte.

„Tut mir leid", sagte sie, zog sich zurück und wischte sich die Augen, „doch die Wahrheit tut weh. Mein eigener Vater hat mich in einen Kerker geworfen. Ich habe geträumt, er wäre im großen Saal und hätte um mich gespielt." Sie hielt inne, blickte zu ihm auf und wischte sich mit einem Leintuch das Gesicht ab. „Vergib mir." Sie sah sich in der Kammer um und sagte: „Sonst ist niemand hier?"

„Nein, Alasdair ist bei seiner Gemahlin und Els ist bei seiner. Ich würde gerne bei meiner sein. Möchtest du bleiben?"

Ihre Augen weiteten sich. „Alick, wirst du mich zu der Deinen machen? Ich möchte nicht, dass mich dir jemand wegnehmen kann. Angenommen, der Priester ist verschwunden, und wir haben keinen Beweis für unsere Ehe. Oder was ist, wenn ..."

Er legte seine Finger auf ihre Lippen und sagte: „Still. Ich werde niemandem erlauben, zwischen uns zu kommen. Wir haben unsere Gelübde abgelegt, vor einem Priester, und selbst wenn dem nicht so wäre, können wir uns als vermählt betrachten. Wir brauchen uns darüber keine Sorgen zu machen. Wenn dein Vater kommt, verschwendet er nur seine Zeit. Komm und leg dich in meine Arme. Wir müssen uns nicht beeilen, doch ich verspreche, dich warm zu halten."

„Das wäre schön", flüsterte sie und strich ihren Finger über die Seite seines Gesichts zu seinem Kiefer und seiner Unterlippe. „Du bist ein sehr schöner Mann, Alick MacNicol."

Und weil seine Willenskraft ihre Grenzen hatte, nahm er ihre Lippen mit einem sengenden Kuss in Besitz. Er war nackt unter seinem Plaid, und als ihre Finger seine Brust erkundeten, war er überrascht – und unglaublich erfreut – über ihre Kühnheit. Er stöhnte, als ihr Fingernagel seine Brustwarze streifte.

Wenn sie ihn foltern wollte, musste sie es im Bett tun, nicht auf dem Boden, wo er landen würde, wenn er jetzt nicht handeln würde.

Er beendete den Kuss, nahm ihre Hand und führte sie zum Bett. Als er die Decke zurückschlug, drehte er sich zu ihr um und sagte: „Ich schlafe ohne Kleidung. Stört dich das?"

Sie lächelte. „Nein, ich würde dich gerne sehen."

Zu seiner Überraschung zog sie ihr Nachtgewand aus, faltete es zusammen und legte es auf das nächste Bett.

„Du musst nicht … Ah, Mädchen, doch du bist wunderschön." Als er sie so sah, entblößte er sich und war so sprachlos, dass er die Worte, die er sagen wollte, nicht herausbringen konnte.

„Doch", sagte sie leise, „doch, weil ich will, nicht weil du es mir sagst."

Er blieb stehen und nahm ihr Gesicht in seine Hände. „Branwen, du weißt, ich würde dich niemals zwingen, etwas zu tun, das du nicht tun willst, oder?"

„Ja, ich vertraue dir vollkommen, Alick."

„Gut." Er hielt die Decke für sie, und sie kroch zuerst ins Bett und wartete darauf, dass er sich niederließ, bevor sie ihren Kopf an seine Schulter legte. Er schlang seine Arme um sie, hüllte sie in seine Hitze und sie erschauerte. „Habe ich irgendetwas falsch gemacht?"

„Nein, Alick. Es war nur, weil deine Wärme mir so gefällt." Sie sah zu ihm auf, und er war verloren. „Der Kerker gestern war furchtbar kalt."

Verdammt, doch sie war wunderschön und unschuldig und sein. Er schloss die Augen und betete kurz, dass er alles richtig machen würde. „Wenn du warten möchtest, können wir. Das war für uns beide schnell."

Sie drehte sich auf die Seite und richtete ihren Blick auf seinen. „Ich möchte nicht warten. Mach mich zu Deiner, Alick. Ich habe Angst zu warten, weil mein Vater ein böser Mann ist."

Er küsste sie auf die Wange und manövrierte sie auf ihren Rücken, sodass er über ihr positioniert war. „Du gehörst mir, so wie ich dir gehöre."

„Doch ich weiß nicht, was ich tun soll. Du musst es mir sagen."

Er schmiegte sich an ihren Hals und hinterließ

eine Spur von Küssen zurück zu ihren Lippen. „Das Einzige, was du tun musst, ist, mir zu sagen, ob ich etwas tue, das dir nicht gefällt. Versprichst du mir das?"

„Ja", flüsterte sie und starrte auf seine Lippen.

Er wanderte tiefer zu ihrem Hals und legte eine Hand auf eine Brust. Sie zuckte, doch sie zog sich nicht zurück. „Ich möchte jeden Teil deines Körpers streicheln, dich dazu bringen, mich so zu wollen, wie ich dich will."

„Aber ich will dich …"

„Gib mir die Chance, dir zu zeigen, wie sehr ich dich will. Schließ deine Augen."

Sie gehorchte, und er senkte sein Gesicht auf ihre Brust, neckte ihre Brustwarze mit seiner Zunge, und sie richtete sich zu einer festen Spitze auf, die ihm sagte, dass sie seine Liebkosungen genoss. Er tat dasselbe mit ihrer anderen Brust und streichelte sie zuerst mit seiner Hand, bevor er seinen Mund senkte, um an ihr zu saugen.

Ihre Hände packten seine Schultern, und sie wölbte sich gegen ihn. „Gefällt es dir?"

„Ja", sagte sie, ihre Stimme heiser.

Er wiegte seine Härte gegen ihren Bauch und drückte gegen sie, bis sie ihre Beine ein wenig spreizte. Er streichelte sie, neckte ihre Locken, und sie stöhnte, die Augen immer noch geschlossen. „Berühre mich, Branwen."

Sie öffnete die Augen und blickte nach unten, legte seine Hand um ihn. Ein Ausdruck der Überraschung huschte über ihr Gesicht, als sie ihn ergriff. Er zeigte ihr, was ihm gefiel, doch dann hielt er sie auf. „Du lernst zu schnell. Es gefällt mir, doch ich werde meinen Samen zu früh vergießen. Ich will dazu in dir sein. Willst du das?"

„Ja. Ich will meine Jungfräulichkeit nicht mehr. Ich möchte sie dir schenken."

„Du weißt, dass es ein wenig wehtun wird, doch dann wird der Schmerz verschwinden." Er ließ sich zwischen ihren Schenkeln nieder, küsste ihre Wange und saugte an ihrer Unterlippe.

„Ja, tu es einfach, Alick. Bitte."

„Führe mich."

Sie ergriff ihn und richtete ihn dorthin aus, wo sie ihn instinktiv haben wollte, doch er hielt sie zurück und wiegte sich genau an der richtigen Stelle gegen sie, bis sie sich gegen ihn drängte. Glücklich, dass er die richtige Stelle gefunden hatte, um ihr Verlangen nach ihm zu wecken, machte er weiter und drang gerade so weit in sie ein, bis sie sagte: „Mehr."

Sie spreizte ihre Beine, um ihm einen besseren Zugang zu erlauben, und er spürte die Haut, die sein Eindringen blockierte. Er verflocht ihre Hände mit seinen und flüsterte: „Es tut mir leid." Dann stieß er in sie hinein und durchbrach die Barriere, bis er vollständig in sie eingebettet war.

Sie schlang ihre Beine um ihn, und er hob seinen Kopf, um sie anzusehen. Sie biss sich auf die Lippe, vor Schmerz, da war er sich sicher. „Es ist ein Brennen, doch es wird vergehen, das verspreche ich. Ich werde mich nicht bewegen, bis es nicht mehr schmerzt."

Er hielt still und regte sich nicht aus Angst, sie zu verletzen. „Ich liebe dich, Branwen."

Sie lächelte und sagte: „Ich liebe dich auch, Alick. Bitte mach dir keine Sorgen meinetwegen."

„Aber das tue ich." Er küsste ihren Hals und dann ihr Ohrläppchen. „Sag mir, wie ich helfen kann."

Plötzlich löste sie ihre Beine und sagte: „Mach weiter. Ich will dich ganz."

Sein eigenes Verlangen übernahm, und er stieß in sie hinein und bewegte sich langsam, bis sie seinem Rhythmus folgte, dann bewegten sie sich zusammen. Er konnte nicht mehr lange warten, also bewegte er seine Hand zwischen sie und liebkoste sie, bis sie stöhnte und sich in ihrem Höhepunkt verlor.

Schließlich ergoss er sich mit einem gutturalen Schrei in ihr.

Als er wieder sprechen konnte, hielt er sie und küsste ihre Stirn. „Ist der Schmerz weg?"

„Ja", seufzte sie. „Das war so viel besser als ich erwartet hatte."

Er musste darüber lächeln. Er rollte sich von ihr auf seinen Rücken, zog sie mit sich und drückte sie an sich. Sie lagen lange so und hielten sich gegenseitig fest. Ihre Atmung war immer noch ungleichmäßig.

Als sie sich endlich erholt hatten, fragte sie: „Alick, was passiert, wenn du deine Mutter gefunden hast? Wohin wirst du gehen?"

Er starrte an die Decke, seine Hand spielte mit ihren Fingern und streichelte sie einzeln. „Wir könnten auf dem Land meiner Familie leben oder auf MacLintock-Land bleiben. Sie haben eine Kammer für uns, und Els und Joya leben hier. Was denkst du?"

Sie zog ihre Hand zurück und legte sie auf seine Brust, wobei sie kleine Kreise in seine Brusthaare zeichnete. „Mir ist es gleich. Ich bin glücklich, solange wir zusammen sind. Und solange mein Vater mich nicht zurückholen kann."

„Als ich dich gebeten habe, mich zu heiraten, habe ich gelobt, dich zu schützen. Dein Vater wird dich nie wieder stören."

Er wusste, dass ihr Vater wahrscheinlich Ärger machen würde – der Mann hatte bereits bewiesen, dass er dazu imstande war –, doch er würde nicht zulassen, dass er Branwen erneut verletzte. Seine Gedanken zerrten ihn in ein Dutzend verschiedene Richtungen, und als er Branwen schließlich wieder ansah, war sie tief und fest eingeschlafen.

Als der Morgen dämmerte, kletterte er aus dem Bett und bemühte sich, seine Gemahlin nicht zu wecken, doch sie öffnete die Augen. Er küsste sie auf die Stirn und sagte: „Schlaf. Ich bin gleich wieder da. Ich werde eine Wanne bringen, wenn ich zurückkomme."

Sie murmelte etwas und rollte sich auf die Seite, darum deckte er sie zu, wusch sich und zog sich an, bevor er in den großen Saal ging. Er sah sie von der Tür aus an. Jedes Mal, wenn er sie sah, wurde sie schöner. Sie hatten vielleicht in Eile geheiratet, doch er war mit seiner Wahl zufrieden. Er konnte es kaum erwarten, dass sie seine Mutter traf.

Er ging auf Zehenspitzen die Treppe hinunter und hoffte, dass Großvater so früh da sein würde, damit er hören konnte, was er dachte.

Als er den Fuß der Treppe erreichte, war er nicht überrascht zu sehen, dass Emmalin und die Kinder bereits an einem der Tische saßen, während Großvater auf einem Sessel in der Nähe des Kamins ruhte. Er nahm sich eine Schüssel Brei, wünschte Emmalin einen guten Morgen und ging zu ihm.

Doch er kam nicht an der engagiertesten Wache vorbei, die er jemals gesehen hatte. Er lachte, als er den kleinen Jungen sah.

„Du Engwish?", fragte John, sein geliebtes Holzschwert in der Hand.

Alick stellte seinen Brei ab, hob den Jungen hoch und drehte ihn auf den Kopf, bis er so heftig kicherte, dass er sein Schwert fallen ließ. „Nein, ich bin kein Engländer, und das weißt du, John Alexander Grant."

Nachdem er ihn abgesetzt hatte, hob John sein Schwert auf und schwang es zweimal. Dann sagte er: „Ich bewache die Tür."

Großvater sagte: „Das sollte ihn ein bisschen beschäftigen. Bald werden genug Krieger zum Essen hereinkommen, dass er alle Hände voll zu tun hat. Sie haben sich schon an den kleinen Krieger gewöhnt."

Alick nahm einen Stuhl und sagte: „Wird das funktionieren, Großvater? Mit Mama meine ich?"

„Ja, wir holen sie zurück. Ich werde mein

Leben gegen ihres eintauschen, doch du wirst nichts tun, bis du ihr Gesicht siehst. Verstanden? Wir haben Johns Entführer angegriffen, bevor wir die Gefangenen gesehen haben, und ich werde diesen Fehler nicht wiederholen. Wir hatten Glück und sollten es nicht noch einmal auf die Probe stellen."

Alick sah seinen Großvater an, in dessen Gesicht die Anspannung deutlich zu sehen war. Der Mann war ein Meister darin, seine Gefühle zu verbergen, doch heute gelang es ihm nicht.

Er stand von seinem Stuhl auf und sagte: „Ich gehe für ein paar Stunden auf den Turnierplatz, Großvater. Wenn Branwen herunterkommt, schick bitte jemanden nach mir."

„Es freut mich zu sehen, wie nahe du deinem Weib bist. Erzähl mir bitte mehr darüber, wie das passiert ist." Der alte Mann streckte seine Hand nach dem Stuhl aus, den Alick gerade geräumt hatte, und bedeutete ihm, dass er sich wieder setzen sollte.

Er sah ihn verlegen an und nahm Platz. „Wir lernen uns gerade kennen. Wir sind uns erst beim letzten Fest auf Grant Castle begegnet, doch wir haben genug Zeit miteinander verbracht, um zu wissen, dass ich sie nicht vergessen werde. Und ich hatte das Bedürfnis, sie vor ihrem grausamen Vater zu schützen. Ihr Onkel sagte, er würde mein Ansinnen in Betracht ziehen, doch ich habe es nicht für sinnvoll gehalten zu warten. Als ich in der Nähe der Burg eine Kapelle gesehen habe, habe ich vorgeschlagen, dass wir sofort heiraten."

„Erinnert mich an die Ehe von Onkel Jamie und Tante Gracie", bemerkte sein Großvater. „Wir mussten sie in Eile verheiraten. Wir haben viel später gefeiert, als Jamie eine Überraschungsfeier für sie organisiert hat."

„Ich erinnere mich, Ich habe diese Geschichte gehört." Er rieb sich die Stirn. „Diese ganze Situation war für Branwen schwierig."

„Ja, ihr Vater ist ein grausamer Mann. Du musst dir ein sehr starkes Mädchen als Gemahlin ausgewählt haben. Ich bin stolz auf dich, dass du sie da rausgeholt hast. Sobald wir deine Mutter zurückgeholt haben, wird unser Leben wieder seinen gewohnten Weg nehmen. Ich werde die schnelle Hochzeit nicht erwähnen. Ich werde dir die Möglichkeit geben, deinem Vater die Neuigkeiten zu überbringen."

„Vielen Dank." Er hielt inne. „Ich habe sie von Anfang an beschützt, und meine Gefühle für sie wachsen von Tag zu Tag. Ich weiß, dass es früh ist, doch ich bin in sie verliebt."

„Hast du es ihr schon gesagt?"

„Ja", sagte er mit einem Lächeln. „Heute Nacht." Ihre erste gemeinsame Nacht war noch schöner gewesen, als er erwartet hatte. „Ich weiß, dass wir schnell gehandelt haben, doch es war richtig. Mama wird vielleicht verärgert sein, doch ich hoffe, sie wird es verstehen, wenn sie die Umstände unserer Ehe hört. War es für dich so, Großvater? Wusstest du, dass Großmutter diejenige war, als du ihr das erste Mal begegnet bist?"

„Ich hatte genau das, wovon du sprichst – ein

brennendes Bedürfnis, Maddie zu beschützen. Zu sehen, wie sie geschlagen wurde, hat mich fast mehr als alles andere in meinem Leben beeinflusst, doch ich habe es am Anfang nicht erkannt. Oder vielleicht war ich einfach nicht bereit, es zuzugeben. Jetzt würde ich es als Anziehungskraft unserer Seelen bezeichnen. Wir haben einfach zusammengehört."

„*Fast* mehr als alles andere?", fragte Alick überrascht. „Was hätte dich sonst noch mehr beeinflussen können?"

Sein Großvater seufzte und starrte auf die Flammen im Kamin. „Meine Tochter, deine Mutter, zu sehen, nachdem sie geschlagen wurde. Die Sorge um John. Beides war eine schwierige Zeit für mich."

Alick stand auf und drückte die Schulter seines Großvaters. „Wir holen sie zurück, Großvater."

Als sein Großvater zur Antwort nickte, ging Alick hinaus und folgte dem Pfad zu den Ställen. Er hoffte, dass Alasdair bereits wach war, und mit etwas Glück würde sein Vater bald eintreffen. Zu seiner Überraschung kamen sein Vater und Onkel Jamie gefolgt von Alasdair aus dem Stall. „Papa?"

Papa kam auf ihn zu, die Sorge in seinem Gesicht etwas, das ihn sofort packte und seine eigene Sorge wachsen ließ. Was würde seinem Vater passieren, wenn er seine Mutter verlor? Alasdairs Vater war kurz nach seiner Mutter gestorben ...

Er schüttelte den dunklen Gedanken ab. „Vater, weißt du mehr?", fragte er.

„Nein", sagte sein Vater, „wir haben keine weitere Nachricht erhalten, seit sie sie entführt haben."

„Wir haben Boten überallhingeschickt", fügte Onkel Jamie hinzu. „Niemand hat etwas von ihr gehört. Ich sage, wir reiten jetzt nach Glasgow. Ich bin es leid, ihren Bedingungen zu folgen. Warum nicht eine große Anzahl von Kriegern nehmen und die Stadt durchsuchen?" Er wandte sich Alasdair zu und fragte: „Was weißt du über den neuen König?"

Obwohl die Grant Lairds immer erfuhren, was in den Highlands und Lowlands geschah, war Alasdairs und Emmalins Burg der Gewalt näher. Gerüchte kamen oft früher zu ihnen als anderswohin.

„Sie sagen, er hat zweitausend Männer, die sich sammeln, um Burgen in den Lowlands anzugreifen, und um König Robert zu verfolgen." Alasdair stemmte seine Hände in seine Hüften. „Ich weiß nicht, wo unser König ist, nur, dass er sich nördlich von Glasgow aufhält."

„Ich stimme Onkel Jamie zu", sagte Alick. „Wir sollten nicht warten, Papa. Wir müssen jetzt gehen und ganz Glasgow durchsuchen. Wie viele Krieger hast du mitgebracht?"

„Zweihundert", sagte Onkel Jamie. „Mit den Männern, die bereits hier sind, haben wir viele gute Krieger. Die Männer, die wir mitgebracht haben, müssen essen und sich ausruhen, doch ich sage, wir brechen noch heute auf. Richte dich darauf ein loszureiten, wenn die Sonne am höchsten steht, es sei denn, wir hören etwas anderes."

„Ein guter Plan."

Papa fragte: „Wo ist dein Großvater?"

„Er ist drinnen am Kamin." Alick konnte an seiner Miene erkennen, dass sie sich Sorgen um den alten Mann machten. Es war bekannt, dass Situationen wie diese der Gesundheit eines ansonsten gesunden älteren Menschen schaden konnte, und dies war der zweite Schock, dem Großvater in den letzten Monaten ausgesetzt gewesen war. „Er ist besorgt, doch es scheint ihm gut zu gehen."

Und jetzt, wo sie einen Plan hatten – einen, der kein endloses Warten beinhaltete –, konnte Alick auch mit seiner eigenen Angst umgehen.

Branwen kam am späteren Morgen die Treppe herunter, nicht überrascht, dass im großen Saal viele Menschen waren. Sie hatte Alick heute Morgen vermisst, doch sie war dankbar dafür gewesen, sich in Ruhe waschen zu können. Jetzt konnte sie es kaum erwarten, ihn zu sehen, und ihre Gedanken kreisten um die süßen Erinnerungen der vergangenen Nacht.

Lora trat hinter sie und sagte: „Wo hast du geschlafen? Ich habe bemerkt, dass du weg warst."

Sie hob einen Finger an ihre Lippen und sagte: „Bei meinem Gemahl. Bitte erwähne es nicht vor den anderen."

Lora nickte und verbarg ein Grinsen.

Als sie den Fuß der Treppe erreichten, winkte

Dyna sie herüber. Sie saß mit Alick und seinen Cousins, seinem Großvater und zwei weiteren älteren Männern zusammen. Als sie genauer hinsah, wurde ihr klar, dass einer von ihnen sein Vater war. Sie nahm Loras Hand und führte sie zum Tisch.

Alle Männer standen auf, mit Ausnahme von Alicks Großvater. Alick sagte: „Vater, das ist Branwen, die Nichte des Earl of Thane. Das ist ihre Freundin Lora. Beide sind gute Bogenschützen, deshalb schlage ich vor, dass wir sie mitnehmen." Er stellte beide auch seinem Onkel vor. Dann überlegte er, ob er seinem Vater alles erzählen sollte, und fügte hinzu: „Branwen und ich haben geheiratet, Papa. Wir werden dir später gerne alles erzählen, doch jetzt müssen wir uns auf Mama konzentrieren." Er nahm die Hand seiner Gemahlin und führte sie zu einem Stuhl neben sich.

Die Augen seines Vaters weiteten sich, doch er erholte sich schnell von seiner Überraschung. „Willkommen im Clan Grant, Branwen. Ich freue mich darauf, eure Ehe zu feiern, sobald meine Frau wieder zu Hause ist." Er blickte von ihr zu Lora und fragte dann: „Ihr seid bereit, mit uns zu gehen? Wir können Bogenschützen gut gebrauchen."

„Ja", antwortete sie und wandte sich dann Lora zu. „Ich möchte helfen."

Lora straffte ihre Schultern und sagte: „Ja, ich komme auch mit."

Dyna sagte: „Kommt, lasst uns in die Küche gehen und euch etwas zu essen holen. Dann suche ich euch Tuniken und Hosen."

„Genau wie Gwyneth Ramsay sie trägt?", flüsterte Lora aufgeregt. „Ich habe viel über ihre Kleidung gehört."

Dyna lachte und sagte: „Ja, sie hat sogar einiges davon selbst genäht."

Als sie zurückkamen, löste sich die Gruppe auf, und viele gingen nach draußen, außer Alick und seinem Großvater. „Genießt euer Frühstück", sagte Alicks Großvater. „Ich habe einen kleinen Krieger hier, dem ich versprochen habe, mit ihm Schwerter zu spielen. Emmalin hat viel zu tun, um all die Gäste zu bewältigen."

Alick saß neben Branwen auf der Bank, während Dyna und Lora ihnen gegenüber saßen. Lora sah sich im Saal um und fragte: „Wie schaffst du es, dich an alle Namen zu erinnern? Ich habe noch nie so viele Menschen auf einer Burg gesehen."

„Man lernt sie nach einer Weile", sagte Branwen. „Ich kenne inzwischen die Hälfte der Thane-Krieger beim Namen. Doch MacLintock Castle ist größer als Thane Castle." Sie schob sich einen Löffel Brei in den Mund und sagte: „Oh, das ist himmlisch."

Dyna lächelte und sagte: „Emmalin hat einen der besten Köche. Fast so gut wie die Köche der Ramsays und Grants."

„Sie sind alle so gut?"

Alick seufzte. „Der Koch der Ramseys macht das beste Gebäck, mit Honig und Beeren. Himmlisch."

„Wie seid ihr mit den Ramsays verbunden?",

fragte Branwen. „Ich glaube nicht, dass ich von einer Verbindung gehört habe."

„Die Ramsays sind ein Clan in West Lothian. Großvaters Schwester hat vor vielen Jahren das Clanoberhaupt der Ramsays geheiratet. Ihr Sohn hat jetzt übernommen, doch viele von ihnen arbeiten für die schottische Krone."

„Glaubst du, dass sie es immer noch tun?", fragte Branwen. „Vielleicht sollten wir sie um Hilfe bitten."

„Ich habe in letzter Zeit wenig von ihnen gehört, bin mir also nicht sicher", sagte Alick und fragte sich, ob Branwens Idee vielleicht eine Überlegung wert war. Er beschloss, später zu diesem Gedanken zurückzukehren, und konzentrierte sich auf Branwen. „Hast du gut geschlafen?"

„Wie ein Kind in der Wiege", sagte sie mit einem strahlenden Lächeln und errötete ein wenig.

Lora grinste. „Ja, ich habe noch nie in einem schöneren Bett geschlafen. Sag mir, wann reiten wir nach Glasgow?"

„Noch heute." Alick ergriff Branwens Hand. „Wahrscheinlich am Mittag. Seid ihr sicher, dass ihr mitkommen wollt?"

Beide Mädchen nickten.

„Haben sie dir gesagt, wo deine Mutter festgehalten wird?", fragte Branwen.

„Nein. Wir haben damit gerechnet, dass zwischenzeitlich ein weiterer Bote Nachricht bringt, doch wir haben nichts gehört. Keiner von uns will länger warten."

Dyna blickte finster drein. „König Edward ist gestorben, sein Sohn hat den Thron bestiegen, und jetzt wissen wir nicht, was uns erwartet. Es gefällt mir nicht. Die Situation ist wie eine fette Schlange, die aus dem Wasser kommt und sich um uns schleicht, ohne dass es jemand merkt." Normalerweise konnte Dyna Änderungen und ungewöhnliche Ereignisse vorhersehen. Diese war ihr entgangen.

Branwen schauderte und drückte Alicks Hand. „Du wirst nicht weit von uns sein, oder, Alick?"

„Ich werde auf dich aufpassen", sagte er und erwiderte den Druck. „Dyna wird die ganze Zeit bei dir sein. Sie trifft die Entscheidungen über die Bogenschützen. Wegen unserer unterschiedlichen Rollen werden wir nicht zusammen reiten. Die Bogenschützen reiten normalerweise hinten."

„Solange du in der Nähe bist, ist alles gut. Ich liebe diese Hosen, Dyna", fügte sie hinzu und warf seiner Cousine einen Blick zu. Sie waren dunkelgrün, dazu trug sie eine weiche braune Tunika, die ihr helfen würde, in den Bäumen unsichtbar zu bleiben. „Ich danke dir. Die sind noch weicher als die, die du mir zuvor gegeben hast."

Dyna grinste. „Ich ziehe nur noch diese Art an. Du wirst sehen, sie sind praktisch."

Zwei Stunden später ritten sie los, und als Branwen mit den Grants aufbrach, musste sie daran denken, wie sehr sich ihr Leben innerhalb weniger Tage verändert hatte – sie war von der Dienerin ihres Vaters zu einer verheirateten Frau

geworden. Einer Bogenschützin. Einer Kriegerin.

Endlich hatte sich ihr Schicksal gewendet.

KAPITEL SIEBZEHN

SIE HIELTEN ETWAS außerhalb von Glasgow an, um sich zu beraten, bevor sie die Stadt betraten, und versuchten zu entscheiden, wie viele Männer sie mitnehmen sollten.

Alick suchte sofort nach Branwen und fand sie am Rande der Gruppe mit Lora unter einer Baumgruppe. Er machte sich auf den Weg zu ihr, zog sie dann in seine Arme und drückte ihr einen schnellen Kuss auf die Lippen. „Wie ich wünschte, wir könnten mehr tun", flüsterte er in ihr Ohr. „Ich habe süße Erinnerungen."

Sie errötete und sagte: „Ich auch."

Lora wandte ihr Gesicht sofort gen Himmel.

„Entschuldige, ich wollte dich nicht in Verlegenheit bringen", sagte er zu ihr, trat zurück und hielt Branwens Hand, während er mit dem Daumen die Innenseite ihres Handgelenks streichelte.

„Es ist mir nicht peinlich. Ich beobachte die Falken", sagte das Mädchen und zeigte zum Himmel.

Er warf einen Blick hinauf und sagte: „Ein Wanderfalke und ein Merlin. Das sind Wills

Vögel. Er trainiert Falken."

„Will?", fragte Branwen.

„Einer unserer Cousins vom Clan Ramsay", sagte er mit einem Lächeln. Dann rief er Els zu: „Wills Falken!"

Sobald Alasdair und Els zu den hochfliegenden Vögeln aufblickten, zischten zwei Pfeile in schneller Folge durch die Luft und bohrten sich in die Bäume neben ihnen.

„Maggie!", rief Dyna und warf einen Blick in die Richtung, aus der die Pfeile gekommen waren. „Ich weiß, dass du es bist, Maggie Ramsay!"

Maggie und ihre Schwester Sorcha, die eine mit dunklem Haar, die andere mit güldenem, ließen sich von zwei Bäumen herab und schlenderten auf Dyna zu. Ihre Gemahle Will und Cailean tauchten aus dem Dickicht der Bäume auf und folgten ihnen. Will und Cailean begrüßten zuerst Onkel Jamie und Vater, mit Umarmungen und Schulterklopfen und einem breiten Lächeln von allen.

„Was bringt euch hierher?", fragte Papa.

Alick begrüßte die vier, dann stellte Dyna die Mädchen allen vor. Alick sagte: „Das sind alles Ramsays. Maggie und Will trainieren die Falken da oben. Cailean ist einer ihrer besten Schwertkämpfer, und Sorcha ist eine großartige Bogenschützin. Beide sind Töchter von Gwyneth Ramsay."

„Und meine Lehrerinnen", fügte Dyna hinzu.

Sorcha sagte: „Ich habe *mit* dir trainiert, Dyna." Dann sah sie zu Lora und Branwen. „Ich habe erst vor kurzem angefangen zu schießen, doch jetzt liebe ich es. Schießt ihr beide auch?"

„Wir haben gerade gelernt", sagte Branwen.

Alick hielt schließlich seine Hände hoch, um das Geschwätz zu unterbrechen. „Wir würden uns gerne länger unterhalten, doch wir müssen meine Mutter finden. Was habt ihr gehört? Oder vielleicht sollte ich nur fragen, warum seid ihr hier?"

„Auf Jamies Nachricht hin", sagte Will. „Wir sind seit zwei Wochen in der Gegend."

„Warum?", fragte Papa.

„Edward II. ist jetzt schon eine Weile hier. Er hat vergeblich versucht, ein paar Burgen einzunehmen. Er ist kein guter Verlierer, also bringt er seine gesamte Armee zurück nach England. Ganz Glasgow ist bereit für ein Fest. Es gibt immer noch ein paar Adlige, die aus den Gasthäusern abreisen, doch morgen werden sie alle verschwunden sein."

„Nein", sagte Alick. „Nicht alle."

„Warum nicht?", fragte Maggie.

„Weil derjenige, der meine Mutter entführt hat, dort ist und darauf wartet, dass wir sie gegen Großvater eintauschen."

„Warum das?", fragte Sorcha.

„Ich bin sicher, ich kann das erraten", sagte Maggie, „sie wollen die Grant-Krieger gegen König Robert einsetzen. Edwards Sohn kann Schottland nicht allein regieren, also überlegt er, jemand anderen zu zwingen, Robert zu Fall zu bringen."

Will fügte hinzu: „Doch König Robert wird

nicht gestürzt."

Ein unbehagliches Gefühl überkam Alick. Es schien sinnvoll, obwohl die Grants sich niemals dazu zwingen lassen würden, und jeder, der sie kannte, musste das wissen. „Das könnte ihr ultimatives Ziel sein", sagte er, „doch das haben sie uns noch nicht mitgeteilt."

Großvater, der wegen seiner schmerzenden Gelenke nach wie vor auf seinem Pferd saß, lenkte es zu der kleinen Gruppe. „Seid gegrüßt, Ramsays. Wir heißen euch herzlich willkommen, euch uns anzuschließen, wenn ihr dazu bereit seid. Wir haben nicht vor, Glasgow ohne meine Tochter zu verlassen."

„Wir müssen weiter", sagte Papa und warf einen Blick gen Himmel. „Wir können nicht länger warten. Was sagt ihr, Ramsays?"

„Wir helfen euch", sagte Maggie sofort. „Lasst die Bogenschützen bei mir bleiben, und wir werden einen anderen Weg einschlagen und euch am anderen Ende der Stadt treffen. So können beide Gruppen nach ihrem Versteck suchen."

Joya kam näher, Els folgte ihr und sagte: „Ich habe eine Ahnung, wo wir nachsehen sollten. Es gibt eine Straße mit vielen Herrenhäusern, und ich habe Engländer gesehen, die in einigen ein- und ausgegangen sind. Wenn wir mit einer kleine Gruppe dorthin gehen, können wir die Häuser durchsuchen."

Alick wandte sich Branwen und Lora zu. „Joya war Spionin für Robert the Bruce. Sie weiß alles über diese Gegend Schottlands, und ihr Wissen ist für uns von unschätzbarem Wert."

„Wir nehmen Branwen und Lora mit", sagte Maggie. „Joya, du kannst uns in die Gegend führen, die du vermutest."

Alick sagte: „Ich möchte mit euch gehen. Lass Papa bei der anderen Gruppe, doch ich werde mit euch Bogenschützen reiten." Er wollte sie nicht allein lassen, nachdem er versprochen hatte, in ihrer Nähe zu bleiben. Außerdem hatte er das seltsame Bedürfnis, ihr nahe zu sein. Nach allem, was sie durchgemacht hatte, befürchtete er, dass sie wieder verschwinden könnte.

Dieses Gefühl, das er in den Gemächern des Earl of Thane hatte, wollte er nie wieder erleben.

Maggie nickte, und die beiden Gruppen trennten sich: Dyna, Cailean und Sorcha gingen mit der größeren Gruppe, die in der Hoffnung, nützliche Informationen zu finden, einen oberflächlichen Streifzug durch die Stadt unternehmen würde, während Joya, Els, Alick, Branwen und Lora mit Will und Maggie gingen. Joya führte sie einen unheimlich stillen Pfad entlang, der gut von der Hauptstraße versteckt war. Hier und da gab es kleine Hütten, doch nichts Großes. Sie sahen niemanden.

Die Dämmerung brach herein, und das Licht schwand schnell. Joya blieb stehen und sagte: „Lassen wir die Pferde hier und gehen zu Fuß weiter durch die Bäume."

Sobald ihre Pferde angebunden waren, gingen sie zu Fuß eine einsehbarere Straße entlang. Joya gab ihnen ein Zeichen stehenzubleiben, bevor sie das Ende erreichten. Will schickte seine Falken in die Luft, um nach etwas zu suchen, obwohl Alick keine Ahnung hatte, wie sie mit ihnen kommunizieren würden.

Joya sagte: „Ich habe Engländer in drei Kaufmannshäusern an dieser Straße beobachtet. Die beiden am Ende, auf gegenüberliegenden Seiten, und in einem weiteren auf der linken Seite, das dritte vom Ende.

„Els und ich werden das auf der rechten Seite nehmen. Alick, du und Branwen nehmt das gegenüber, und Maggie, Will und Lora können das Dritte ausspionieren. Wir treffen uns wieder hier, sobald wir fertig sind."

Sie waren sich einig, und alle machten sich so leise wie möglich wieder auf den Weg. Alick nahm Branwens Hand und flüsterte: „Hast du irgendwelche Fragen?"

Sie antwortete: „Was sollen wir jetzt tun?"

„Wir werden uns auf die Rückseite des Hauses schleichen, uns verstecken und dann auf Stimmen lauschen. Wenn jemand da ist, werden wir herausfinden, wo derjenige ist, wie viele Leute da sind und näher heranschleichen, wenn wir müssen – hoffentlich nah genug, um ihre Pläne zu belauschen."

Die Straße war dunkel, bis auf die beiden Häuser am Ende der Straße, von denen Alick und Branwen eines auskundschaften sollten. Sie machten einen großen Bogen um das Haus herum und sahen sich aufmerksam um, bevor sie sich in den Büschen ein kurzes Stück hinter dem zweistöckigen Kaufmannshaus versteckten.

Alick hielt einen Finger an ihre Lippen, lächelte dann und küsste sie schnell. Sie waren von außerhalb des Gebüschs nicht zu sehen, darum lehnte sie ihren Kopf an seine Schulter. Verdammt, er liebte es, sie so nah bei sich zu haben. Sie nahm seine Hand, als sie ihre Aufmerksamkeit auf das Kaufmannshaus richteten. Sie hörten nichts, doch jemand war eindeutig zu Hause. Das Haus war hell erleuchtet.

Nachdem sie einige Minuten schweigend gewartet hatten, ließ das Geräusch einer zufallenden Tür Alick zusammenzucken. Stimmen wehten zu ihnen herüber, eine ziemlich wütend. „Warum ist der König gegangen?" Der Sprecher war ein Engländer.

„Weil er nicht weiß, wie er führen soll. Er ist nicht wie sein Vater. Er hat es versucht und ist gescheitert, also ergreift er jetzt die Flucht, weil er es vorzieht, Zeit mit seinen *Freunden* zu verbringen", sagte eine andere Stimme, ebenfalls ein Engländer. Er erkannte keine der Stimmen, doch etwas an ihrer Intonation kam Alick seltsam vor.

„Also was machen wir mit der Frau?"

Alick hielt den Atem an, weil er sicher war, dass sie von seiner Mutter sprachen.

Von wem sollten sie sonst reden? Wo zum Teufel hielten sie sie gefangen?

Es folgte Stille, doch Schritte schwerer Stiefel auf dem Steinboden, wehten zu ihnen herüber.

„Vergiss Glasgow. Wir haben hier nicht mehr die Oberhand. Wir sollten Bruce am besten nach Norden folgen. Er hat vor, die schottischen Lairds zu unterwerfen, die ihn nicht unterstützen. Er hat auch schottische Feinde."

„Von wem sprichst du?"

„MacDowell of Galloway, MacDougall of Lorn, Ross, vielleicht Argyll. Wir gehen nach Norden, wo sie festgehalten wird. Von da schicken wir einen Boten zu den Grants, der ihnen sagen wird, dass wir den Austausch nur dann durchführen werden, wenn sie sich bereit erklären, MacDougall zu unterstützen. Ich vermute, dass dort der größte Kampf stattfinden wird, also brauchen wir Unterstützung. Wir sagen Grant, dass er seine tausend Krieger schicken soll, MacDougall zu beschützen, und er soll uns Bruce ausliefern, erst dann werden sie Grants Tochter zurückbekommen. Sobald das erledigt ist, werden wir den alten Grant töten und ihn zu König Edward bringen."

„Und unser Geld kassieren."

„Ja. Er wird uns gut bezahlen."

„Dann reiten wir morgen nach Norden. Beim ersten Licht. Wir müssen den Austausch machen."

Der andere lachte leise. „Ein Grant für einen anderen."

KAPITEL ACHTZEHN

BRANWEN KONNTE NICHT aufhören, an ihrer Unterlippe zu kauen. Sie waren gegangen, kurz nachdem die Männer getrennte Wege gegangen waren. Sie hatten nicht mehr darüber gesagt, wo Alicks Mutter versteckt war. Sie wussten nur, dass sie im Norden war. Sie wusste, dass Alick sie angreifen und Antworten aus ihnen herausschütteln wollte – auch wenn sie zu zweit waren –, doch er hatte sie angesehen und sich zurückgehalten.

Sie trafen sich mit dem Rest ihrer Gruppe und schwiegen auf Joyas Anweisung hin. Sie sagte ihnen flüsternd, dass es am besten war, ihre Erkenntnisse nicht zu teilen, bis alle zusammen waren – und gingen dann zurück in die Außenbezirke der Stadt, um sich mit der größeren Gruppe auf einer Lichtung zu treffen, die groß genug war für alle.

Obwohl Branwen dankbar war, mit Alick zusammen zu sein, hasste sie es, ihn so leiden zu sehen. Er war normalerweise so selbstsicher, doch die Situation mit seiner Mutter hatte ihn erschüttert. Sie konnte es in jeder seiner Bewegungen sehen.

„Habt ihr etwas herausgefunden?", fragte Alicks Vater.

„Nein", sagte Maggie. „Niemand im Haus, das wir durchsucht haben. Els? Joya?"

Joya schüttelte den Kopf. „Ich habe mich durch die Hintertür hineingeschlichen, und es war immer noch heiße Glut im Kamin. Jemand ist da gewesen, doch als ich drin war, war das Haus leer."

„Wir haben zwei von ihnen gefunden, doch sie sind zu schnell gegangen und davongeritten, als dass wir ihnen hätten folgen können", sagte Alick ernst. „Mama ist nicht hier. Sie sagten, dass sie Glasgow verlassen, um nach Norden zu gehen, weil Bruce auf dem Weg dorthin ist und da auch ihre Gefangene festgehalten wird."

„Ohne den neuen König?", fragte Maggie.

Alick sagte: „Es hört sich so an, als ob du mit ihm Recht hattest. Er ist mit all seinen Männern nach Hause gegangen."

„Wie viele gehören wohl zu dieser Gruppe?", fragte Els. „Und woher weißt du, dass die Gefangene, von der sie gesprochen haben, deine Mutter ist?"

„Weil sie davon gesprochen haben, einen Grant gegen einen anderen einzutauschen. Ich habe nur zwei Stimmen gehört, und es gab nur zwei Pferde, doch ich habe keine Ahnung, ob es noch andere gibt. Sie haben über viel Geld gesprochen. Sie erwarten, für die Übergabe von Großvater an ihren König gut bezahlt zu werden", sagte Alick, der jetzt mitten in der Gruppe auf und ab ging und frustriert ins Gras trat.

„Doch sie haben nicht gesagt, wo sie festgehalten wird?", fragte Jamie. „Wie weit weg? Denk nach, Alick."

„Nichts. Ich habe sonst nichts gehört." Dann drehte er sich zu Branwen um, als suchte er ihre Unterstützung ebenso wie ihren Rat, und nahm ihre Hand. „Erinnerst du dich an sonst noch was?"

Sie schüttelte den Kopf. Doch etwas anderes belastete sie – eine Erinnerung, die an ihr nagte und sich weigerte, an die Oberfläche zu steigen. Sie zwang sich, alles, was in den letzten Tagen passiert war, durchzudenken.

Es traf sie wie ein Schlag, und ihr Blick wanderte über die Gruppe der Grants. Sie waren gut aussehende Leute, doch die meisten von ihnen waren hell. Els und Jamie waren blond. Alick und Finlay rothaarig. Kyla war Alexander Grants Tochter, doch seine Haare waren grau. Jamie, blond. Dyna, weißblond. Doch dann dachte sie an Alasdair. Sein Haar war so schwarz wie die Nacht in einem Gewitter.

Sie zog an Alicks Hand und flüsterte: „Welche Haarfarbe hat deine Mutter?"

Alick wirbelte herum, und alle Augen folgten ihm. „So dunkel, dass es fast schwarz ist. Warum?"

Branwen keuchte, die Augen weit aufgerissen. „Ich glaube, ich weiß wo deine Mutter ist."

„Wo?", blaffte Alicks Vater und trat vor Branwen.

Alick sah die Angst im Blick seiner Gemahlin und schob seinen Vater zur Seite. „Schrei sie nicht an. Sie hat in den letzten Tagen genug durchgemacht."

Sein Vater trat zurück und entschuldigte sich. „Nimm dir Zeit und denk nach", sagte er.

Alick ergriff ihre Hand. „Sag uns, was du weißt, meine Liebe."

Branwen spielte nervös mit ihrem Zopf und sagte dann: „Es tut mir leid, doch ich habe bis jetzt nicht daran gedacht. Als ich im Verlies war, haben sie eine Person mit langen dunklen Haaren durch den Gang getragen. Ich nahm an, dass es ein Mann war, doch vielleicht habe ich mich geirrt. Es war dunkel, als sie die Person in den Kerker getragen haben, und ich konnte kein Gesicht sehen. Doch jetzt, wo wir wissen, dass sie im Norden ist, erscheint es mir möglich. Denkt ihr nicht? Ich habe sie sagen hören, dass sie der Person einen Trank gegeben haben, von dem sie bis zum Morgen schlafen würde. Ich hätte früher darauf kommen sollen, doch du hast rote Haare und Els und Jamie sind blond. Und Dynas Haare sind fast weiß."

„Hast du einen Namen gehört?", fragte sein Vater, seine Stimme jetzt flehend.

„Nein, nichts. Und ich bin geflohen, bevor sie aufgewacht ist. Ihre Zelle war nicht neben meiner."

„Ich will euch nicht entmutigen", sagte Will und blickte zwischen Alick und Finlay hin und her, „doch das könnte leicht jemand anderes sein."

„Welche Burg?", fragte Maggie.

„Thane Castle. Mein Onkel William ist der Earl of Thane."

Jamie murmelte: „Und Thane ist kein Anhänger von Bruce. Das passt."

Großvater stieg von seinem Pferd herunter und stellte sich vor Branwen. Alick trat ein Stück näher an sie heran. Sein Großvater, obwohl er wahrscheinlich ein wenig geschrumpft war, war immer noch ein großer Mann und überragte sie. Obwohl Branwen wahrscheinlich verstand, dass die Grants ihr nie etwas antun würden, wollte er, dass sie wusste, dass er sie unterstützte. Dass sie sich keine Sorgen machen musste, wenn er an ihrer Seite war.

„Jetzt denk nach, bevor du antwortest", sagte Großvater. „Hättest du die Stimme dieser Männer im Haus erkannt, wenn sie zu den Wachen deines Onkels gehört hätten? Würdest du die Stimmen des Kommandanten der Wachen deines Onkels oder seiner stärksten Krieger kennen? Seines Vogts? Das wären die Leute, die am wahrscheinlichsten in der Lage sind, einen Gefangenen im Verlies zu verstecken."

„Ich habe keine der Stimmen erkannt."

Jamie fragte: „Bringt dein Clan oft Frauen in den Kerker? Ist es eine übliche Strafe?"

Sie straffte ihre Schultern und sagte: „Ich hätte nicht gedacht, dass die Kerker überhaupt benutzt werden. Ich habe davon nie gehört. Wenn jemand bestraft wird, verhängt mein Onkel normalerweise Peitschenhiebe oder zusätzliche Arbeit.

Mein Vater war derjenige, der mich in den Kerker gebracht hat. Ich bin weggelaufen, nachdem er versucht hat, mich mit einem alten Mann zu verheiraten, den ich nicht wollte."

„Hast du noch etwas an der Gefangenen bemerkt?", fragte Alick sanft. „Was hat sie getragen? Ihre Stiefel? Irgendetwas?"

Sie schüttelte den Kopf. „Nur die Haare."

Alick nahm ihre beiden Hände in seine und fragte: „Wenn ich mit dir gehe, kannst du mich zu diesem Kerker führen?"

Sie nickte. „Natürlich. Sie haben die andere Person in die letzte Zelle gesteckt, wenn ich mich recht erinnere. Und wenn ich den Stallmeister frage, wird er wissen, ob jemand da ist. Er weiß alles."

Alick drehte sich zu der Gruppe um. „Dann reiten wir in diese Richtung, und Branwen und ich werden in den Kerker gehen."

Einige der anderen nickten, darunter Onkel Jamie und Els.

„Ich bin mit diesem Plan einverstanden", sagte Papa. „Doch ich gehe auch."

Sein Großvater schüttelte den Kopf.

„Was ist, Großvater?"

„Oh, ich stimme zu, dass eine kleine Gruppe von uns nach Thane Castle gehen muss, doch du gehst nicht mit Branwen da rein. Vorausgesetzt, der Stallmeister ist bereit zu helfen, geht sie mit ihm und Dyna."

„Was?", keuchte Alick ungläubig. „Sie ist meine Mutter."

Papa stemmte die Hände in die Hüften. „Sie

ist meine Frau."

Großvater sagte: „Nein, nicht ihr zwei. Ihr werden nur den Erfolg der Rettung gefährden, weil ihr zu emotional seid."

„Zu emotional!", bellte Vater. „Ich kann meine Gefühle kontrollieren."

„Und wenn deine Frau geschlagen wurde?", fragte Großvater und blickte von Papa zu Alick.

Wut durchströmte ihn, so schnell und heiß, dass er sich beruhigen musste, um den Rat seines Großvaters zu überdenken. Es war dieselbe Wut, die er empfunden hatte, als er gesehen hatte, wie Branwens Vater versucht hatte, sie zu schlagen. Wie üblich erklärte Großvater seine Antwort ruhig, ohne sich von der Wichtigkeit ihres Vorhabens und den möglichen Auswirkungen beeinflussen zu lassen.

Wie sehr sich Alick wünschte, er könnte seine Gefühle so kontrollieren wie sein Großvater.

Die Stimme des alten Kriegers wurde zu einem beruhigenden Bariton. „Hast du das erste Mal so schnell vergessen, Finlay? Ich hätte gedacht, dass es für immer in deinem Kopf bleiben würde." Großvater sah Cailean, Sorcha, Branwen und einige andere an. „Finlay hat Kyla zu mir gebracht, nachdem sie fast zu Tode geprügelt worden war. Die Männer, die es getan hatten, hätten auch ihn fast umgebracht, weil er sie beschützt hat." Er wandte sich wieder dem Gemahl seiner Tochter zu. „Deine Hände haben gezittert, als du sie getragen hast. Kannst du mir versprechen, dass es dir nicht genauso ergehen wird? Du bist nicht mehr der starke junge

Krieger, der du damals warst, und die Gefühle deines Sohnes werden ihn überwältigen. Alick ist ein guter Krieger, doch ich erwarte nicht das Unmögliche von ihm. Ich möchte auch nicht, dass irgendetwas der Sicherheit meiner Tochter im Wege steht – selbst die Liebe, die ihr für sie empfindet."

Ein schrecklicher Ausdruck der Trauer huschte über Vaters Gesicht. Er ging zu einem nahegelegenen Felsbrocken und setzte sich. Die Tränen, die seine Augen trübten, entgingen Alick nicht.

„Alexander hat Recht", sagte Maggie leise, ihr Ton entschlossen. „Ihr zwei seid zu betroffen. Branwen, der Stallmeister und Dyna sollten hineingehen."

„Warum Dyna?", fragte Els. „Wir können das tun." Er hatte seinen Arm um seine Frau Joya gelegt.

Großvater sagte: „Weil Dyna Branwen gefunden und sie da rausgeholt hat. Sie weiß offensichtlich, wie man unentdeckt in diesen Kerker hinein- und wieder herauskommt."

Maggie sagte: „Das ist wahr."

Die anderen waren ein wenig verärgert, doch Alick musste zugeben, dass der Plan sinnvoll war. Dyna war eine fähige Kriegerin, und er vertraute Jep voll und ganz.

Nun blieb ihm nur zu beten, dass seine Mutter immer noch dort und unverletzt war.

KAPITEL NEUNZEHN

BRANWEN HATTE EIN krankes Gefühl in ihrem Bauch, das nicht verschwinden wollte. Was hatte ihr Onkel mit der Entführung von Kyla Grant zu tun? Wie sie betete, dass sie sie unverletzt finden würden! Sie kannte den Kummer, die Mutter zu verlieren, und das wollte sie nicht für Alick. Sie befürchtete auch, dass die Beteiligung ihres Clans an der Entführung zwischen sie geraten könnte.

Sie konnte nur beten, dass ihr Vater und ihr Onkel keine Kenntnis von dem Plan hatten.

Und dass Kyla Grant gesund und unversehrt war.

Die Grants hatten die Entscheidung getroffen, sofort in Richtung Thane-Land aufzubrechen. Einige wollten bis zum nächsten Tag warten, doch Alick und Finlay hatten sich geweigert und gesagt, sie würden allein gehen, wenn sie müssten.

Alexander hatte ihnen zugestimmt. „Wenn ich das nächste Mal schlafe", sagte er, „hoffe ich zu wissen, wo meine Tochter ist, wenn es euch nichts ausmacht."

Alick ballte die Hände an den Seiten. „Da wir wissen, dass meine Mutter dort ist, warum nehmen wir nicht fünfhundert unserer Männer, stürmen die Burg und töten die Bastarde, die sie gestohlen haben? Es ist vollkommen gerechtfertigt, Rache zu üben und sie nicht nur zurückzuholen. Ich will Gerechtigkeit! Für meine Gemahlin und für meine Mutter."

„Und bist du dir so sicher, dass die Gefangene deine Mutter ist, Alick?" Der ältere Mann verschränkte die Arme und wartete darauf, dass die Vernunft eines erfahrenen Kriegers einsetzte.

„Alick", flüsterte Branwen mit Tränen in den Augen, „er hat Recht. Ich bin mir nicht sicher, ob es deine Mutter ist. Was ist, wenn ich mich irre?"

Alick begegnete ihrem Blick, seine Augen von einem Schmerz gequält, den sie lindern wollte, und er ergriff ihre Hand und drückte sie.

Alexander fügte hinzu: „Oder was ist, wenn sie sie woanders hingebracht haben? Was ist, wenn sie jetzt mit einem Seil um den Hals gefesselt auf einem Stein steht? Einem Stein, den sie in dem Moment, in dem wir angreifen, unter ihr wegtreten?"

Alicks Hand schloss sich fester um ihre, seine Augen geweitet, als er seinen Großvater anstarrte. „Großvater? Wirklich? Ist das möglich?"

„Unwahrscheinlich, Junge", antwortete er jetzt weicher. „Doch du greifst nicht an, solange du nicht weißt, was dich erwartet."

„Aber du hast es für Claray und Tante Sela

getan", flüsterte er. „Warum nicht für Mama?"

Alexander senkte den Kopf. „Das ist wahr. Ich wusste nicht, was uns an diesem Tag erwartete, doch ich habe die Sorge um meine Frau und um ein kleines Kind unsere Strategie bestimmen lassen. Ich bereue es nicht. Doch diese Bastarde haben Hand an deine Großmutter gelegt, und Tante Selas Leben war in Gefahr. Ich habe geschworen, nie wieder ohne fundiertes Wissen über meinen Feind anzugreifen."

Alicks gerunzelte Stirn sagte Branwen, wie sehr ihn das belastete. Er warf Branwen einen Blick zu und sagte: „Aber bist du nicht sicher, dass es meine Mutter sein könnte?"

„Alick, ich weiß nicht, was ich sagen soll. Sie könnte es sein. Doch ich habe so wenig gesehen, dass ich nicht einmal sicher sagen kann, ob es ein Mann oder eine Frau ist. Ich kann nicht sicher sein." Sie wischte die Tränen weg, die sie nicht zurückhalten konnte, Tränen um den Schmerz im Herzen ihres Gemahls.

„Wirst du meinem Vorschlag folgen, Junge? Ich will nur herausfinden, ob sie dort ist. Wenn Dyna und Branwen sie nicht rausholen können, werde ich so viele Krieger schicken, wie wir brauchen, um sie zu befreien. Zuerst müssen wir jedoch wissen, wo sie ist, wie viele Wachen es gibt, und was uns erwartet."

„In Ordnung", flüsterte er.

Sein Vater trat hinter ihn und hielt seine Schultern. „Du wirst Großvater dein Wort geben, dass du nichts Dummes tun wirst, Alick. Und mir. Ich will meine Gemahlin auch zurück. Deine Mutter ist allen wichtig."

„Ja, du hast mein Wort."

Und so ließen sie viele der Krieger zurück und nahmen nur eine Handvoll mit. Großvater hatte dafür gesorgt, dass Jamie die Zurückgebliebenen befehligte und sie an zwei verschiedenen Orten bereithielt. Sie würden in Schichten schlafen, um dafür zu sorgen, dass die Krieger für mögliche Kämpfe frisch waren.

Branwen hoffte, sie könnten schlafen, denn sie selbst konnte es sicherlich nicht.

Sie hielten ungefähr zwei Stunden vor Thane Castle an, nachdem sie beschlossen hatten, bis zum Einbruch der Dunkelheit zu warten, um weiterzuziehen. Branwen stand am Rand der Lichtung und sah sich die an, die mitgekommen waren. Els und Joya, Alick, Alexander, Finlay und Dyna. Jamie war bei den Wachen. Alasdair war mit Lora auf MacLintock-Land zurückgekehrt. Will und Maggie hatten beschlossen, ihre Patrouille in Glasgow fortzusetzen, falls Kyla dort sein sollte. Angesichts der Aktivitäten auf Thane Castle vermuteten sie, dass es noch viel mehr Männer in der Gegend geben würde, auf der Suche nach einer Gelegenheit, Geld zu verdienen, und nach einem guten Kampf.

Branwen starrte in den Himmel und bemühte sich, sich zu orientieren. Zwei Stunden bis Thane Castle bedeuteten zwei Stunden in die entgegengesetzte Richtung nach Grant Castle, wenn sie raten sollte. MacLintock Castle war einen halben Tag von dort entfernt, wo sie sich befanden. Wie sie wünschte, sie würde den Rest der Highlands so kennen, wie sie ihr Land kannte.

Alick stand da und unterhielt sich mit seinem Vater und seinem Großvater. Seine breiten Schultern ließen sie seufzen. Der Wind und der gelegentliche Regen hatten sein dunkelrotes Haar lockig und ein bisschen wild gemacht, was ihn noch reizvoller aussehen ließ. Er war genau die Art von Mann, die jedes Mädchen als seinen Beschützer haben wollte. Wie hatte sie einen so wunderbaren Mann gefunden? Alick war warmherzig und schön und respektvoll und lustig und…

„Du siehst aus, als wolltest du deinen Ehemann verschlingen. Du scheinst sehr verliebt."

Die Stimme war die von Dyna, nicht, dass Branwen überrascht war. Alick hatte ihr gesagt, dass seine Cousine Dinge wusste, die sie nicht wissen konnte. „Ja", sagte sie und richtete ihren Blick auf Dyna. „Ich gebe zu, die wenigen Stunden, die wir letzten Abend zusammen hatten, waren nicht genug für mich. Ich freue mich darauf, wenn das hier vorbei ist. Darauf, seine Mutter und all die anderen kennenzulernen, von denen ich so viel gehört habe. Und dann mehr Zeit mit Chrissa und seinen Brüdern zu verbringen."

„Deine Zeit zusammen mit deinem Mann wird bald kommen", sagte Dyna. „Was kannst du mir noch über die Burg und den Kerker erzählen?"

„Lass mich nachdenken. Doch du hast das meiste gesehen, was du wissen musst. Ich vertraue dort nur zwei Menschen. Jep, dem

Stallmeister, und Fia, einer der Mägde."

„Hab Vertrauen. Sobald wir Kyla befreit haben, können wir zurück nach MacLintock Castle. Grant-Land kann warten. Es gibt genug von uns, um eine kleine Feier für euch zu arrangieren."

Sie konnte nicht anders, als zu seufzen. „Die Wahrheit ist, ich bin einfach froh, mit Alick verheiratet zu sein. Wir brauchen kein Fest. Zeit zusammen zu sein ist alles, was wir brauchen, und ich weiß, dass die Zeit kommen wird. Ich hoffe nur, dass wir sicher in die Burg und wieder heraus kommen werden."

„Du musst nicht gehen. Ich denke, ich kann mich zurechtfinden."

„Ich weiß. Doch wenn etwas passiert, kann ich leichter einen anderen Weg finden als du. Und Jep kennt dich nicht. Wenn wir seine Hilfe wollen, musst du mich mitnehmen."

Dyna saß auf einem nahegelegenen Baumstamm. „Ich hasse es zu warten. Ich bin jetzt bereit zu gehen, doch ich weiß, dass es einfacher sein wird, sich nach Einbruch der Dunkelheit einzuschleichen. Erzähl mir bitte noch einmal von der rückseitigen Mauer."

Branwen erklärte alles so gut sie konnte, beschrieb die Türen und worauf sie hinter dem Palas achten mussten. „Die Küchen sind oft bis spät in die Nacht beschäftigt. Es hängt davon ab, wie spät die Wachen draußen sind. Sie sind in einem separaten Gebäude hinter dem Palas untergebracht."

„Ich erinnere mich. Als ich dich gefunden habe, war alles still. Lass uns darauf hoffen, dass es wieder so sein wird."

Alick kam zu ihnen, nahm sie in seine Arme, und sie lehnte sich an ihn und inhalierte seinen Duft nach Pferd und Leder und Alick. Genoss, wie seine Wärme in ihre Haut eindrang. „Du und Dyna habt einen Plan?"

Dyna nickte. „Ja, wir sind bereit."

Der Ausdruck auf seinem Gesicht war ein Zeichen dafür, wie sehr er mit ihnen gehen wollte, doch anstatt darauf zu bestehen, drückte er Branwen.

Eine Stunde später machten sie sich auf den Weg nach Thane Castle. Sie waren nicht weit gekommen, als sie zwei Reitern begegneten. Es waren Cailean und Sorcha, und sie waren auf dem Weg zu Alexander Grant.

Branwen flüsterte: „Ich dachte, sie würden mit deinem Onkel gehen."

„Das wollten sie, doch vielleicht wurden sie als Boten geschickt. Hören wir uns an, was sie sagen."

Cailean sagte zu Alexander: „Jamie hat uns geschickt. Er hat einen Boten abgefangen. Sie wollen einen Handel machen."

„Wo?", fragte Alexander.

„Zwei Stunden von hier in der Nähe von Lorn, beim ersten Morgenlicht." Er gab Alexander genauere Anweisungen, doch er hob seine Hand.

„Wenn alles gut geht, haben wir Kyla bis dahin. Wollt ihr bleiben? Wir sind auf dem Weg zur Burg. Es ist fast dunkel, und wir könnten einen weiteren Bogenschützen immer gut gebrauchen. Und wenn sie nicht da ist, müssen wir dorthin, wo ihr gesagt habt."

Cailean nickte. „Es wäre mir ein Vergnügen, Laird Grant."

Alexander deutete auf den Rest der Gruppe, die sich versammelt hatte. Alexander sagte: „Es ist Zeit, uns zu trennen. Dyna und Branwen werden sich mit dem Stallmeister treffen und sich in den Palas schleichen. Alick, Finlay, Cailean und Sorcha, ihr nehmt zwei Wachen mit und wartet außerhalb der Burg. Eure Aufgabe ist es, auf ihre Rückkehr zu warten, Kyla zu helfen und alles zu beobachten, was in der Festung passiert."

Branwen drückte Alicks Hand. „Ich bin froh, dass du auf halbem Weg bist", flüsterte sie.

Alexander sagte: „Alick und Finlay, wenn sie nicht innerhalb einer Stunde zurück sind, müsst ihr uns Bescheid geben oder Cailean und Sorcha zu mir zurückschicken. Els und Joya, ich werde euch bitten, mit mir zu warten. Alles verstanden, was ihr zu tun habt?"

Alle nickten Alexander zu, der sagte: „Nun geht und viel Glück."

Sie gingen, und als sie sich dem Schloss näherten, spürte Branwen, wie sich ihre Kehle zuschnürte. Sie wollte weinen oder weglaufen. Nur nicht zurück zum Schloss ihres Onkels. Obwohl Alick darauf bestanden hatte, dass es nicht möglich war, befürchtete sie immer noch, dass ihr Vater sie ihm wegnehmen würde. Sie ritten schweigend und sahen die Fackeln der Burg näher kommen.

„Ist das die Straße zum Tor?", fragte Finlay Branwen.

„Nein, da ist noch eine, die direkter zu den Toren führt." Sie zeigte in die Richtung, die sie meinte. „Nur wenige benutzen diesen Pfad hier."

Finlay zeigte auf eine Baumgruppe, ein Stück vom Weg entfernt, mit einer kleinen Lichtung daneben. Sie ritten hinüber und stiegen ab, und Dyna sagte: „Lass die Pferde hier." Sie warf die Zügel ihres Pferdes über einen Ast.

Die anderen folgten dem Beispiel, und Branwen wandte sich Alick zu und kämpfte gegen die Tränen an. „Ich hoffe, wir kommen bald mit deiner Mutter zurück."

Alick gab ihr einen Kuss und wandte sich dann seinem Vater zu. „Ich will mit ihnen gehen."

„Nein, so sehr es mich auch schmerzt, dein Großvater hat Recht. Wir sind zu betroffen, um kluge Entscheidungen zu treffen. Außerdem ist es weniger wahrscheinlich, dass die Mädchen erwischt werden. Die Wachen werden sie kaum als Bedrohung betrachten – bis es zu spät ist."

Dyna nickte und grinste. „Das ist wahr. Lass uns gehen, Branwen."

„Viel Glück", sagte Finlay. „Denkt daran, wir sind zu sechst hier und können euch helfen. Ihr müsst nur schreien."

Sie machten sich auf den Weg, Branwen allen voran. Beide trugen Hosen und Tuniken in dunklen Farben, Dynas in Schwarz und Branwens in Dunkelgrün, und sie fügten sich gut in den Wald um sie herum ein. Es war Spätsommer, und die Geräusche der Nacht wären sehr willkommen gewesen, wenn sie nicht eine Mission zu erledigen gehabt hätten.

Sie gingen eine Weile und fanden eine Gruppe von Bäumen, zwischen denen sie sich bei den Ställen verstecken konnten. Keine von ihnen sagte ein Wort, als sie zwischen die Bäume schlüpften und stillstanden und zuhörten. Es war niemand in der Nähe, doch auf der anderen Seite des Palas war eine große Gruppe von Kriegern.

„Geh", flüsterte Dyna. „Wir werden sehen, ob wir Jep finden können, solange es hier ruhig ist. Ich weiß nicht, warum sie sich versammeln, doch es gefällt mir nicht. Wir müssen tun, weswegen wir gekommen sind, solange sie beschäftigt sind."

Branwen nickte, und sie schlichen sich zum Stall und lauschten. Sie hörte nur die Schritte eines Mannes, dann hörte sie Jep mit einem der Pferde sprechen, ganz so, wie er es oft tat. Er beruhigte sie, bevor sie in ein Gefecht reiten mussten.

Sie zeigte auf die Ställe. „Es ist Jep", sagte sie mit leiser Stimme. „Ich werde zu ihm gehen." Sie schlich zu den Ställen, spähte durch die Tür und winkte, um Jeps Aufmerksamkeit auf sich zu ziehen. Er erschrak, als er sie sah, doch er erholte sich schnell und hob seine Hand, ein Zeichen, dass sie warten sollte.

Dyna war direkt hinter ihr. Als sie die Tür schloss, drehte Dyna sie herum. Ein Mann stand ein Stück weit hinter ihnen und näherte sich langsam. „Nur einen Moment. Ich denke, das ist Alick. Lass Jep rauskommen, und ich bin gleich wieder da."

Dyna drehte sich um und eilte zu dem Mann,

den sie für Alick hielt, darum öffnete Branwen die Tür und spähte hinein, um nach Jep zu sehen.

Eine Hand schoss von der Seite auf sie zu, der Besitzer außer Sicht, und riss sie in den Stall.

„Hab ich dich."

Die finsteren Augen ihres Vaters trafen ihre, der Blick, mit dem er sie bedachte, war einfach nur böse.

Ein kurzer Blick in den Stall verriet ihr, dass Jep jetzt von drei Wachen festgehalten wurde.

Das war das Ende.

KAPITEL ZWANZIG

„WAS SOLLEN WIR mit ihnen machen?", fragte eine der Wachen.

„Sperrt sie ein. Wir haben bald eine große Mission, und ich habe Wichtigeres zu tun, als mich um ihre lästigen Probleme zu kümmern."

Wie sehr sie doch betete, dass Alick und Dyna nicht erwischt werden würden! Sie wusste, dass sie kommen würden, um sie zu retten. Ihr Vater zog sie von der Tür weg und übergab sie drei Wachen, die in der Nähe standen. Drei weitere hielten Jep fest, während weitere zehn hinter ihnen herauskamen.

„Brauchst du mehr Leute, Denton?", fragte einer.

„Nein. Doch ihr können diese beiden zu der anderen Gefangenen in den Kerker bringen", sagte ihr Vater. „Wir werden sie alle bald wegbringen. Der Rest von uns wird die Pferde fertig machen." Er pfiff, und eine weitere Gruppe von Wachen schloss sich ihnen an.

Zwei Männer packten Branwen und zogen sie mit sich, während Jeps Wachen dasselbe mit ihm taten.

„Spar dir deine Kraft, Mädchen", sagte Jep zu ihr.

„Halt den Mund", sagte eine Wache. „Kein Gerede."

Sie schoben und stießen sie vor sich her und brachten sie durch das hintere Tor in die Burg. Branwen blickte zu Jep hinüber, der ihr zuzwinkerte.

Die Wachen brachten sie in den Keller und zerrten sie den Gang hinunter, der ihr vom letzten Mal nur allzu vertraut war. Branwen bemühte sich, in offene Türen zu spähen, um jemanden mit langen dunklen Haaren zu sehen, der Alicks Mutter hätte sein können.

Doch das war nicht nötig.

Die Männer brachten sie in die letzte Zelle am Ende des Ganges und warfen sie hinein. Die Dunkelheit überwältigte ihre Sinne so sehr, dass sie gegen eine kalte Steinmauer stolperte und einfach dort blieb.

Als die Wachen gingen, lachten sie den ganzen Weg den Gang hinunter und die Treppe hinauf, als hätten sie gerade kein himmelschreiendes Unrecht begangen.

Sie wartete und erlaubte ihren Augen, sich an das schwache Licht der Fackeln zu gewöhnen. Ihr Körper hatte beim Geräusch des Schlüssels im Schloss zu zittern begonnen, doch sie hatte sich gezwungen aufzuhören. Sie würde überleben und Alicks Mutter finden.

Als sie endlich sehen konnte, sah sie sich nach Jep um und fand ihn an der gegenüberliegenden Wand. Und dann sprach sie eine klare Stimme aus dem Schatten von der Rückseite der Zelle an. Es war eine schöne Frauenstimme.

„Seid gegrüßt. Ich bin Kyla Grant. Warum seid ihr zwei hier?"

Alick packte Dyna und zog sie in die Büsche. Sein Herz hämmerte in seiner Brust, als er sah, dass Branwen weggeführt wurde, doch er musste sie retten – und das konnte er nur tun, wenn er rational handelte. Er musste sich daran erinnern, was Großvater ihm gesagt hatte.

„Wir können sie nicht da rausholen", sagte er mit erstickter Stimme. „Vater und ich sind näher geschlichen, um zu sehen, ob wir etwas Nützliches mithören können, und die Männer haben darüber gesprochen, die Gefangene wegzubringen. Das muss meine Mutter sein. Und sie bringen Branwen und Jep in den Kerker. Jetzt müssen wir drei befreien." Er hatte ihren Arm gepackt, um sie davon abzuhalten, ihnen nachzulaufen. Obwohl er dasselbe tun wollte – sein Herz schmerzte, so sehr wollte er es –, wusste er, dass er es nicht tun durfte.

„Ich werde ihr nicht nachgehen", sagte sie. „Wir sollten jedoch ihre Bewegung verfolgen, bevor wir etwas tun. Wenn sie deine Mutter wegbringen, müssen wir uns möglicherweise trennen. Einige gehen ihr nach, andere bleiben hier, um Branwen zu holen."

Alick ließ Dyna los und spürte die Qual, in zwei verschiedene Richtungen gezogen zu werden. „Wie in aller Welt soll ich zwischen ihnen wählen?"

„Das wirst du nicht. Du wirst dorthin gehen, wo es dir gesagt wurde", sagte Dyna in einem Ton, der ihm sagte, dass sie keine Widerrede dulden würde. „Wir könnten es jetzt versuchen, doch es wäre zu gefährlich. Was gerade passiert ist, ist der Beweis dafür."

„Ja, es sind zu viele Wachen daran beteiligt, als dass wir allein gehen könnten", sagte Alick mit zusammengebissenen Zähnen. „Sechzehn hier und sechs auf der anderen Seite des Palas. Wir brauchen Verstärkung."

Sie sahen zu, wie immer mehr Wachen vor ihnen auftauchten. „Hör zu", flüsterte er und lauschte auf die Stimmen in der Nähe.

Er hörte, wie Branwens Vater sagte, dass eine große Mission im Gange war, was ohnehin aufgrund der schieren Menge an Männern offensichtlich gewesen wäre.

„Darauf haben wir gewartet", flüsterte er. „Branwen ist stark. Sie wird meiner Mutter helfen, wenn sie Hilfe braucht."

„Ja, das wird sie", sagte Dyna. Sie sah ihn schief an. „Ich kann nicht glauben, dass du ihr nicht allein nachgegangen bist, selbst bei all den Wachen. Die Ehe hat dich zu einem geduldigeren Mann gemacht."

Er lachte leise und führte sie zurück zu seinem Vater. „Ja, vielleicht ist es wahr. Mein Vater sagte, das würde passieren. Er hat mich überzeugt, dass es keine schlechte Sache wäre, wenn ihr zwei mit Mama in den Kerker gebracht werdet, dass du und Branwen sie rausholen könntet."

Dyna schnaubte. „Nur ein Problem damit. Ich bin hier und nicht da drin."

Vater erschrak, als er sie sah. „Was ist passiert? Verdammt, Dyna. Du solltest bei ihnen sein."

„Ich habe Alick gesehen und bin zurückgegangen, um mit ihm zu sprechen. Es war, als ob Branwens Vater wusste, dass sie kommen würde. Er hat sie drinnen gepackt, dann haben sie sie und Jep in den Kerker gebracht."

„Es könnte schlimmer sein", sagte Vater. „Ich habe Alick tatsächlich geschickt, um dir zu sagen, dass uns mitgeteilt wurde, dass sie bald weggebracht wird."

„Das haben wir auch gehört", sagte Dyna. „Branwens Vater hat von einer großen Mission gesprochen, also brauchen wir Hilfe. Wir können reingehen, während sie losziehen. Bitte geh zurück zu Großvater, und wir werden Hilfe holen."

Alick konnte gar nicht schnell genug losreiten und lenkte sein Pferd schnell an seinem Vater vorbei. Zum Glück mussten sie nicht weit reiten. Als sie sich Großvaters Gruppe näherten, rief Els: „Das sieht nicht gut aus!"

Alick sprang von seinem Pferd und Dyna stieg direkt hinter ihm ab. „Branwens Vater hat sie bei Jep erwischt und beide in den Kerker gebracht. Hoffentlich sehen sie Mama dort, Großvater. Vor der Burg sammelt sich eine Einheit mit etwas hundertzwanzig Pferden. Ich weiß nicht genau, was sie vorhaben."

„Ich weiß, wohin sie gehen", sagte Alexander. „Thane hat versprochen, Edwards Sohn zu unterstützen. Sie suchen Bruce. Ich vermute, Thane hat keine Ahnung, dass meine Tochter festgehalten wird. Wer sie entführt hat, versucht, es geheim zu halten."

„Das könnte bedeuten, dass Branwens Vater es arrangiert hat", vermutete Alick. „Er wusste, dass es eine andere Gefangene gab."

„Du könntest Recht haben, doch das wissen wir nicht mit Sicherheit. Nach dieser neuen Entwicklung werde ich meine Pläne ändern."

Großvater ging ein wenig auf und ab und dachte nach. Niemand störte ihn. Alick griff schließlich nach der Bierblase, trank und gab sie seinem Vater.

„Großvater, nach dem, was wir gehört haben, vermuten wir, dass sie in zwei Gruppen aufbrechen werden. Die erste scheint sich darauf vorzubereiten, gegen Bruce zu ziehen, und die zweite wird die Gefangenen begleiten. Die Männer, die Mama entführt haben, haben zugestimmt, sie gegen dich auszutauschen, doch was, wenn sie verlangen, dass du zuerst unsere Krieger gegen Bruce führst?"

„Ja. Das ist möglich", sagte Dyna. „Ich muss Alick Recht geben. Sie werden Tante Kyla nicht einfach so übergeben. Sie werden von dir verlangen, unsere Krieger in den Kampf zu führen."

Großvater hob seinen Blick zu Alick, und die Traurigkeit in den Augen seines Helden schmerzte ihm. Er würde das hier beenden und seine Mutter und seine Gemahlin zurückholen – es gab keine andere Möglichkeit –, doch ihm wurde bewusst, dass mehr auf dem Spiel stand.

Der Seelenfrieden seines Großvaters und seines Vaters.

„Großvater, sie haben gesehen, wie du gekämpft hast, um John zurückzubekommen. Sie sehen dich immer noch als mächtigen Gegner und wollen, dass du eine Streitmacht führst. Für sie, nicht gegen sie."

Der Blick des alten Mannes sagte Alick, dass er die Logik hinter diesem Gedanken sah und es ihm offensichtlich kein bisschen gefiel.

Schließlich sprach der große Führer. „Dyna, Alick, Cailean und Sorcha. Ihr werdet den Gefangenen nachgehen. Els, ich brauche jemanden, der mich beschützt. Joya, es tut mir leid, doch ich denke, dein Mangel an Kampffertigkeiten könnte ein Hindernis für sie sein. Ich bitte dich, mit mir, Els und Finlay zu Jamie zurückzukehren. MacLintock-Land ist näher an Lorn, also werden wir zuerst dorthin gehen, um weitere Krieger zu versammeln. Ich würde gerne hoffen, dass es uns gelingen wird, Branwen und Kyla vor dem vereinbarten Treffen zu retten, doch wenn es uns nicht gelingt, müssen wir planen, nach Lorn zu gehen. Wir dürfen nicht verlieren. Wir müssen beide rausholen, bevor wir zum Austausch gehen. Ich fürchte, an diesem Treffen teilzunehmen, könnte uns viele Leben kosten. Sie werden viel mehr Männer mitbringen, weil sie bei unserer vorherigen Begegnung so viele verloren haben."

Papa seufzte und warf einen Blick auf die jüngere Gruppe, obwohl Sorcha und Cailean seinem Alter näher waren. „Ich würde streiten,

Alexander, doch Cailean ist ein ausgezeichneter Schwertkämpfer, viel stärker als ich. Und er wird objektiver sein als ich. Großvater hat Recht."

Alick warf einen Blick auf die Gruppe, der er zugewiesen worden war – Dyna, Sorcha und Cailean – und sagte: „Lasst uns reiten. Wir müssen sie finden, bevor sich die anderen mit den Kriegern von Onkel Jamie treffen. Ich möchte, dass Mama und Branwen sicher vor Kämpfen sind. Ich schlage vor, wir gehen zurück zur Burg und warten, bis die Reiter abgerückt sind. Wir halten uns von den Wegen fern und sollten sie bald abfangen können."

Alick fügte hinzu: „Wir gehen also zurück zur Burg, weil ich glaube, dass die kleine Gruppe nach der großen losreiten wird."

„Ganz meine Meinung", sagte Dyna. „Auf geht's."

Sie lösten sich von den anderen, und Segenswünsche hallten durch die Nacht. Eine Weile später kamen sie zu einem Bach und einer kleinen Schlucht, und Dyna sagte: „Da ist ein einsamer Reiter. Ihr nehmt jene Seite der Schlucht", sagte sie, „und Sorcha und ich werden diese Seite nehmen, weil wir aus diesem Winkel besser schießen können, wenn es nötig wird."

Alick hatte niemanden näherkommen gehört, doch er tat, was sie vorgeschlagen hatte. Cailean sah ihn an und flüsterte: „Ich höre nichts."

„Frag nicht", sagte Alick mit einem Lächeln. „Sie hat immer Recht."

Sie schlüpften mit ihren Pferden zwischen die

Bäume und versteckten sich.

Dyna war die Schlucht hinaufgestiegen, damit sie auf den Reiter hinunterblicken konnte. Als er sich Dynas Position näherte, erhaschte Alick einen Blick auf sein Gesicht. Alick hätte seine Cousine fast angeschrien, weil er den Mann erkannt hatte.

Doch es war zu spät, Dyna war bereits vom Baum gesprungen. Sie landete direkt auf ihm, riss ihn vom Pferd und rollte mit ihm die Schlucht hinunter.

Als sie endlich anhielten, blickte der Mann zu Dyna auf, als sie sich auf seiner Brust abstützte, um aufzustehen. „Was in aller Welt? Warum bist du allein hier draußen, Corbett?", fragte sie. Doch sie wirbelte herum und ging weg, bevor er antworten konnte. Alick wusste warum. Wenn sie es nicht getan hätte, hätte sie ihn wahrscheinlich geschlagen. Sie hatten eine seltsame Beziehung. Derric starrte Dyna mit einem breiten Lächeln im Gesicht nach, und seine Worte wehten zu Alick und Cailean hinüber.

„Das ist ein sehr hübscher runder Arsch, den du da hast, Dyna. Bitte komm zurück."

Dyna drehte sich schnell um und hatte bereits den Bogen im Anschlag und einen Pfeil gespannt. „Das tue ich mit jedem Mann, der so zu mir spricht, Corbett."

Derric stand auf, wischte die Blätter und den Schmutz von seiner dunklen Hose und sagte: „Du würdest mich nie erschießen, Dyna. Du magst mich zu sehr." Dann wagte er es, ihr zuzuzwinkern.

Dyna wirbelte herum und ging davon.

KAPITEL EINUNDZWANZIG

„WARUM BIST DU hier, Corbett?", fragte Alick überrascht.

Derric schlenderte herüber und sagte: „Ich reise immer noch mit König Robert. Uns hat Nachricht erreicht, dass jemand eine von Grants Enkelinnen entführt hat." Er wurde ziemlich ernst, und der selbstgefällige Blick verließ sein Gesicht. „Dyna ist die Einzige, die ich kenne, also habe ich befürchtet, dass sie es sein könnte. Ich bin gekommen, um dir zu helfen, sie zurückzuholen. Offensichtlich ist sie es nicht, also wen haben sie?"

„Seine Tochter, meine Mutter", antwortete Alick.

Dyna sah ihn ungläubig an. „Du bist meinetwegen hier? Das glaube ich dir nicht." Sie verschränkte die Arme und starrte ihn an. „Die Pferdekacke, die von deinen Lippen kommt, ist mehr als ich verkraften kann."

„Glaub, was du willst. Ich habe gerade eine Einheit von fast achtzig Kriegern passiert, die in Richtung Süden unterwegs ist. Ich hoffe, ihr vier habt nicht vor, ihnen nachzugehen."

„Nein", antwortete Alick, „doch die Männer, nach denen wir suchen, werden in einer kleineren Gruppe reiten und dürften ihnen folgen. Sie haben meine Mutter und jetzt auch noch meine Gemahlin. Sie wollen sie gegen meinen Großvater eintauschen, doch zuerst wollen sie ihn dazu bringen, unsere Krieger zu beschwören und sie gegen Robert the Bruce zu führen. Unser Ziel ist es, beide Frauen zurückzuholen, bevor das geschieht. Wir hoffen, sie aufzuhalten, bevor sie dort ankommen, wo der Austausch stattfinden soll, sie zu überraschen und dabei in ein paar Ärsche zu treten."

„Es braut sich eine Schlacht zusammen", sagte Derric. „Robert will den Rest der Schotten in den westlichen Highlands an seine Seite bringen. Thane ist nicht der Einzige, der sich gegen ihn gestellt hat."

„Wie viele seid ihr?"

„Nicht viele, doch diejenigen, die noch übrig sind, sind stark. Sobald ihr deine Mutter und deine Gemahlin zurückgeholt habt, wären wir für eure Hilfe dankbar." Er hielt inne und fügte dann hinzu: „Wie geht es meiner Schwester? Els sollte sie besser gut behandeln."

„Sie sind beide bei Großvater. Er wird mehr Männer von MacLintock Castle holen, bevor er zum Treffpunkt unweit von Lorn reitet."

Derric pfiff. „Dahin ist Bruce auch unterwegs. Jeder kennt die Macht der Grants. Wenn sie sich gegen uns stellen, sind wir alle tot."

„Du glaubst doch nicht, dass unsere Lairds unseren Männern tatsächlich befehlen würden, gegen Bruce zu kämpfen, oder?", fragte Alick. „Wenn ja, denk nochmal. Großvater ist ein Mann von Ehre."

„Wohl wahr, doch deine Gemahlin und Mutter sind in Gefahr. Sie haben zwei wichtige Frauen ausgewählt. Ich werde euch helfen, wenn du es mir erlaubst."

Alick warf einen Blick auf die anderen, sah Dynas finsteres Gesicht und sagte: „Wir freuen uns über deine Hilfe. Das sind meine Cousine Sorcha Ramsay und ihr Gemahl Cailean, ebenfalls vom Clan Ramsay."

„Ramsays", sagte Derric, bewegte unvermittelt seine Hand in Richtung seines Schritts und warf Dyna einen Blick zu. „Ja, ich habe von euch gehört."

Jeder hatte von Gwyneth Ramsay und ihrer Vorliebe gehört, bösen Männern in die Leistengegend zu schießen.

Cailean fragte: „Wo hast du die Krieger gesehen, und wie lange ist es her?"

„Ein kurzer Ritt südlich von hier."

„Dann gehen wir dorthin", sagte Alick. „Die Gefangenen werden wahrscheinlich nicht weit hinter ihnen folgen." Er sehnte sich danach, Branwen wiederzusehen, sie in seinen Armen zu halten und sie in Sicherheit zu wissen. Sein Eifer, seine Mutter zu retten, hatte nicht nachgelassen, doch Branwen auf diese Weise zu verlieren – zusehen zu müssen, wie diese Männer sie weggezerrt hatten, und dass er sie nicht hatte aufhalten können – hatte sein Herz auf ganz andere Art schmerzen lassen.

„Weis uns den Weg", sagte Dyna.

Derric grinste. „Doch ich bin lieber hinter dir, weil du den süßesten Arsch hast."

Cailean warf ihm einen finsteren Blick zu und räusperte sich. „Ich bin mit einer Ramsay verheiratet. Die Mutter meiner Gemahlin ist Gwyneth, von der du offensichtlich gehört hast. Du weißt es vielleicht nicht, doch was du gerade gesagt hast, kommt bei Ramsay-Frauen nicht gut an. Oder bei einem Mädchen, das von einer trainiert wurde."

„Ich würde jeden Tag gegen Dyna kämpfen", sagte Derric gedehnt.

„Ich weiß, du findest das amüsant", sagte Sorcha, „doch Cailean hat Recht. Wenn du so etwas noch einmal sagst, werde ich meinen Mann bitten, dich festzuhalten, damit Dyna leichter schießen kann."

Dyna sah ziemlich selbstgefällig aus und verschränkte die Arme, während sie Derric anstarrte.

„Ich scherze nur, Mädchen", sagte er mit einem Augenzwinkern. „Ich ziehe dich auf, weil es Spaß macht, dich aufzuziehen."

„Ich verstehe", sagte Alick, „doch jetzt ist nicht die richtige Zeit. Spar dir das für später. Du hältst uns auf."

„Ich werde meine Zunge im Zaum halten. Folgt mir." Er warf Dyna einen kurzen Blick zu, doch er zwinkerte nicht und hob nicht die Brauen – er sah sie nur einfach an. Sobald er anfing sich zu bewegen, folgten sie ihm.

Alick erlaubte sich, Hoffnung zu empfinden.

Wenn alles gut ging, würde er seine Frau schon sehr bald in seinen Armen halten. Und er könnte sie seiner Mutter hier draußen in der Wildnis vorstellen.

Wie sehr er sich da jedoch irrte.

Kyla Grant saß an die kalte Steinmauer gelehnt, ein Plaid um sich gewickelt, um sich zu wärmen. Das Kleid, das sie trug, musste das sein, in dem sie angekommen war, denn es war verschmutzt. Doch das war egal – schmutzige Kleidung und dunkler Kerker, diese Frau war schön und besaß eine majestätische Ausstrahlung.

Als hätte sie Branwens Gedanken gelesen, sagte sie: „Ich sehe normalerweise nicht so aus, doch sie halten mich schon seit ein paar Tagen hier gefangen. Ich bin mir nicht sicher, ob ich überhaupt weiß, wie lange. Bevor wir weiter darüber sprechen, sag mir bitte, wer ihr seid und warum ihr hier seid."

Sie hob ihr Kinn, sobald sie ihren Satz beendet hatte, als forderte sie sie heraus, ihre Worte in Frage zu stellen.

Sie taten es nicht.

Branwen sagte: „Ich bin Branwen Denton."

Kyla schnappte nach Luft. Die Tatsache, dass Alick seiner Mutter klar von ihr erzählt hatte, gab ihr den Mut, fortzufahren.

„Ich habe Euren Sohn Alick geheiratet."

„Mein Gott. Es ist schön, dich zu sehen, Mädchen, egal unter welchen Umständen. Ich muss länger weg gewesen sein als ich dachte, wenn

Alick dich bereits geheiratet hat. Vielleicht hat mich jemand auf den Kopf geschlagen. Wer ist das bei dir? Dein Vater?"

„Nein, das ist unser Stallmeister, Jep. Stört es Euch, wenn ich mich setze? Ich muss zugeben, dass meine Beine immer noch ein wenig von all dem, was passiert ist, zittern."

„Bitte. Ich sehe, du trägst Ramsay-Hosen, das beste Kleidungsstück der Welt. Die werden dir helfen, warm zu bleiben. Bitte erzähl mir, wie du hierhergekommen bist und wie es meinem Sohn geht. Und wie ihr so schnell geheiratet habt."

Jep warf Branwen einen Blick zu und nickte. „Du solltest zuerst sprechen. Ich weiß wenig darüber, wie du an diesem Abend auf die Burg gekommen bist, doch ich kann euch beiden sagen, was hier vor sich geht, nachdem sie ihren Teil erklärt hat."

Branwen setzte sich und lehnte sich gegen eine Holzwand, damit sie die Frau gegenüber sehen konnte. „Milady, Eurem Sohn geht es gut. Wir sind hergekommen, um Euch zu retten. Ich wurde in einer anderen Zelle festgehalten, als sie Euch hierher gebracht haben, obwohl ich keine Ahnung hatte, wer Ihr wart, weil sie Euch einen Trank gegeben hatten, um Euch zum Schlafen zu bringen. Dyna half mir am nächsten Tag zu fliehen. Wir sind nach MacLintock Castle gegangen. Euer Bruder Jamie und Euer Mann kamen mit vielen Kriegern an. Sie wussten nur, dass wir den Austausch, Euch für Euren Vater, in Glasgow vornehmen sollten – die Engländer hatten ihnen keine weiteren Informationen gegeben. Niemand wollte warten, also sind wir sofort nach Glasgow aufgebrochen in der Hoffnung, dort weitere Informationen zu finden. Während wir dort waren, haben wir einige Männer gehört, die von einer Gefangenen im Norden sprachen. Dann kam mir alles in den Sinn. Dann sind wir direkt nach Thane Castle gekommen."

„Thane Castle? Ich habe mich gefragt, wo ich bin." Sie zog das Plaid fester um sich, Tränen ließen ihre Augen glänzen, selbst im Dunkeln. „Mein Vater? Wie geht es ihm? Und meinem Gemahl?"

„Sie sind beide gesund."

Kyla nickte. „Sprich weiter. Wie bist du hierher zurückgekommen, und wo sind die Grants jetzt?"

„Wir sind zusammen gekommen, haben uns jedoch aufgeteilt. Wir haben Jamie mit den Kriegern in einiger Entfernung zurückgelassen, um keinen Verdacht zu erregen. Alexander, Finlay, Alick, Els, Joya und Dyna sind mit mir zur Burg gekommen. Cailean und Sorcha Ramsay kamen mit einer Nachricht zu uns, die sie abgefangen hatten, dass der Austausch in der Nähe von Lorn stattfinden soll. Dyna und ich haben uns von den anderen getrennt, um hierherzukommen. Wir wollten uns mit Jep treffen und ihn um Hilfe bitten, um Euch zu retten. Doch wir wurden erwischt." Sie sah Jep an. „Es tut mir leid, dass ich dich da hineingezogen habe."

„Mädchen, entschuldige dich nicht dafür, dass du das Richtige getan hast. Ich habe mich gefragt, warum dein Vater die letzten Tage so viel Zeit im Stall verbracht hat. Anscheinend hat er angenommen, dass du zurückkommen würdest."

„Und die Heirat?", fragte Kyla. „Wann hat die stattgefunden?"

„Vergebt mir. Als Alick und Dyna nach MacLintock Castle gegangen sind, kam Alick zuerst hierher, um meinen Onkel um meine Hand zu bitten. Er hatte meinen Vater in Eurer Burg darum gebeten, doch er hat ihn abgelehnt. Er hat verlangt, dass ich stattdessen Osbert Ware heirate."

„Davon habe ich gehört. Also hat dein Onkel zugestimmt?"

„Nein, doch er sagte, er würde darüber nachdenken und mit meinem Vater reden. Doch als Alick und ich spazieren gegangen sind, sind wir auf eine Kapelle gestoßen und haben beschlossen, dass es am besten wäre, sofort zu heiraten, anstatt zu riskieren, getrennt zu werden. Also haben wir es getan. Bitte vergebt uns, dass wir es allein gemacht haben, doch die Umstände ... Mein Vater glaubt, dass es ihm gelungen ist, mich mit Osbert Ware zu verheiraten, doch ich war bereits verheiratet. Ich konnte ihm vor Einbruch der Dunkelheit entkommen. Gott sei Dank haben Alick und ich geheiratet, als wir es getan haben, sonst würde ich jetzt mit einem alten Mann mit sechs Kindern verheiratet sein. Ich hoffe, Ihr könnt uns vergeben."

„Mein liebes Kind, ich lebe in den Highlands", sagte Kyla mit einem herzlichen Lächeln. „Ich kenne viele schnelle Ehen und Handfeste. Ihr habt getan, was ihr tun musstet. Willkommen im Clan Grant, Tochter." Sie griff nach Branwens Hand und drückte sie. „Ich hatte gehofft, mein Sohn würde eine wundervolle Frau finden, und es scheint, als hat er genau das getan."

Branwen wollte die Frau umarmen, doch stattdessen drückte sie ihre Hand und sagte: „Ich danke Euch. Ich liebe Euren Sohn sehr. Wir haben schnell geheiratet, doch wir wussten beide, was unsere Herzen wollten."

„Wer hat euch verheiratet? Ich kenne die meisten Priester in den Highlands", sagte Kyla.

„Pater MacKenzie. Ich war überrascht, dass er dort war, weil ich ihn eine Weile nicht gesehen habe, doch wir kennen uns schon lange. Er hat zugestimmt, uns wegen des Krieges ohne Zeugen zu verheiraten."

Kyla keuchte. Etwas blitzte in ihren Augen, und sie und Jep tauschten einen Blick aus.

„Was ist?", fragte Branwen. „Kennt Ihr ihn?" Warum reagierten sie so seltsam?

Für einen Moment herrschte Stille in der Zelle, und dann sagte Kyla schließlich: „Ich kannte ihn, als er noch am Leben war. Ich habe gehört, dass er vor zwei Monden von uns gegangen ist."

Branwen erstarrte, und ihr Blick wanderte langsam von Kyla zu Jep. Sie wusste, dass der Priester krank gewesen war, doch sie hatte nicht daran gedacht, ihn in der Kapelle danach zu fragen. Er hatte so gut ausgesehen. Sie hatte nichts von seinem Tod gehört. „Jep?"

„Pater MacKenzie war der Lieblingspriester deiner Mutter. Sie hat ihn verehrt und ..."

Er starrte an die Decke, bevor er seinen Blick wieder auf Branwens richtete. „Ich habe auch gehört, dass er gestorben ist."

„Vielleicht war das ein Verwandter von dem, den wir kennen", sagte Kyla und warf einen Blick in Jeps Richtung, der hastig nickte. „Brüder sehen sich manchmal sehr ähnlich."

Branwen war zu erschöpft, um sich zu streiten. Sie hatte ihn mit eigenen Augen gesehen, ihm zugehört und seine Hand gehalten. Der Mann war eindeutig nicht tot. Sie mussten falsch gehört haben.

Jep zog einen Haferkuchen aus der Tasche und bot ihn Kyla an. „Sie haben Euch wahrscheinlich nicht viel zu essen gegeben. Darf ich Euch einen Bissen anbieten?"

Kylas Hand hob sich zu ihrem Kopf und massierte ihre Schläfe. „Ich habe keinen Hunger, doch ich danke dir. Augenblick – Dyna. Was ist mit Dyna, und wo sind die anderen?"

„Alick ist uns gefolgt." Sie hielt einen Moment inne. „Ich sollte erklären, dass Euer Vater gesagt hat, dass weder Euer Mann noch Euer Sohn mit uns gehen sollten, weil sie zu emotional wären. Finlay und Alick waren sich einig, sind uns jedoch ein kurzes Stück gefolgt, um uns zu helfen, sobald wir Euch aus der Burg bringen konnten. Sie haben unsere Pferde bewacht. Doch Alick kam zu nahe, also ging Dyna zurück, um zu sehen, was er wollte. Da hat mich mein Vater gepackt und mich in den Stall gezogen."

Kyla lächelte. „Das sind gute Nachrichten."

„Sind es?", fragte sie ungläubig. Die einzige

gute Nachricht, die sie aus der Situation ziehen konnte, war, dass Kyla sich freute, sie als Tochter zu haben.

„Ja. Dyna und Alick wissen beide, dass er dich in die Burg gebracht hat, und sie sind wahrscheinlich zu meinem Vater und den anderen zurückgekehrt. Sie werden uns hier herausholen. Sie wissen jetzt genau, wo sie uns finden können."

Jep räusperte sich. „Nun, das könnte ein Problem sein."

Sie drehten sich beide zu ihm um. Branwen hatte keine Ahnung, was er meinte.

„Sie versammeln Männer, um Bruce in Lorn zu finden. Sie erwarten auf dem Weg eine große Anzahl von Kriegern. Ich habe erst vor ein paar Stunden davon gehört. Es waren mehr Krieger als sonst auf der Burg, einige von ihnen Engländer, doch ich wusste nicht warum. Jetzt habe ich gehört, dass Robert the Bruce nach Lorn unterwegs ist. Scheint, als würde er Rache an den Männern suchen, die seiner Familie Leid zugefügt haben. MacDougall, Galloway, Ross und andere. Hat Thane etwas getan, um Bruce zu beleidigen?" Er hielt inne, und als keiner von ihnen etwas sagte, fuhr er fort: „Ich habe ziemlich viel Streitigkeiten zwischen Thane und deinem Vater gehört, Branwen. Ja, deine Ehe hat vielleicht etwas davon verursacht, doch ich habe oft den Namen von König Edward gehört. Vielleicht geht es um den neuen König. Ich weiß nicht, was hier vor sich geht, doch die Dinge ändern sich. Die meisten Männer denken, dass sie nur in einen Kampf ziehen werden, doch es gibt noch einen anderen Plan."

„Das kann ich mir vorstellen", sagte Kyla trocken. „Sie haben vor, meinen Vater und meine Brüder zu zwingen, die Armee der Grants einzusetzen, um gegen Robert the Bruce zu kämpfen."

Sie wurden von der Stimme einer Wache außerhalb der Zelle unterbrochen. „Auf mit euch. Ihr kommt alle mit uns."

Branwen stand auf, doch Jep trat vor sie. Kyla stand hinter ihr und drückte ihren Ellbogen. „Du wirst sehen", flüsterte sie. „Wir gehören dem stärksten Clan der Highlands an."

Oh, wie sie betete, dass Kyla Grant Recht hatte!

KAPITEL ZWEIUNDZWANZIG

ALICK WÜNSCHTE SICH, sie hätten einen anderen Weg eingeschlagen, doch Dyna hatte darauf bestanden, dass dies der beste war.

„Verflucht, wir sind hier falsch", fluchte er und sah sich um. Er hatte ein schlechtes Gefühl, was den Pfad anging, den seine Cousine gewählt hatte. Sie hatten nicht viele Nachzügler gesehen, und wenn Männer in die Schlacht zogen, folgten ihnen oft andere, die sich dem Kampf anschließen oder ihn beobachten wollten.

„Glaubst du?", fragte Dyna und hob eine Augenbraue.

Sie hörte das Getrappel vieler Hufe, das vom Wind über die Wiese getragen wurde und näher und näher kam.

„Wo zum Teufel sind sie so schnell hergekommen?", fragte er und drehte sein Pferd herum, um es in den Wald zu lenken und sich zu verstecken.

Die anderen folgten ihm zurück in den Wald, wo sie über die Gruppe von Wachen hinausschauten, die über die Wiese trampelten.

Derric stieg ab und führte sein Pferd zu einem

kleinen Bach, der fast verborgen war, bis auf das Geräusch des sprudelnden Stroms, ein süßes Geräusch, das die Tiere beruhigte. Dyna tat dasselbe und führte ihr Pferd neben seines.

Derric warf ihr einen Seitenblick zu und sagte: „Du liebst es, immer Recht zu haben, nicht wahr?"

Sie kicherte und hob ihr Kinn. „Du wärst weise, dich daran zu erinnern."

Alick brachte Shadow zum Trinken an den Bach. Er ignorierte ihr Geplänkel, doch sie machten weiter.

Derric kniff die Augen zusammen. „Du hast öfter Recht als die meisten anderen. Warum ist das so?"

„Weil ich der Klügste bin?"

„Nein, das ist nicht der Grund. Etwas ist anders an dir."

Die Bemerkung überraschte Alick. Derric war dreist und mehr als selbstsicher, und dennoch sah er Dyna klarer als die meisten anderen. Er wusste, dass sie etwas Besonderes war, wenn er auch nicht wusste wie besonders.

Er spritzte sich Wasser ins Gesicht und gesellte sich dann zu Cailean und Sorcha, die die vorbeiziehenden Krieger beobachteten.

„Wie lange sollen wir warten?", fragte Sorcha.

Dyna antwortete ihr, als sie zurück zu ihnen ging. „Nicht lange, dann werden die Gefangenen hier vorbeikommen", sagte sie.

Derric näherte sich ihr. „Wie machst du das?"

„Was meinst du?", fragte sie und zuckte mit den Schultern.

„Woher weißt du, was passieren wird, bevor es passiert?"

„Du meinst, woher weiß ich, dass du gleich zu Boden gehst?"

„Ja", sagte Derric, als Dyna ihr Bein hinter seines hakte und gegen seine Brust stieß.

„Weil ich es geplant habe. Mehr ist es nicht. Lerne vorauszuplanen."

Der Rest der Gruppe lachte, doch Derric sprang gleich wieder auf. „Sehr lustig, Diamant, doch ich meine andere Dinge, und du weißt das. Woher wusstest du, dass diese Pferde kommen?"

„Diamant? Warum nennst du mich so?" Ein Teil ihrer Forschheit war von ihr verschwunden, und ihre Wangen waren sanft gerötet.

„Weil dein Haar so hell ist wie ich es sonst bei niemandem gesehen habe. Es strahlt wie ein Diamant. Und …"

„Stört dich sein Gerede, Dyna?", fragte Alick, da er sah, dass sie sich unwohl fühlte.

„Nein, es stört mich nicht. Er kann mich nennen, wie er will, weil mir seine Meinung nicht wichtig ist, doch bitte beende deine Argumentation. Und was sonst …"

„Weil du hart bist wie ein Diamant", fuhr Derric fort. „Doch die Meinung eines anderen *ist* dir wichtig ... Wessen?" Er folgte ihr und kitzelte ihren Hals mit seinen Fingern, etwas, von dem Alick vermutete, dass sie es nicht tolerieren würde. „Wer ist es? Bist du jemandem versprochen? Ist er es, um den du dich sorgst, Diamant?"

Sie wirbelte herum, die Hände in die Hüften gestemmt. „Es gibt nur zwei Männer, deren

Meinung mir wichtig ist."

„Zwei? Oh, was für ein gewagter Gedanke! Welche zwei?"

„Mein Vater und mein Großvater. Diese zwei."

„Aber Dyna, meine ist dir auch wichtig, oder nicht?", fragte Alick. Er kannte die Antwort, doch sie würde es nie zugeben, und er hatte nicht vor, sie weiter zu drängen – er wusste es besser, auch wenn Derric es nicht tat. Stattdessen ging er in Richtung Waldrand, um durch die Bäume zu spähen. „Es kommen nur noch Nachzügler. Bald kommen meine Gemahlin und meine Mutter."

„Ich wette, sie führen ein höchst interessantes Gespräch", bemerkte Cailean.

Alick wirbelte herum und sah ihn an. „Was meinst du?"

„Sie dürften über dich plaudern, denkst du nicht?", fragte Cailean und sah Sorcha an, die zustimmend nickte.

„Sind sie einander schon begegnet?", fragte sie.

„Nein. Als Branwen auf Grant Castle war, war meine Mutter krank und im Bett. Wir haben bald danach in Eile geheiratet."

Dyna sagte: „Vergiss nicht, dass Jep bei ihnen ist."

„Ja, und sie dürfen vielleicht nicht reden." Cailean warf ihm einen Blick zu. „Wir müssen auch die Möglichkeit in Betracht ziehen, dass sie nur deine Mutter mitbringen. Sie könnten Branwen in der Burg gelassen haben."

Alick fluchte. Das war ihm nicht in den Sinn

gekommen. Er wünschte sich nur, dass es einmal leicht sein würde.

Die Wachen führten sie zu den Ställen, sperrten sie ein und gingen. Überall brannten Fackeln, also wusste Branwen, dass etwas passieren würde. Fast alle Pferde waren aus den Ställen geholt worden.

Sie waren nicht lange dort, bevor Branwens Vater kam. „Wir brechen in Kürze auf." Sie dachte, sie wäre einer Ohrfeige ihres Vaters entkommen, weil er es so eilig zu haben schien, doch dann blieb er stehen und kehrte zu ihr zurück. Er packte sie und schlug ihr ins Gesicht.

„Ich will das Geld, das Osbert mir für dich versprochen hat", spie er. „Wenn das hier vorbei ist, bringe ich dich zu ihm."

Nachdem er sie von sich gestoßen und wieder alleingelassen hatte, sagte Kyla: „Dein Vater ist kein guter Mann, oder?"

„Nein, und er ist noch schlimmer geworden, nachdem Mama gestorben ist."

„Wie bist du mit dem Earl verwandt?"

„Meine Mutter war seine Schwester, doch sie ist vor zwei Jahren gestorben. Ich weiß, dass sie sich über meinen Onkel ärgern würde, weil er meinem Vater erlaubt hat, mich mit Osbert Ware zu verheiraten."

„Oh, und wie sie sich aufregen würde", sagte Jep überraschend energisch.

„Sprich weiter", bat Kyla.

Und so erzählte sie ihre Geschichte, angefangen bei ihrer erzwungenen zweiten Hochzeit mit Osbert Ware und wie sie und Lora ihm entkommen waren. Sie beendete die Geschichte mit ihrer Gefangennahme und der Rettung durch Dyna.

„Du hast Alick geheiratet", sagte Jep. „Dein Vater, was für ein Bastard er auch ist, kann das nicht leugnen."

Wie sehr sie Jep liebte. Er hatte sie immer unterstützt. Ohne ihn und Fia wäre sie in den letzten Jahren verloren gewesen. Sie schenkte ihm ein Lächeln und sagte: „Ich danke dir für all deine Hilfe. Du hast mich immer mehr geliebt als mein eigener Vater."

Jep wurde rot und starrte auf seine Hände.

Kyla blickte interessiert zwischen den beiden hin und her und sagte dann: „Ich wage etwas zu beobachten, das ich erwähnen sollte, doch deine Augen sind vom prächtigen Grün des Waldes, Branwen. Die Augen deines Vaters sind braun. Welche Farbe hatten die Augen deiner Mutter?"

„Die Augen meiner Mutter waren blau. Ich habe immer gehofft, dass sich meine ändern würden, doch das haben sie nie getan. Meine Mutter hat meine grünen Augen geliebt, doch mein Vater hätte es vorgezogen, wenn sie blau gewesen wären. Deshalb habe ich mir gewünscht, sie würden sich ändern. Ich dachte, er könnte mich dann mehr lieben."

„Wir haben einen sehr großen Clan, besonders wenn wir die Ramsays miteinbeziehen. Die Ramsays haben überwiegend grüne Augen, während unsere blau und grau sind. Die meisten Babys haben blaue Augen, wenn sie geboren werden, doch dann ändern sie sich normalerweise in die Augenfarbe eines Elternteils. Also waren die deiner Mutter blau und die deines Vaters braun. Ich habe noch nie ein grünäugiges Kind ohne einen grünäugigen Elternteil gesehen. Vielleicht würde ich mir nichts dabei denken, doch dein Vater zeigt sich dir gegenüber so hasserfüllt. Verzeih mir, wenn ich mich in etwas einmische, das mich nichts angeht, doch du gehörst jetzt zu meiner Familie, Branwen, und ich neige dazu, meine Verwandten zu beschützen."

Branwen hatte keine Ahnung, worauf Kyla hinauswollte, darum sagte sie nichts und wartete ab, ob sie sich erklären würde. Stattdessen richtete Kyla ihren Blick auf Jep.

„Branwen, deine Augen sind von derselben Farbe wie die von Jep. Solch ein schönes Grün."

Jep sprang auf die Füße und sah äußerst unbehaglich aus.

„Er hat Branwen zweimal in den Kerker geworfen, Jep", sagte Kyla. „Warum sagst du ihr nicht jetzt die Wahrheit? Eure Augenfarbe ist sehr auffällig."

Branwen starrte Jep nur an. „Welche Wahrheit?"

„Ihre Mutter ist tot", sagte Kyla. „Sie verdient es, die Wahrheit zu erfahren."

Jep zappelte, als wollte er aus der Haut fahren. „Ich habe es geschworen. Ich werde verbannt und ..." Er stammelte zusammenhanglos, doch dann schüttelte er den Kopf und sagte: „Vielleicht habt Ihr Recht. Branwen, ich bin dein

Vater."

Branwen erstarrte und stand dann auf. Sie verstand nicht, was vor sich ging. Jep war ihr Vater? Wie konnte das sein?

Jep sagte: „Es tut mir leid, dass ich so lange nichts gesagt habe, doch dein Vater hat gedroht, mich wegzuschicken, wenn ich nicht schweige, und ich wollte dich aufwachsen sehen. Ich habe deine Mutter geliebt und ihr versprochen, dass ich immer auf dich aufpassen werde."

Branwen starrte Jep an.

Kyla legte einen Arm um ihre Schulter und sagte: „Ich weiß, es ist ein Schock für dich, doch wenn du darüber nachdenkst, wirst du sehen, dass es so am besten ist. Du verstehst jetzt, warum der Mann, den du für deinen Vater gehalten hast, dich so schlecht behandelt hat."

Jep setzte sich wieder und sagte: „Ja, er hat erst vor zwei Jahren die Wahrheit erfahren."

Ihre Welt hatte sich plötzlich grundlegend verändert.

Sie wusste nicht, was sie sagen sollte.

KAPITEL DREIUNDZWANZIG

„ICH HÖRE HUFSCHLÄGE", sagte Alick und richtete sich auf. „Wer ist es, Dyna?" Er brauchte ihre Fähigkeiten als Seherin jetzt mehr denn je.

Dyna trat aus dem Gebüsch, als könnte sie dadurch klarer sehen. Einen Moment später sagte sie: „Sie sind aus Thane Castle, doch die Gefangenen sind nicht bei ihnen."

„Wie viele?", fragte Cailean.

Dyna starrte in die Ferne, wirbelte herum und sagte: „Ich denke zehn. Die erste Gruppe soll alle Räuber ausschalten. Hauptsächlich Engländer. Kyla, Branwen und ihr Vater sind in der nächsten Gruppe."

Derric schnaubte. „Du hast dich geweigert, meine Frage zu beantworten, woher du Dinge weißt, und jetzt soll ich glauben, dass du nicht nur weißt, dass Krieger kommen, sondern auch, wie viele?"

„Was?"

„Leicht genug zu sehen, ob sie Recht hat", sagte Cailean. „Ich kann immer noch nichts hören und bin schon immer ein guter Jäger gewesen. Wenn sie Recht hat, werde ich ihr immer glauben." Dann warf er Derric einen Blick zu und grinste. „Manche Leute sind jedoch Dummköpfe."

Dyna, die ihren Austausch bisher ignoriert hatte, sagte: „Sorcha, komm hier rüber. Die Bäume hier sind am einfachsten zu besteigen."

Sie nahmen ihre Bögen und ließen sich in den Bäumen nieder, während Alick Cailean und Derric anwies, wo sie sich positionieren sollten. „Wenn es nicht mehr als zehn sind, sollten wir sie überwältigen können. Fünf von uns gegen zehn von ihnen."

„Wenn deine Mutter nicht bei ihnen ist, warum dann?", fragte Sorcha. „Sollten wir sie nicht einfach passieren lassen?"

Alle anderen drehten sich um und starrten sie an, als hätte sie etwas Unheiliges gesagt.

„Sorcha, das sind Engländer", sagte Alick, als wäre das Antwort genug – und das war es wirklich.

Derric fügte hinzu: „Töte sie, bevor sie dich töten."

„Sie könnten langsamer weiterziehen oder sich überlegen, zurückzufallen, um die nächste Gruppe zu schützen", fügte Cailean hinzu.

Dyna sagte: „Diese Männer gehören zu den Leuten, die vorhaben, unseren Clan in Lorn zu konfrontieren. Wenn wir sie töten, helfen wir unserer Familie. Die erste Gruppe war zu groß für uns."

Cailean grinste. „Dieses Zahlenverhältnis liebe ich allerdings."

Die drei Highlander bestiegen und versteckten ihre Pferde zwischen den Bäumen. Alick wartete auf einer Seite des Weges, während Derric und Cailean auf der anderen Seite blieben. Wenig später traf die Gruppe ein. Keiner der Männer trug einen Thane-Tartan, doch Alick war enttäuscht, dass Dyna Recht hatte.

Es gab keine Gefangenen, nur zehn Krieger, alles Schwertkämpfer.

Er stieß seinen Kriegsschrei aus und stürmte aus den Bäumen, um sie anzugreifen. Drei Männer gingen mit Pfeilen in der Brust zu Boden, bevor er den nächsten Krieger erreichte. Shadow war bereits auf den Kampf eingestellt und wollte sich ins Getümmel stürzen, doch Alick hielt ihn zurück. Er musste zuerst zwei der nächstgelegenen Feinde ausschalten.

Mit einem gut gezielten Hieb schlitzte er den Bauch des ersten Kriegers auf, und der Mann fiel von seinem Pferd. Er sah, dass Cailean in derselben Zeit, in der er sein zweites Ziel verfolgte, auf das Schwert des Mannes einhieb und ihn von seinem Pferd zwang, zwei Feinde tötete. Sobald er auf dem Boden aufschlug, durchbohrte ein Pfeil seinen Hals. Derric kämpfte gegen einen anderen Krieger und erledigte ihn in kurzer Zeit.

Damit blieben vier Männer übrig, was bedeutete, dass Dyna zwei Krieger nicht vorhergesehen hatte. Er ging einem von ihnen nach und beschloss, Shadow seinen Spaß zu lassen. Auf sein Zeichen hin erhob sich das große Tier auf seine Hinterbeine, und seine Hufe fielen auf das Reittier des anderen Kriegers und rissen

Mann und Pferd zu Boden.

Dann brach Chaos aus. Das Pferd rappelte sich auf, ging durch und versuchte verzweifelt zu fliehen. Die anderen beiden Männer hatten Mühe, ihre Pferde zu kontrollieren, was es Cailean leicht machte, einen zu töten, während Derric sich dem anderen widmete. Ein weiterer Pfeil traf den Mann, der vom Pferd gestoßen worden war.

Die Pferde der Angreifer waren nervös und scharrten mit den Hufen. Wären die Umstände anders gewesen, hätten sie die Tiere einfach laufen lassen können, doch die verängstigten Pferde konnten zurück zur Burg laufen rennen und der nächsten Gruppe verraten, dass ein Hinterhalt vor ihnen lag.

Derric stieß einen Pfiff aus, einen Laut, wie Alick ihn noch nie gehört hatte, doch die meisten Pferde schenkten ihm ihre Aufmerksamkeit. Er sprang von seinem Tier und schritt in die Mitte der nervösen Tiere, redete ruhig auf sie ein und ergriff ihre Zügel.

Alick zog Shadow von den anderen Tieren weg und ließ Derric Raum, um das zu tun, was nötig war. Alasdair würde sicher gerne die zehn Tiere haben, die die Engländer zurückgelassen hatten.

Es dauerte eine Weile, doch bald hatte Derric die Tiere beruhigt. Er führte sie in den Wald zum Bach, wo sie tranken, als wären sie tagelang ohne Pause geritten worden.

Alick blieb in der Nähe von Shadow, da er fürchtete, er könnte die anderen Tiere wieder nervös machen. Dyna sprang von ihrem Baum und pfiff. „Gute Arbeit, Corbett. Hätte nicht gedacht, dass du dich tatsächlich als nützlich erweisen könntest."

Derric wackelte mit den Augenbrauen. „Ja, ich habe ein Talent dafür, andere zu bezaubern. Siehst du, wie sie mich lieben? Vielleicht kannst du was von ihnen lernen."

Sie verdrehte die Augen.

„Es ist ein gutes Talent, so viele Tiere auf einmal beruhigen zu können", sagte Alick. „Ich denke, Alasdair würde sich über ein paar von ihnen freuen, wenn du sie nicht alle brauchst."

„Ich habe keine Verwendung für sie, aber wir können sie mitnehmen, wenn du willst."

Cailean schloss sich ihnen an, nachdem er nach den Toten gesehen hatte. „Alick, hilfst du mir, den Pfad freizuräumen?" Dann sah er Dyna an und fragte: „Weißt du, wie lange wir haben, bis die nächste Gruppe eintrifft?"

„Genug Zeit, den Pfad zu räumen."

Derric schnaubte und sagte: „Ich weiß wirklich nicht, warum du Diamant fragst."

„Warum nicht?", fragte Sorcha. „Sie hatte Recht, was die Zahl der Angreifer anging und dass sie kommen würden."

„Nein, hatte sie nicht", sagte er.

Sorcha, Alick, Cailean und Dyna starrten ihn alle an, doch Dynas Blick durchbohrte ihn.

„Sie sagte zehn", sagte Derric. „Es war ein Dutzend."

Cailean lachte, und Alick winkte ab.

Doch Derric ging zu Dyna und beugte sich

vor. „Zwei mehr, als du gesagt hast, Diamant”, sagte er leise. „Knapp daneben ist auch vorbei.”

„Wenn du dich nicht benimmst, schieße ich sicher nicht daneben”, antwortete sie.

Arnald Denton öffnete die Tür zum Stall und sagte: „Zeit zu gehen. Branwen, du und Jep werdet vorne reiten. Das Grant-Weib ganz hinten. Wenn die Grants auf uns warten, werden sie zuerst auf euch schießen und meinen Kriegern ihr Versteck offenbaren. Obwohl sie wahrscheinlich schon tot sind. Ich habe ein Dutzend Männer vorausgeschickt, um mich um Räuber auf dem Weg zu kümmern. Wir sollten auf dem Weg nach Lorn niemandem begegnen.”

Branwen platzte heraus: „Du bist nicht mein Vater. Warum hast du es mir nie gesagt?”

Denton holte aus, als wollte er sie schlagen, doch Jep hielt ihn auf. „Keine Schläge mehr, Denton. Sie weiß es.”

Ihr Vater – oder Arnald Denton, wie sie ihn besser nennen sollte, grinste höhnisch auf sie hinab. „Du hast endlich die Wahrheit über deine Mutter herausgefunden. Sie war eine Hure, und ich bin sicher, dass du nicht besser sein wirst. Ich bin froh, dich los zu sein. Jeden Tag seit ihrem Tod musste ich mit der Erinnerung leben, dass mein Weib mich betrogen hat. Doch jetzt nicht mehr.” Dann wandte er sich Jep zu und sagte: „Du reitest zuerst, damit du zuerst sterben kannst. Bastard.”

Er wirbelte herum und ging, doch Kyla rief

ihm nach. „Du kennst die Grants wirklich nicht gut, oder?" Er kehrte sofort zurück, packte sie am Ellbogen und zog sie ans hintere Ende der wartenden Pferde.

Branwen und Jep stiegen auf, und als Jep sein Pferd neben sie lenkte, sagte er leise: „Mach dir keine Sorgen, Mädchen. Alick Grant wird kommen, um dich und seine Mutter zu befreien. Ich habe Vertrauen in die Grants. Ich hoffe, du auch."

Sie nickte und wusste nicht, was sie sonst sagen sollte. Sie starrte in die Ferne und ließ ihre Gedanken über alles schweifen, was geschehen war und immer noch geschah.

Die vertraute Stimme drang zu ihr. „Branwen, ich entschuldige mich dafür, dass ich all die Jahre nichts gesagt habe. Vielleicht hätte ich es dir sagen sollen, nachdem deine Mutter gestorben war, doch ich habe ihr versprochen, dass ich schweigen und über dich wachen werde, aber ich hätte es dir sagen sollen, nachdem wir sie verloren hatten. Ich habe mein Bestes getan, um dir zu helfen, doch ich wollte nicht, dass Denton einen von uns wegschickt, also habe ich geschwiegen. Doch ich habe dich damit verletzt. Es tut mir leid."

Branwen wusste nicht, was sie sagen sollte. „Ich bin nicht böse auf dich, Jep, oder sollte ich dich Papa nennen?"

„Nenn mich, wie du willst", sagte er mit traurigem, resigniertem Ton.

„Ich glaube, ich weiß noch nicht, was richtig klingt. Es ist viel passiert, und ich bin zu müde, um zu denken. Ich muss zugeben, dass es mir nicht missfällt. Es erklärt, warum mein Vater… nein, Denton mich so gehasst hat. Warum er die Jungen bevorzugt hat." Sie hob den Kopf, um ihn wieder anzusehen, eine Frage auf ihrer Zunge, doch wie fragte man so etwas?

Er schüttelte den Kopf, als wüsste er, was sie dachte. „Nein, nur du. Ich habe deine Mutter geliebt, doch sie hat sich entschieden, bei Arnald zu bleiben. Er hat gedroht, dir etwas anzutun, wenn sie ihn verlässt."

Oh, wie sie wünschte, sie könnte Alick sehen – ihm sagen, was sie erfahren hatte, und ihn trösten.

Bald, versprach sie sich. Bald.

Sie waren bis zu ihrer Abreise von Wachen umgeben, sodass sie keine Gelegenheit hatten, weiter zu reden. Sie setzten sich in Bewegung, zu ihrer Überraschung zwei Krieger vorn und Jep vor ihr. Sie bemerkte, dass die Männer sowohl Schwerter als auch Bögen trugen.

Anscheinend erwarteten sie tatsächlich Ärger. Sie sagte ein stilles Gebet, dass Alick nicht verletzt werden möge.

Sie ritten eine Weile, ohne dass etwas Bemerkenswertes geschah, doch dann fingen die Pferde an, sich anders zu bewegen, als machte sie irgendetwas nervös. Worauf auch immer sie reagierten, es war für menschliche Ohren nicht hörbar. Die Reiter bemühten sich, sie zu zügeln, doch es half wenig, sie zu beruhigen.

Dann verstand sie warum.

Sie ritten auf eine Lichtung, und sie hörte den

Kriegsschrei der Grants – und eine Warnung. „Branwen, runter und lauf!"

Alicks Stimme. Sie wartete nicht, sondern sprang von ihrem Pferd. Ihr erster Impuls war zu laufen, doch stattdessen riss sie den Bogen vom Pferd der Wache vor sich und rannte dann in die Richtung, aus der die Pfeile auf die Lichtung zischten.

Dyna musste irgendwo hier sein. Als sie sich den Bäumen näherte, hörte sie Dynas Pfeifen, das ihr genau sagte, wohin sie gehen sollte, also folgte sie ihm. Sie erblickte sie in den Bäumen zusammen mit Sorcha, die ihr mehrere Pfeile zuwarf.

Branwen fand einen Busch, hinter dem sie Deckung suchen konnte, und legte die Pfeile bereit, bevor sie anfing zu schießen. Alick, Els, Cailean und ein anderer blonder Mann, den sie nicht kannte, ritten hinaus, um die Wachen anzugreifen, sodass sie mit Bedacht schießen musste, um keinen von ihnen zu treffen.

Sie legte einen Pfeil an und schaltete einen der Reiter in der Mitte der Gruppe aus. Ihr Blick wanderte nach hinten, doch sie sah weder Kyla noch ihren Vater.

Wenn sie ihn gesehen hätte, hätte sie einen Pfeil in ihres Vaters ... nein, *Dentons* schwarzes Herz gejagt. Sie war keine Denton mehr. Wie hieß sie nun?

MacNicol, ja. Sie gehörte jetzt zum Clan Grant und würde wie eine Grant kämpfen.

Sie bemerkte, dass Jep einem gefallenen Mann das Schwert abnahm und eine von Thanes

Wachen angriff, doch der Mann versetzte ihm einen Schlag auf die Schulter und zwang ihn, sich zurückzuziehen. Sie biss sich vor Sorge fast die Lippe blutig.

Branwen warf noch einen Mann zu Boden, doch ihre letzten drei Pfeile fanden ihre Ziele nicht. Ihre Hände zitterten zu sehr. Das Verhältnis hatte sich verbessert, doch es war immer noch nicht zu ihren Gunsten, und Denton kam mit Kyla davon.

Gerade, als dieser Gedanke durch ihren Kopf ging, kamen drei Neuankömmlinge durch die Bäume. Els und Joya und eine dritte Gestalt, ein junges Mädchen mit dunklen Haaren.

Konnte das Chrissa sein?

Branwen hatte das Gefühl, als ginge ihr die Luft aus.

Was in aller Welt geschah hier?

KAPITEL VIERUNDZWANZIG

AUS DEN AUGENWINKELN sah er etwas, das ihn nicht mehr hätte schocken können. Drei Krieger hatten sich ihnen angeschlossen, und einer von ihnen war seine kleine Schwester.

Chrissa sprang von dem Pferd, auf dem sie geritten war, und kletterte ruhig auf einen Baum. Joya blieb in den Bäumen zurück, doch Els schloss sich dem Kampf an.

„Chrissa? Was zum Teufel?", schrie Alick.

Els sagte: „Sie ist den Kriegern gefolgt, als sie Grant Castle verlassen haben. Hat sich seitdem hinter ihnen versteckt. Sieht so aus, als könntet ihr unsere Hilfe gebrauchen."

„Sie haben Mama", rief Chrissa zurück. „Und dieser Mann genau dort hat versucht, mir wehzutun, also wird er bezahlen." Sie zeigte auf einen der Krieger, während sie ihren Pfeil fliegen ließ. Als er ihn traf, schrie sie: „Nimm das, du Bastard!"

Unfassbar. Sie hatte den Mann in den Bauch getroffen, und als er nach dem Pfeil griff, fiel er vom Pferd.

„Chrissa?" Er wollte sie schelten, doch das

war nicht die richtige Zeit. Er musste sich auf den Kampf konzentrieren. Er war jedoch dankbar für Els' Hilfe.

Wenigstens hatte er gesehen, wie Branwen in der Nähe von Dyna in einer Baumgruppe verschwunden war. Sie war sicher im Wald, und seine Schwester auch. In der Tat war sie eher eine Gefahr für andere, als dass andere eine für sie waren. Was seine Mutter anging, war er weniger sicher. Er hatte sie am Anfang gesehen, ganz hinten, doch er sah sie jetzt nicht mehr.

Angst floss durch seine Adern, als er die Lichtung erneut nach seiner Mutter absuchte, doch sie war nirgends zu sehen, und sie waren weniger als zuvor. Doch selbst mit Els, der sich ihnen angeschlossen hatte, und Chrissa war das Verhältnis immer noch zwei zu eins, und drei der Grant-Krieger waren Bogenschützen. Am Boden waren es fünfzehn gegen vier, nicht die besten Chancen. Einige der feindlichen Wachen trugen Thane-Plaids und waren eindeutig die stärkeren Krieger. Er hatte entweder von Anfang an falsch gezählt, oder mehr Leute hatten sich dem Kampf angeschlossen.

Er schrie seiner Cousine zu: „Dyna! Wir brauchen die Highlandschwerter."

Er sah, wie sie ihren Bogen hob, doch nichts geschah, und einen Moment später sprang sie vom Bau und rannte auf die Lichtung zu. Nur, dass Derric von seinem Pferd sprang, ihr nachging und sie hinter sich stieß. „Dummes Mädchen, du machst dich selbst zum Ziel."

Dyna stieß ihn weg und bemühte sich, an ihm

vorbeizukommen, doch er hinderte sie daran. „Schieß deine Pfeile. So kannst du am besten helfen."

Sie stieß ihn zurück und sagte: „Nein, ich kann auf andere Weise helfen. Du wirst es sehen, du störrischer Esel. Aber du musst mich durchlassen."

Alick kämpfte weiter gegen die feindlichen Wachen, während sich die beiden stritten.

„Komm zurück. Du kannst nicht ohne Deckung auf die Lichtung laufen." Derric war unerbittlich in seinem Bestreben, Dyna zu schützen, etwas, das Alick nicht erwartet hatte, doch es missfiel ihm nicht. Nicht, dass es in ihrer derzeitigen Situation ideal gewesen wäre.

„Ich kann gut selbst auf mich aufpassen." Dyna versuchte, sich an ihm vorbeizuschieben, doch es gelang ihr nicht, was sie nur weiter frustrierte. „Ich brauche deinen Schutz nicht, du dummer Narr."

„Pass auf!", rief Alick, als zwei Wachen direkt auf sie zukamen.

Dann tat Dyna etwas, was er nie vorhergesehen hätte. Sie kletterte auf Derrics Rücken, feuerte einen Pfeil ab und traf den ersten Angreifer zwischen den Augen. Dann feuerte sie einen weiteren ab und traf den zweiten in die Brust.

„Um Himmels willen, hättest du nicht einfach in Deckung auf einem Baum bleiben können?", schrie Derric. „Wer so schießt, sollte den Bogen an den Arm gebunden haben."

„Ich mag deinen Rücken lieber", sagte sie und feuerte einen weiteren Pfeil ab, der einen

Krieger knapp verfehlte. „Lass mich auf deine Schultern klettern."

„Nein, dann hast du keine Deckung." Er packte ihr Bein und versuchte, sie in ihrer aktuellen Position zu halten, die Beine um seine Taille gewickelt, doch sie trat und wand sich und bemühte sich, sich wieder aufzurichten. „Lass mich. Ich muss etwas tun. Der Kampf ist außer Kontrolle. Wir verlieren."

Derric tat alles, um sowohl seine Waffe als auch Dyna festzuhalten, ohne sie zu verletzen.

Alick warf einen Blick auf die anderen und musste ihrer Einschätzung zustimmen. Sie *waren* im Begriff zu verlieren. Cailean war erschöpft, Derric konnte wegen Dyna nicht kämpfen, und Els bewegte sich, als wäre er verletzt, obwohl er kein Blut sah. Chrissa? Er versuchte, nicht über die Möglichkeit nachzudenken, dass sie Schaden nehmen könnte. Zumindest saß sie auf einem Baum, weit weg vom Kampfgeschehen, und der Feind hatte keine Bogenschützen. Doch das Schlimmste war, dass sich einige der Männer, die von ihren Pferden gestürzt waren, wieder aufrappelten.

Schwerter klirrten, und das Kreischen von Metall, das Stöhnen der Kämpfer und Schmerzensschreie erfüllten die Luft.

„Dyna!", schrie Alick.

Schließlich sagte sie zu Derric: „Eine Minute. Gib mir eine Minute auf deinen Schultern. Nur eine."

Derric knurrte: „Gut, dann kommst du runter, bevor du dich umbringen lässt. Du bist ein Zankteufel wie kein anderer, den ich jemals getroffen habe."

„Gut, doch du bist der Zankteufel. Musst du immer deinen Willen haben?", fluchte sie, kletterte auf seinen Rücken und setzte ihre Knie auf seine Schultern.

Derric hielt still, und Dyna richtete sich auf und hob ihren Bogen gen Himmel.

Das Donnergrollen begann, und Alick lächelte und amüsierte sich über den Ausdruck auf Derrics Gesicht angesichts der abrupten und unerklärlichen Veränderung des Wetters. Im nächsten Moment zuckten drei Blitze durch den Himmel, gefolgt von einem vierten, der das Schwert eines ihrer Feinde traf und den Mann durch die Luft und gegen einen Baum schleuderte, wo er liegenblieb.

Tot.

Alick stieß einen weiteren Kriegsschrei aus, als sich der Griff seines Schwertes erwärmte. Es wurde leichter, und er schwang es so mühelos, dass er zwei Männer mit einem Schlag zu Boden riss. Zwei andere Krieger schrien auf, ließen ihre Schwerter fallen und starrten ungläubig auf ihre verbrannten Hände. Cailean tötete beide mit einem einzigen Hieb.

Dyna schrie, als die Macht aus ihrem Bogen sprühte und zwei weitere Blitze feindliche Krieger trafen. Derric packte sie an den Knien, um sie zu stützen, ließ sein Schwert fallen und sah geschockt zu, wie die Blitze durch den Himmel zuckten. Das Donnergrollen, das sie begleitete, ließ den Boden, auf dem sie standen, erzittern.

Wenige Augenblicke später war alles vorbei. Die von Thane ausgesandten Männer lagen tot am Boden. Die Pferde waren in Panik davongelaufen, nachdem sie gespürt hatten, wie sich der Boden unter ihren Hufen bewegte.

Die Bogenschützen sprangen von den Bäumen herunter, und Alick schalt: „Chrissa, was zum Teufel machst du hier?"

Seine Schwester rannte zu ihm und plapperte so schnell, dass es ihm schwerfiel, sie zu verstehen. „Sie sind zu unserer Burg gekommen und haben mich vor den Toren festgehalten. Sie haben mich mit einem Dolch an meiner Kehle gezwungen zu warten, während sie Mama entführt haben. Ich habe sie sie wegbringen sehen! Also habe ich gewartet und bin den Kriegern gefolgt, als sie aufgebrochen sind, weil ich wusste, dass sie Mama befreien würden, und ich musste mit ihnen gehen, also ..."

„Schon gut", sagte er und umarmte sie. „Du bist gesund, und das ist alles, was zählt. Jetzt müssen wir Mama finden."

Dyna sprang von Derrics Schultern und trat drei Schritte zurück.

Derric drehte sich um und starrte sie geschockt an. „Um Gottes willen. Was in aller Welt war das?"

Dyna lachte und hob ihren Bogen über den Kopf, um ihren Sieg zu feiern. „Es hat funktioniert. Die Highlandschwerter sind wirklich zurück. Das ist das zweite Mal innerhalb weniger Tage. Es war nicht so mächtig wie zuvor, doch es hat funktioniert. Vielleicht hängt es davon ab, wie dringend wir es brauchen."

„Highlandschwerter?", fragte Derric verwirrt. „Wovon redest du?"

Doch Alick schenkte ihnen keine Beachtung mehr. Er rannte auf die Bäume zu. „Branwen? Bist du verletzt? Branwen?"

Sie rannte in seine Arme, und Tränen liefen von der Anstrengung des Tages über ihre Wangen. Er hüllte sie in seine Arme, küsste sie auf die Stirn und sagte: „Bleib hier. Ich muss nach meiner Mutter suchen."

Er schwang sich auf sein Pferd, Els auf seines, und die beiden ritten zurück in Richtung von Thane Castle. Von seiner Mutter war nichts zu sehen.

Jep näherte sich ihnen zu Fuß, nachdem er hinter den Büschen hervorgekommen war, hinter denen er sich versteckt hatte, und sagte: „Sie ist weg. Denton und ein Krieger haben sie mitgenommen. Sie sind den Weg zurückgegangen, den wir gekommen sind." Er rieb sich die Schulter, über der das Hemd gerissen war und blutig, auch wenn die Verletzung nicht allzu schwer zu sein schien.

„Wo glaubst du sind sie hingegangen?", fragte Alick, ein krankes Gefühl in der Magengrube.

„Lorn. Sie sind sicher zum Austausch gegangen. Ich hätte nie gedacht, dass Denton an dieser Entführung beteiligt ist. Sie sind vor ein paar Tagen hergekommen, und ich hatte keine Ahnung, dass der Gefangene eine Frau war, geschweige denn eine Grant. Ich dachte, es waren Krieger, die ein paar Münzen verdienen wollten und auf eigene Faust handelten. Doch jetzt zweifle ich an allem. Weiß der Earl Bescheid?"

Alick blickte zum Himmel auf und murmelte: „Verdammt. Wir haben sie verloren. Ich fühle mich wieder wie ein kleiner Junge", sagte er und sah Els an. „Genau wie bei dem Fest der Ramsays."

Der Gedanke erfüllte ihn mit Hoffnungslosigkeit. Vielleicht waren all diese Träume, die er gehabt hatte, eine Botschaft gewesen.

„Nur, dass du sie damals nicht verloren hast", sagte Dyna. „Sie ist wegen ihrer Kopfschmerzen schlafen gegangen. Sie konnte dich nicht finden, um es dir zu sagen, doch du hattest viele andere, die auf dich aufgepasst haben. Sie war nicht verloren."

„Vielleicht nicht, doch es fühlt sich immer noch genauso an." Er zwang sich, es abzuschütteln, die alten Ängste zu verdrängen und richtete seine Aufmerksamkeit auf Jep. „Du bist nicht verletzt?"

„Es geht mir gut. Ich habe ein Schwert gepackt, doch er hat mich geschlagen, also habe ich mich danach versteckt, weil ich nicht mehr schwingen konnte."

Alick ritt zurück zur Gruppe und sagte: „Sammelt ein, was ihr könnt. Wir haben keine Zeit, unseren Sieg zu feiern. Wir müssen sofort nach MacLintock Castle zurückkehren, um die anderen zu treffen und ihnen zu berichten, was passiert ist."

Er ergriff Branwens Arm und zog sie auf sein

Pferd.

„Wer kommt mit?", fragte er und sah die anderen an.

Dyna schnaubte. „Wir alle. Auf geht's, Cousin."

Derric stieg auf ein Pferd und pfiff, und die reiterlosen Pferde, die nach dem Schrecken der Blitze zurückgekehrt waren, folgten ihm.

Alick wappnete sich für das, was vor ihm lag. Er hatte seine Gemahlin. Er hatte seine Schwester. Jetzt musste er den Bastard töten, der seine Mutter gefangen hielt.

Als sie wieder auf MacLintock-Land ankamen, war er überrascht, wie viele Grant-Krieger gekommen waren, um ihnen zu helfen. Sie versammelten sich in der Nähe des Tors, besprachen sich und gaben den Stallburschen ihre Pferde. Großvater, Vater, Onkel Jamie und Magnus schlossen sich ihnen an, zusammen mit Will und Maggie, die kamen, um mit Cailean und Sorcha zu sprechen.

„Großvater, ich habe Mama gesehen", sagte Alick. „Sie ist unverletzt, doch wir haben sie verloren. Sie ist bei Arnald Denton. Ich weiß nicht, wohin er sie bringt, doch wir müssen davon ausgehen, dass sie zum Austausch nach Lorn gehen."

„Bist du sicher, dass sie nach Lorn gehen?", fragte Vater.

Branwen sagte: „Ja, das hat mein Vater gesagt. Er hatte gehofft, dass die Männer, die er vorausgeschickt hatte, Alick und die anderen töten würden, damit sie eine leichte Reise nach Lorn haben würden."

Alick sagte: „Hat nicht so geklappt, wie er es erwartet hatte."

„Ist das meine Enkelin, die sich vor mir versteckt?" Er rechnete es seinem Großvater hoch an, dass er nicht einmal seine Stimme erhob.

„Ja, das ist Chrissa, die versucht, sich vor dir zu verstecken. Wir sind ihr unterwegs begegnet und haben sie zurückgebracht, obwohl ich sagen muss, dass meine Schwester eine gute Bogenschützin ist. Sie wird dir alles erklären."

„Großvater, sie haben versucht, mich zu entführen, und sie haben meine Mama genommen und ..."

Großvater hob die Hand, um sie zu beruhigen, und wies auf den Stall. Chrissa blickte finster drein und führte ihr Pferd zu einem Stallburschen, ohne ein weiteres Wort zu sagen.

„Und wer ist das?", fragte Großvater.

Jep trat vor und sagte: „Ich bin Thanes Stallmeister. Jep. Oder war es. Könnt Ihr hier einen Helfer im Stall gebrauchen? Wir haben ein paar zusätzliche Pferde zurückgebracht, wenn Ihr einen Nutzen für sie habt. Ich helfe gern, sie unterzubringen."

„Ihr habt Pferde mitgebracht?", fragte Alasdair, und seine Augen leuchteten auf.

„Ja, wir haben ungefähr ein Dutzend, und sie sind hungrig."

„Ja, wir können beides gut gebrauchen. Ich weiß die Hilfe und die Pferde zu schätzen", sagte

Alasdair und deutete in Richtung der Ställe.

Jep ging und nickte Branwen kurz zu. Sie sagte schnell: „Wir können mehr reden, wenn das alles vorbei ist, Jep."

Alick wusste nicht, was sie meinte, doch der Blick in ihren Augen sagte ihm, dass es eine Geschichte gab. Der ältere Mann lächelte nur und machte sich auf den Weg.

Die Sonne ging auf, was bedeutete, dass einige von ihnen die ganze Nacht auf gewesen waren. Branwen sah genauso müde aus wie Großvater, doch er wusste, dass er nicht ruhen würde, bis das vorbei war. „Wann willst du nach Lorn?", fragte Alick und hielt Branwens Hand fest. Er hatte diese Angst, dass sie wieder verschwinden könnte.

Großvater sagte: „Wir brechen auf, wenn die Glocke zum Laudes schlägt. Hol dir ein neues Pferd. Shadow ist erschöpft."

Alick führte Branwen in den großen Saal und fand einen ruhigen Ort, an dem sie reden konnten. Sie ließen sich nieder, und er streckte die Hand aus, um ihre Wange zu berühren, brauchte diese einfache Verbindung. „Ich denke, du solltest hierbleiben. Du siehst erschöpft aus, und ich fürchte, wenn du mitkommst, bin ich abgelenkt."

Branwen nickte. „Ich bin erschöpft. Ich brauche Schlaf, und ich bezweifle, dass ich in meinem Zustand überhaupt gut schießen kann. Ich fürchte, ihr seid alle müde."

„Ich könnte sowieso nicht schlafen, weil ich weiß, dass wir ihr so nahe sind. Diese Macht, die uns im Kampf erfüllt, wird mich weiterführen. Danke, dass du nicht darauf bestehst, mitzukommen."

Branwen sagte: „Ich habe dir noch andere Dinge über meinen Vater zu erzählen, doch das kann warten, bis du zurückkommst."

„Der andere Grund, warum ich nicht will, dass du mitkommst, ist, dass dein Vater bei seinem Vorhaben getötet werden könnte. Egal wie angespannt die Lage zwischen euch ist, ich glaube nicht, dass du das miterleben willst."

Sie wurde rot und dachte über das nach, was sie erfahren hatte. „Alick, ich habe deine Mutter getroffen. Sie hat mir geholfen, die Wahrheit über Arnald Denton zu sehen. Er ist nicht mein Vater."

Alick starrte sie an. „Was? Wie hat dir meine Mutter dabei helfen können?"

„Wir hatten einige Zeit zusammen im Stall, nur wir drei. Jep, deine Mutter und ich. Wir haben uns unterhalten, und sie ist eine sehr schöne Frau, doch sie hat auch erkannt, dass ich meinem wahren Vater ähnele."

Er sah sie verständnislos an, also erklärte sie es.

„Jep. Unsere Augenfarbe ist genau die gleiche, und deine Mutter hat es bemerkt. Er hat zugegeben, mein Vater zu sein. Er hat meine Mutter geliebt."

Und Branwen – das hatte Alick schon bemerkt. Jep hatte bereits die Rolle ihres Vaters gespielt. „Das sind gute Nachrichten", sagte er, „denkst du nicht? Es war sicher ein Schock, doch ich denke, wenn du wirklich darüber nachdenkst, sind das gute Nachrichten."

Sie nickte. „Ich werde mit ihm sprechen, nachdem du zurück bist und ich mich ausgeruht habe. Bitte befrei deine Mutter schnell von diesem grausamen Bastard."

Er berührte ihre Wange. „Er hat dich wieder geschlagen."

Es war eine Feststellung, keine Frage, also nickte sie nur. „Es ist wahrscheinlich gut, dass ich nicht mit dir komme, weil ich es genießen würde, ihn sterben zu sehen." Sie gab ihm einen Kuss, und er nahm sich ein Stück Brot und einen Becher Bier, bevor er ging.

Im Stall ging er zum hinteren Ende und wählte ein dunkles Pferd. „Auch ein Nachkomme von Großvaters Pferd Midnight."

Als er ein Geräusch hinter sich hörte, drehte er sich um und war überrascht, seine Gemahlin zu sehen. „Bist du sicher, dass ich nicht mitkommen soll, um zu helfen?", fragte sie und knetete den Saum ihrer Tunika zwischen ihren Fingern.

Er schlang seine Arme um sie und sagte: „Bitte bleib. Ich will mir keine Sorgen um euch beide machen müssen – die beiden wichtigsten Frauen in meinem Leben. Ich will wissen, dass zumindest du sicher und gesund bist." Er bereitete das Pferd für den Ritt vor und führte es hinaus. Branwen folgte ihm. Vor dem Stall drehte er sich zu ihr um und zog sie an sich, seine Hände an ihrer Taille. Seine Lippen fingen ihre zu einem Kuss ein, der sanft sein sollte, doch er war alles andere als das, da seine Sehnsucht nach ihr überwältigend war. Er hasste es, dass sie so wenig Gelegenheit hatten, allein zu sein, und dass die Sorge um seine Mutter immer zwischen ihnen gestanden hatte. Er verschlang ihren Mund, als könnte er nicht genug von ihr bekommen.

Die Wahrheit war, dass dem so war. Er nahm ihr Gesicht in seine Hände, hielt inne und zog sich gerade so weit zurück, dass er ihr etwas zuflüstern konnte. „Ich will dich und brauche dich so sehr, doch ich muss gehen. Es tut mir leid, dass unsere Ehe mit so viel Spannung und Verwirrung beginnen musste. Wir werden das hinter uns lassen, das verspreche ich. Dann werde ich dich langsam lieben, bis du meinen Namen schreist."

Sie kicherte. „Auch wenn ich mich über alles auf diesen Moment freue, möchte ich, dass du tust, was du tun musst. Fühle dich nicht schlecht wegen der Dinge, die passiert sind. Nichts davon lag in deiner Kontrolle. Oder meiner. Wir können den Rest unseres Lebens zusammen verbringen, und ich freue mich darauf. Verzweifle nicht. Finde deine Mutter und bring sie nach Hause. Sie ist eine wunderbare Frau."

Er küsste sie erneut, trat dann zurück und führte sein Pferd durch das Tor hinaus, bevor er aufstieg und ihr zum Abschied winkte.

„Viel Glück, mein Gemahl."

Er glaubte, Tränen in ihren Augen zu sehen, doch er wollte sie nicht traurig sehen, darum wandte er sich ab, um das zu tun, was er tun musste.

Er musste sich darauf konzentrieren, seine

Mutter zu finden. Er ritt an seinem Großvater vorbei, der mit Magnus und den versammelten Kriegern sprach. Die Zahl, die sich versammelt hatte, war größer als erwartet, doch er wusste, dass sein Großvater alles für seine Mutter tun würde. Immerhin war sie seine erstgeborene Tochter.

Seine Cousins saßen an der Spitze der Gruppe, begierig aufzubrechen. Alasdair rief ihm zu: „Du lässt Branwen hier? Wir können immer einen weiteren Bogenschützen gebrauchen."

„Sie hat ihr Talent bewiesen", sagte Els. „Doch sie sollte hierbleiben. Joya ist auch zu erschöpft, um zu kommen, also bleibt sie hier bei Emmalin. Ich vermute, Chrissa wird sich uns anschließen wollen. Sie hat zwei Männer im letzten Gefecht geschlagen."

Alick fuhr sich mit der Hand durch die Haare. „Ihr müsst alle über Chrissa wachen. Ich weiß, dass Branwen eine gute Schützin ist, und wenn die Gefangene jemand anderes als meine Mutter wäre, würde ich sie mitbringen. Doch ich darf mich nicht ablenken lassen. Ich kann es nicht erklären, doch dieser Kampf wird anders sein."

„Dasselbe Gefühl habe ich auch", sagte Dyna. „Ich fühle mich verunsichert und weiß nicht, was es bedeutet. Ich würde Großvater fragen, doch er hat selbst genug im Kopf."

Wie auf ein Stichwort kam Großvater mit Vater und Onkel Jamie zu ihnen und bedeutete ihnen aufzubrechen.

Hinter ihnen kam Chrissa mit einem breiten Lächeln.

Es war Zeit, ihre Mutter zurückzuholen.

Branwen schloss sich Emmalin und Joya am Tor an und winkte den Kriegern zu, als sie davonritten. Ailith lag in Joyas Armen, und der kleine John stand neben ihnen, das Schwert über den Kopf erhoben.

„Zeig's den Engwishen, Papa", rief er. „Zeig's den Engwishen, *Seanair*. Ich bin ein starker Krieeegaahhh." Er schwang wiederholt sein Schwert und spuckte zur Seite, wenn er von den „Engwischen" sprach.

Branwen sagte: „Ich bin erschöpft."

„Da bin ich mir sicher", sagte Emmalin. „Doch ich bin so froh, dass sie dich aus diesem schrecklichen Kerker gerettet haben. Du kannst in der Kammer schlafen, die Alick neulich Nacht benutzt hat. Niemand sonst ist da."

„Danke. Dann werde ich jetzt dahin gehen. Ich will ihre Rückkehr nicht verpassen."

Sie machte sich auf den Weg in die Kammer, so erschöpft wie sie gesagt hatte, doch ihr Herz sagte ihr, dass sie sich noch nicht ausruhen konnte. Sie würde sich waschen und den Kriegern erlauben vorauszureiten.

Doch dann würde sie ihnen folgen.

Denn wenn jemand einen Pfeil in Arnald Dentons schwarzes Herz jagen würde, dann war sie das.

KAPITEL FÜNFUNDZWANZIG

SIE NÄHERTEN SICH Lorn, und Alicks Herz begann so heftig zu pochen, dass er sicher war, dass jeder es hören konnte. Irgendetwas stimmte nicht, das wusste er. Dieses seltsame Gefühl, das er auf MacLintock Castle gehabt hatte, war nur noch stärker geworden. Der Großteil ihrer Krieger ritt weit hinter ihnen, da sie ihre Streitmacht nicht offenbaren wollten.

„Das gefällt mir nicht", flüsterte Dyna.

Ein Dutzend Pferde kam aus dem Nichts und versperrte ihnen den Weg. Nur zehn Krieger der Grant-Armee waren zu sehen, darum konnte Alick das triumphierende Lächeln auf dem Gesicht des Bastards, der ihm gegenüberstand, verstehen.

Nur war es kein wirklicher Sieg, denn die armen Narren hatten keine Ahnung, dass Hunderte von Kriegern nur auf Jamie oder Alexander Grants Kriegsschrei warteten.

Großvater lenkte sein Pferd auf die Männer zu, Onkel Jamie auf der einen Seite und Vater auf der anderen. Er wartete darauf, dass der Anführer der Gruppe sprach. Alick beobachtete die

Männer, und zu seiner Überraschung erkannte er keinen von ihnen.

„Wo ist meine Tochter?", fragte Großvater.

„Du erklärst dich damit einverstanden, dass deine Krieger für uns kämpfen, dann wirst du deine Tochter sehen." Eines der Pferde in der Mitte tänzelte, wahrscheinlich zur Schau, doch der Enkel von Midnight, auf dem Großvater gerade ritt, schnaubte das Pferd an, als ob er es herausfordern wollte, mehr zu tun.

„Du wirst meine Krieger nicht bekommen, bis du meine Tochter zu mir zurückbringst." Er hob sein Kinn, ritt eine Pferdelänge vorwärts und ließ sein Pferd tun, was es wollte.

„Deine Krieger werden uns folgen und kämpfen, oder du wirst das Weib nie wiedersehen", polterte der Mann in der Mitte Großvater an, sein Pferd trat ebenfalls näher. „Hier gibt es keine Verhandlungen. Entscheide dich."

„Oder?", fragte sein Vater.

„Oder Kyla Grant stirbt, und wir bringen dir ihren Kopf." Weder dieser Mann noch die anderen trugen Plaids.

Sie schienen nicht einmal Thane-Krieger zu sein, also wer war die treibende Kraft hinter diesen Narren? Viele der Männer, die sie gesehen hatten, waren Engländer gewesen, und die erste Gruppe, gegen die sie gekämpft hatten, schien vollständig englisch zu sein, doch zu der Gruppe, die seine Mutter begleitet hatte, hatten viele Thane-Krieger gehört. Stand Thane hinter all dem oder war es der neue König Edward?

Alick wich langsam zurück und bewegte sich

an den Rand der Versammlung. Etwas stimmte nicht. Hatten sie seine Mutter nicht? War sie irgendwo zurückgelassen worden?

Konnte sie im Sterben liegen?

Dann tat Großvater etwas Unerwartetes. Alexander rief: „Du willst meine Krieger, du wirst sie haben!" Dann stieß er den lautesten Kriegsschrei aus, den Alick jemals gehört hatte, schwang sein Schwert über sich und stürzte direkt auf den Anführer zu. Er hieb ihn blitzschnell nieder, bevor die anderen überhaupt daran denken konnten, sich zu bewegen.

Die Masse der Grant-Krieger tauchte mit erhobenen Schwertern aus dem Wald auf, einige mit Bögen bewaffnet. Eine ganze Einheit englischer Krieger kam hinter dem Feind aus dem Wald. Sie hatten beide die gleiche Taktik angewendet, doch die Grants waren in der Überzahl.

Alick hatte jedoch nicht vor zu kämpfen. Nein, er musste woanders sein. Er ritt von der Gruppe weg in den Wald, und Els folgte ihm. „Was tust du, Alick? Wo willst du hin?"

Er hielt sein Pferd an und sagte: „Meine Mutter ist nicht hier. Ich spüre es. Ich gehe sie suchen. Geh zurück und hilf. Wenn ich sie finde, wird sie nur ein oder zwei Wachen haben, und ich kann sicher mit den Bastarden fertig werden. Komm später nach, wenn du willst, und bring ein paar andere mit."

„Viel Glück", sagte Els. Er kehrte in die Schlacht zurück und rief über seine Schulter: „Auch wenn ich denke, dass du dich irrst."

Alick konnte es nicht erklären, doch es ließ

ihn an diesen Moment beim Fest der Ramsays denken, als er ein kleiner Junge gewesen war. Er hatte gewusst, dass etwas nicht stimmte, dass es seiner Mutter nicht gut ging, doch er hatte nicht gewusst, wo er sie finden konnte. Seine Großmutter hatte ihm den Weg gezeigt.

Er fühlte sich ein bisschen dumm, als er rief: „Sag es mir, Großmutter. Du bist hier. Ich kann dich spüren. Wo ist meine Mutter? Führ mich zu ihr."

Angst packte ihn für einen Moment – Angst, dass er sich geirrt hatte, dass er hätte zurückbleiben sollen, dass er zu sehr an seiner Mutter hing, wie es ihm seine Cousins immer vorgeworfen hatten. Doch dann spürte er etwas, den Drang, einen Weg einzuschlagen, den er noch nie zuvor gegangen war, und er folgte ihm. Eine Zeit lang sah er nichts und hörte nichts, doch gerade, als er durch ein Waldgebiet unweit einer Schlucht ritt und wieder zu zweifeln begann, hörte er den Schrei einer Frau.

Konnte das seine Mutter sein?

Er hielt sein Pferd an, folgte der Stimme und sah schließlich einen Mann. Er war von seinem Pferd abgestiegen und ging auf eine Klippe zu.

„Bleib stehen, wo du bist!", rief Alick.

Der Mann wirbelte herum und riss die Frau zum Schutz vor sich.

„Mutter!", rief er. Ihre tiefblauen Augen richteten sich auf seine mit einer Wut, die ihm sagte, er solle den Bastard, der sie festhielt, töten. Ihr Kleid war zerknittert, ihr Haar zerzaust, doch sie sah stark aus wie eh und je. „Keine Sorgen.

Ich werde dich von hier wegbringen."

Danke, Großmutter. Er wusste in seinem Herzen, dass seine Großmutter ihn zu ihr geführt hatte.

Arnald Denton grinste ihn an. „Nein, wirst du nicht. Jetzt werde ich meine Forderungen stellen."

„Warum bist du hier, Denton? Sie sollte nach Lorn gebracht werden. Hat Edward dir befohlen, sie wegzubringen?", fragte Alick, überrascht, ihn allein handeln zu sehen.

„Nein, sie brauchen sie nicht. Ich brauche sie. Du wirst tun, was ich verlange, oder deine Mutter stirbt." Er hielt einen Dolch an Kylas Kehle

Ein Pferd kam hinter ihm aus dem Wald, und er drehte sich ein wenig um, um Dyna zu sehen. „Ich wusste es." Er wollte nicht, dass seine Cousine verletzt wurde, doch er konnte ihre Hilfe gut gebrauchen. Der Mann vor ihm war dumm und wusste nicht, wie sich ihre Anwesenheit auswirken würde. Dyna blieb auf ihrem Pferd und nahm ihren Bogen in den Anschlag.

„Wo ist meine Tochter?", fragte Denton, dessen Blick zu Dyna wanderte. „Ich will sie. Meine Tochter und einen großen Sack Münzen."

„Du wirst sie nie wieder sehen."

„Ich werde ihr keinen Schaden zufügen. Thane ist derjenige, der mir Unrecht getan hat. Er wollte deine Mutter nicht einmal festhalten, bis er erfahren hat, wie viel König Edward für Alexander Grants Kopf zu zahlen bereit ist. Jetzt hat er plötzlich seine Meinung wieder geändert. Sagt, wir werden dafür bezahlen, dass wir sie

entführt haben. Er hat nicht so viele Männer geschickt, wie er versprochen hatte, und er droht,
mich rauszuwerfen. Das kann er nicht tun. Er
wird sehen, wie mächtig ich bin. Doch zuerst
brauche ich meine Tochter. Ich will alles wieder-
gutmachen. Nicht mehr. Mit dem Geld kann ich
sie über das Wasser bringen. Ein reicher Mann
will sie heiraten. Einer, den sie mögen wird."

Alick sagte trocken: „Das wird nicht passieren, da du über meine Gemahlin sprichst. Ich
denke, sie ist mit mir zufrieden."

„Nein, meine Tochter hat mir alles über eure
„Vermählung" erzählt. Wir wissen beide, dass es
nicht passiert ist."

Dyna schnaubte hinter ihm. „Bitte. Erlaube
mir das Vergnügen, Cousin." Sie hatte ihren Pfeil
auf die Leistengegend des Mannes gerichtet.

„Du irrst dich. Ich versuche nur zu tun, was
für sie am besten ist. Ich werde ihr alle Kleider
kaufen, die sie haben will. Der Mann, den ich
dieses Mal für sie ausgewählt habe, ist ein guter
Mann."

„Glaube nichts, was er sagt, Alick", sagte
seine Mutter. „Er ist ein Lügner."

Eine andere Stimme meldete sich hinter ihm
zu Wort.

„Ja, das ist er."

Alick wirbelte herum und war schockiert, als
er seine Gemahlin nicht weit von sich stehen
sah.

Sie stand in Tunika und Hosen da, ihren Bogen
erhoben. Sie war bereit und sah herrlich schön
aus.

Und entschlossen.

Branwen legte ihren Pfeil an und vergewisserte sich, dass ihr Köcher genau dort war, wo sie ihn haben wollte, falls sie mehr brauchte.

Wie Alick sie ansah, machte sie stolz und stark und bereit zu kämpfen, doch er wurde bleich und sagte: „Nicht, Branwen. Du weißt nicht, was er tun wird."

„Vergib mir, Alick, doch ich muss tun, was mein Gewissen mir sagt." Sie setzte einen Fuß vor den anderen und ging langsam auf den Mann zu. „Lass sie gehen, Denton."

Er lachte. „Glaubst du, du hast den Mut, mich zu erschießen? Du bist nichts anderes als ein schüchternes, verängstigtes kleines Mädchen. Komm näher, und wenn du nah genug bist, tausche ich dich gegen Kyla Grant aus. Sobald wir zusammen sind, bringe ich dich zu deinem neuen Gemahl. Nicht Osbert Ware. Das ist ein Mann, den wir am fünften treffen werden, der verspricht, dich zu lieben und dich weit von hier wegzubringen ..."

„Lügen. Das sind alles Lügen." Branwen ging weiter auf ihn zu, bis sie den Pfeil genau in dem Winkel hatte, in dem sie ihn haben wollte. Sie wusste genau, wohin sie schießen würde, da sie nicht wollte, dass er sofort starb. „Muss ich dich daran erinnern, dass Alick und ich in der Kapelle bei Thane Castle geheiratet haben? Wir haben es getan, bevor du mich entführt hast. Die Ehe, die du mir aufzwingen wolltest, ist nichtig, weil ich bereits verheiratet war."

„Das ist nicht mehr wichtig", bellte er, und seine Maske fiel herunter. „Du wirst tun, was ich dir sage. Ich brauche dieses Gold, um deine Brüder von hier wegzubringen. Du bist an allem schuld. Ich werde Grant töten und dich zur Witwe machen."

„Nur, dass ich nicht glaube, dass du in der Lage dazu bist, liebster Papa." Das letzte Wort triefte vor Sarkasmus. „Wir sind drei gegen einen."

Sie hoffte, Dyna oder Alick würden den Mann ablenken, um ihr eine Gelegenheit zu geben. Das war alles, was sie brauchte. Eine Gelegenheit.

Dann fragte Alick: „Dyna, hast du einen besseren Schuss?"

Sie hätte ihren Gemahl küssen können, denn das reichte aus, um ihren Vater abzulenken. Er richtete seine Aufmerksamkeit auf Dyna, und Branwen zögerte nicht. Sie ließ den Pfeil fliegen.

Ihr Vater schrie auf und ließ den Dolch fallen, den er an Kylas Kehle gehalten hatte. Aus der Wunde in seiner Schulter tropfte Blut, als er mit einer Hand fluchend danach griff. Alick stürzte auf ihn zu, um seine Mutter von ihm wegzuziehen, und Branwen schoss erneut und traf Dentons Bein.

Der Mann schrie, sein Hass auf sie nie offensichtlicher. Er wollte sich auf sie zubewegen, blieb jedoch stehen, riss den Pfeil aus seinem Bein und warf ihn weg. Er ignorierte das Blut, das aus der Wunde sprudelte. „Ich bring dich um, du kleine Hure. Denkst du, du kannst mich schlagen? Oh, nein."

Er hinkte auf sie zu, seine Bewegungen langsam, und sie schoss erneut. Dieser Pfeil traf ihn
in den Bauch. Das hielt seine Vorwärtsbewegung
auf, und diesmal war er nah genug, dass sie den
Schmerz und die Angst in seinen Augen sehen
konnte, nachdem er zu Boden gegangen war.

„Wie fühlt es sich an, gegen deinen Angreifer
machtlos zu sein, Arnald?"

Er drehte sich keuchend auf den Rücken. Der
Pfeil in seiner Mitte musste mehr Schaden ange-
richtet haben, als sie gedacht hatte. Er murmelte
etwas, doch sie konnte es nicht verstehen, darum
trat sie näher.

Mit zusammengebissenen Zähnen zischte er:
„Ich hätte dich töten sollen und dich wie deine
Mutter von einem Pferd werfen sollen. Nachdem ich sie mit diesem Bastard erwischt und
ihn fast umgebracht hatte, habe ich ihr den
Hals gebrochen. Hätte dasselbe mit dir tun sollen. Und ihm. Wenn ich nicht unter dem Dach
ihres argwöhnischen Bruders gelebt hätte, hätte
ich euch alle drei getötet. Doch er hat geahnt,
warum der Stallmeister so schlimm zugerichtet
worden war, und hat mich gewarnt. Er wusste
von Jep und hat es mir nie erzählt, dieser ver-
dammte Teufel."

Nur langsam begriff sie seine Worte. Hatte er
gerade zugegeben, ihre Mutter getötet zu haben?

„Du hast sie getötet? Den einzigen Menschen,
der mich wirklich geliebt hat? Du? Und mein
Onkel wusste davon?"

„Ja, ich habe es getan. Ich konnte es nicht

ertragen, diese Hure länger anzusehen. Dein Onkel hatte einen Verdacht, doch ich hatte Informationen, die ich gegen ihn verwenden konnte. Wir haben uns geeinigt ... arghhh."

Sie war auf den Pfeil in seiner Schulter getreten und hatte ihn abgebrochen. „Du hast meine Mutter ermordet." Diese Tat verdiente so viel mehr als Vergeltung, doch sie hatte ihre Grenzen. Sie war nicht wie ihr Vater. Sie trat von ihm weg und schaffte es fast bis zu Alick zurück, als sie Denton hinter sich hörte. Er hatte sich aufgerappelt und versuchte, ihr nachzulaufen, doch er kam nicht weit.

Alicks Dolch zischte durch die Luft, traf den Bastard in den Hals und tötete ihn auf der Stelle.

Sie flog in die Arme ihres Gemahls und schluchzte an seiner Schulter, während seine Mutter sie von hinten umarmte.

Dyna sagte: „Gute Schüsse, Branwen. Er hatte Schlimmeres verdient."

Sie trat zurück, wischte über ihre Tränen und sah ihren Gemahl an, dann Kyla und Dyna. „Ist es vorbei?"

Alick drückte sie an seine Seite. „Ja, es ist endlich vorbei."

KAPITEL SECHSUNDZWANZIG

ALICK HÄTTE NICHT glücklicher sein können. Seine Mutter war in Sicherheit und seine Frau in seinen Armen. „Mama, geht es dir gut? Du siehst nicht gesund aus. Was haben sie dir angetan?"

Branwen trat zurück, um Kyla anzusehen.

„Alick, mir geht es gut. Ich bin erschöpft, doch ich bin gesund. Ich danke euch dreien, dass ihr mich gefunden habt. Doch ich hatte nicht erwartet, so wenige Grants zu sehen. Ich bin überrascht, dass mein Vater und Finlay keine Armee mitgebracht haben."

Dyna lächelte. „Wir haben die Armee zurückgelassen, damit sie gegen die Engländer kämpfen, die dich festhalten wollten, bis Großvater sich bereit erklärt, sich ihnen gegen König Robert anzuschließen. Alle dachten, du wärst da, doch Alick hat gespürt, dass du es nicht warst."

„Ah, und es war dieser Mann, Denton, der einen Mann getötet hat und mich für seinen eigenen Nutzen entführt hat. Ursprünglich waren viele an meiner Entführung beteiligt. Mindestens zehn. Einige der Männer auf Thane

Castle wussten, was geschah, doch es schien auch ein Geheimnis zu sein. Dann verlor Denton die Kontrolle und hat mich weggebracht. Ich wusste, dass er es geplant hatte, weil sein ständiges Murmeln vor mir mich gewarnt hat, dass er den Verstand verloren hat. Doch genug von ihm. Erzählt mir von unserem Clan. Dein Vater und Großvater? Deine Schwester und deine Brüder?"

„Es geht allen gut." Ein Geräusch ließ sie die Ohren spitzen, und alle wandten sich der Quelle zu, einem Pferd, das im Galopp auf sie zukam. Alicks Vater ritt auf die Wiese, sprang von seinem Pferd und rannte zu seiner Mutter. „Kyla? Bist du gesund? Sie haben dich nicht verletzt?"

Seine Hände flogen zu ihren Schultern, doch er wartete auf ihr Nicken, bevor er seine Arme um sie legte.

„Mir geht es gut, mein Gemahl. Ich brauche ein Bad und etwas zu essen, doch sonst ist alles gut."

Papa warf Alick einen Blick über die Schulter zu. „Woher wusstest du, wie du sie finden kannst? Ich war erschrocken, als du verschwunden bist, doch ich vermutete, dass du deine Gründe gehabt haben musst. Warum?"

Er zuckte mit den Schultern. „Ich hatte ein seltsames Gefühl."

Großmutter.

Ein paar weitere Pferde brachen durch die Bäume, allen voran Großvater und Onkel Jamie, gefolgt von Alasdair, Chrissa und Els.

Großvater brachte sein Pferd so nah wie möglich. „Ich werde nicht absteigen, doch du bist gesund, Tochter?"

„Ja, Papa, doch ist das nicht Chrissa hinter dir? Warum ist sie hier?"

Ihr Vater hob eine Braue und sagte: „Sie ist eine gute Bogenschützin geworden. Ich sehe, dass dies auch für Branwen gilt, oder ist das der Pfeil von Dyna in diesem Bastard?"

„Nicht meiner", sagte Dyna und klang fast stolz.

„Gut gemacht. Willkommen zu Hause, Tochter." Großvater und Papa sahen so erleichtert aus, und Alick wusste, dass er den gleichen Ausdruck trug. Sie wären ohne sie verloren gewesen.

Onkel Jamie sagte: „Zeit aufzusteigen. Sie sieht gesund genug aus, um sie hier wegzubringen. Wir wissen nicht, wie viele weitere Engländer noch in der Gegend herumlungern."

Papa führte sie zu seinem Pferd und wollte sie hochheben, doch Großvater räusperte sich. „Darf ich? Ich empfinde dasselbe, was ich vor langer Zeit hinter einem Wasserfall gespürt habe."

Finlay sah seine Frau an, küsste sie auf die Stirn und half ihr auf das Pferd ihres Vaters. „Natürlich, Alexander. Wir können den Rest des Abends zusammen verbringen."

Erfüllt von einem Gefühl des Friedens half Alick Branwen auf sein Pferd und stieg dann hinter sie, doch Großvater hielt ihn auf.

Er warf einen Blick von Dyna zu Alick, dann von Branwen zu Kyla. „Wem genau soll ich danken, dass er meine Tochter sicher zu mir zurückgebracht hat?"

Alick, Kyla und Dyna zeigten alle auf Branwen, die rot wurde. „Ich habe Alicks und Dynas Hilfe gebraucht, um ihn abzulenken."

„Ich danke dir, meine neue Enkelin. Du und dein Gemahl werdet mir später erzählen, woher ihr wusstet, dass ihr diesen Weg gehen solltet."

Sie machten sich auf den Weg, und Kyla rief über ihre Schulter zurück: „Und Chrissa? Du und ich werden uns später unterhalten, Mädchen." Da wusste Alick, dass es ihr gutgehen würde.

„Aber Mama", sagte Chrissa. „Sie haben mich entführt und waren nicht nett und haben mir gesagt ..."

„Genug. Wir werden später darüber reden."

Es war wahrscheinlich gut, dass ihre Mutter Chrissas Gesicht nicht sehen konnte, weil sie Alick mit dem breitesten Grinsen ansah, das er jemals gesehen hatte.

„Hat sie Ärger mit deiner Mutter, Alick?", fragte Branwen, als sie losritten.

„Mama wird ein paar Worte für sie haben. Doch wenn Großvater sagt, dass sie gute Arbeit geleistet und Anweisungen befolgt hat, wird sie milder gestimmt sein."

„Ich bin jetzt Teil deines Clans, nicht wahr?", fragte sie leise.

Er lächelte. „Ja, das bist du und schon ein geschätzter."

Wenige Augenblicke später war sie eingeschlafen.

Sie kamen in weniger als zwei Stunden zurück auf MacLintock Land, gefolgt von Hunderten von Grant-Kriegern. Er hörte Alasdair rufen: „Das Fest im Hof soll in zwei Stunden beginnen. Auf dem Rückweg haben wir einen Eber erlegt. Wir werden ihn bald über dem Feuer rösten lassen!"

„Glaubst du, sie ist vorbei? Die Bedrohung durch die Engländer?"

Alick seufzte. „Nein, wahrscheinlich nicht, doch vorerst ist Ruhe. Dieser Krieg wird nicht enden, bis die Engländer uns unseren König lassen. Doch heute feiern wir, dass wir Mama zurückgeholt haben. Wir reiten für ein oder zwei Nächte nach MacLintock Castle. Das ist näher."

Überall war Jubel zu hören, zusammen mit Kriegsgeschrei der Grant- und MacLintock-Krieger. Branwen erwachte erschrocken, als sie das Geschrei hörte, und er half ihr vom Pferd herunter und streckte seine Hand aus. „Komm."

Sie wischte sich den Schlaf aus den Augen und folgte ihm. Auf dem Weg an den Wachen vorbei akzeptierte sie das Schulterklopfen der Männer. Alick nahm dankbar die Glückwünsche entgegen. Er hörte mehrere Leute seine Mutter begrüßen, dann rief seine Mutter seinen Namen. „Alick?"

Doch sein Vater antwortete: „Lass sie. Sie sind frisch verheiratet, und sein Mädchen war zweimal im Verlies. Gestatte ihnen ein bisschen Zeit allein."

Er konnte nicht anders, als darüber zu lächeln.

Sogar John kam in den Hof, um sie zu begrüßen. Joya übergab ihn seinem Vater, während der kleine Junge sein Holzschwert schwang.

„Bier und Fleischpasteten für alle in Kürze im großen Saal!", rief Emmalin.

Alick führte Branwen in den Palas. Der große Saal war leer, bis auf die Mägde, die ihn vorbereiteten. Er ging die Treppe hinauf in die Kammer, die ihnen gegeben worden war, und schob von innen eine schwere Truhe vor die Tür.

Dann hob er sie hoch, presste sie an die Wand und eroberte ihren Mund, als würde er nach ihr hungern, und die Wahrheit war, dass er sie dringend brauchte. Er hoffte, dass es ihr genauso ging. Er liebkoste ihren Mund, bis er das leise Wimmern in ihrer Kehle hörte, nach dem er sich gesehnt hatte. Er unterbrach den Kuss, hielt sie mit seinen Händen unter ihrem Po und drückte sie sanft.

„Willst du das genauso wie ich? Ich brauche dich."

„Ja, ich will es."

Er setzte sie ab, half ihr aus ihren Kleidern und hob sie wieder hoch, nachdem er seine eigenen Kleider abgeworfen hatte. Er neckte sie mit seinen Fingern, bis er wusste, dass sie bereit war, stieß dann mit einer Bewegung in sie hinein und senkte sich vollständig in ihre warme Scheide. Er stöhnte und lehnte seine Stirn an ihre. „Ich liebe dich, Branwen. Du bist die Einzige für mich."

„Ich liebe dich auch", flüsterte sie mit Tränen unter den Wimpern.

Dann hob er sie hoch und ging mit ihr zum Bett. „Ich denke, ich kann das besser machen." Er glitt aus ihr heraus, setzte sie auf das Bett und positionierte sich dann zwischen ihren Schenkeln. So sehr er wie zuvor in sie eindringen wollte, neckte er sie stattdessen. Er glitt nur ein wenig in sie hinein, während sein Daumen ihren Lustpunkt streichelte. Jedes Mal, wenn sich ihre Beine weiter öffneten, glitt er etwas weiter hinein, zog sich dann zurück, dann etwas weiter hinein und heraus, bis sie ihn anflehte.

„Alick, genug geneckt. Jetzt.”

Ihre Nägel gruben sich in seine Schultern, also tat er, was sie verlangte, stieß in sie und begann, in einem harten Rhythmus zuzustoßen. „Tue ich dir weh?”

„Nein. Härter. Schneller. Alick! “

Er tat sein Bestes, um sie zu treffen, wo sie ihn wollte, und stieß unerbittlich weiter in sie hinein, bis er fürchtete, er würde die Kontrolle verlieren, doch er hörte, wie sie auf diese keuchende Weise nach Luft rang, die ihm sagte, dass sie nahe war.

Als sie ihren Höhepunkt erreichte, fuhr er mit seinem Rhythmus fort, bis er es nicht länger ertragen konnte, und gab mit einem Knurren seinem eigenen Verlangen nach.

Nachdem sie fertig waren, hörte er ihrem rauen Atem zu und genoss ihr Lächeln, das so zufrieden aussah, wie er sich fühlte. „Habe ich dir Freude bereitet, Gemahlin?”, flüsterte er und knabberte an ihrem Ohrläppchen.

„Ja, das hast du. Ich hätte nie gedacht, dass es so sein könnte, Alick.” Sie seufzte tief, legte ihren Arm um seinen Nacken und massierte ihn.

Er war im Himmel. Das war die einzig mögliche Erklärung.

Zwei Stunden später, nachdem sie jeweils ein Bad genossen hatten, gingen sie hinunter und hörten den Jubel, als sie auf der Treppe erschienen. Branwens Augen weiteten sich, als sie alle Leute im Saal ansah, die sie neugierig anstarrten, lachten und scherzten.

Sie errötete bis zu ihren Zehen, doch er beugte sich zu ihr hinunter, um ihre Wange zu küssen. „Sie machen sich gerne über frisch Verheiratete lustig, rechne nicht mit Barmherzigkeit. Ignoriere sie einfach."

„Aber Alick", flüsterte sie. „Haben sie uns gehört? Ist das der Grund, warum sie uns anstarren?"

„Nein, hör auf den Lärm hier. Glaubst du wirklich, jemand könnte etwas über diesen Lärm hören?"

Sie lächelte und sagte: „Nein, du hast Recht."

„Meine Cousins werden dir vielleicht etwas anderes sagen, doch glaub ihnen nicht."

Sie freute sich zu sehen, dass Lora viel besser aussah und mit Dyna und Kyla am Ende eines der Tische saß. Alicks Mutter hatte die kleine Ailith auf ihrem Schoß. Alasdair, Els und die anderen Männer saßen an einem anderen Tisch.

Alick führte sie zu den Frauen, und sie setzte sich. „Lora, wie geht es dir?"

„Ich liebe diese Burg und diese Leute", schwärmte sie. „Es ist so viel besser als zu Hause. Emmalin sagte, ich könnte bleiben und ihr mit den Kindern helfen. Ich denke immer nur an Coira."

„Vielleicht könnten wir zurückgehen und sie holen", sagte sie.

„Hast du nicht noch andere Geschwister?", fragte Dyna.

„Ja", antwortete Lora. „Doch sie sind alle gemein außer Coira. Sie ist erst drei und so süß. Doch die anderen sind alle grausam zu ihr. Glaubst du, wir können zurückgehen und sie holen? Vater hat sogar einmal gesagt, dass er wünschte, er hätte sie nicht, weil sie ohne Mama zu viel Arbeit macht."

„Wir können in ein paar Tagen darüber reden", sagte Alick. „Die Engländer ziehen nach Hause. Lass sie zuerst gehen."

Der kleine John horchte auf und trat in Aktion. „Engwisch", sagte er, schwang sein Schwert und rannte zu seiner Schüssel, um zu spucken.

Derric ging zu ihnen hinüber und drückte Alicks Schulter. „Glückwunsch, dass du deine Mutter und deine Gemahlin gefunden hast. Das wollte ich dir sagen, bevor ich gehe. Ich will sehen, was ich für Bruce tun kann, obwohl ich vielleicht erst morgen abreisen werde."

„Derric, wir müssen reden", sagte Dyna und stand auf. Sie zeigte auf die Tür, und er zuckte mit den Schultern und folgte ihr.

„Branwen, du siehst müde aus. Ich hoffe, dein Gemahl wird dich heute Nacht in Ruhe lassen und dir den Schlaf erlauben, den du im Kerker verpasst hast", ermahnte Kyla. Als sie es sagte, warf sie Alick einen Blick über die Schulter zu, der Branwen zum Kichern brachte.

„Er ist sehr rücksichtsvoll mir gegenüber."

Kyla sagte: „Und noch einmal, willkommen in unserem Clan. Wir werden wieder feiern, wenn wir zurück nach Grant Castle gehen."

Branwen warf ihrem Mann einen Blick zu. Sie hatten kurz über ihre Zukunftspläne gesprochen, doch sie hatten keine Entscheidungen getroffen. „Er hat noch nicht gesagt, wo wir leben werden. Es wird nicht auf Thane-Land sein, also überlasse ich es ihm."

Kyla sah ihren Sohn verwirrt an. „Ihr solltet nach Hause kommen, nach Grant Castle."

„Doch Alasdair und Els sind beide mit ihren Gemahlinnen hier", sagte Alick. „Ich dachte, wir könnten ein bisschen bleiben."

„Ein bisschen, ja, doch dann würden deine Brüder und deine Schwester gerne deine neue Gemahlin kennenlernen. Und all deine Tanten, Onkel und Cousins."

„Wir haben viel zu bedenken, Mama, doch wir haben noch keine Entscheidungen getroffen." Alick sagte nichts weiter, sondern sah sie an und sagte: „Ich bin gleich wieder da." Dann machte er sich auf den Weg zu seinen Cousins.

Solange sie auf einer Burg in Sicherheit waren und sie andere hatte, mit denen sie sich unterhalten konnte, war es nicht mehr so wichtig, wohin er ging, jetzt, da er ihr Gemahl war.

Ihre Gedanken wanderten zu Jep. Wo würde er leben? Sie hatte versprochen, mit ihm zu reden, doch es war noch nicht passiert. Sie packte Alicks Arm, bevor er ging. „Ich gehe in den

Stall, um mit Jep zu reden."

Er nickte und beugte sich dann vor, um ihre Stirn zu küssen. „Freut mich, das zu hören. Wenn du mich brauchst, schick einen Stallburschen, um mich zu holen."

Sie ging zur Tür hinaus und nahm sich ein Plaid, um es sich um ihre Schultern zu wickeln. Obwohl sie sich immer noch nicht sicher war, was sie ihm sagen sollte, hatte sie beschlossen, dass es nicht ihre Aufgabe war, etwas über seine Beziehung zu ihrer Mutter zu sagen. In Wahrheit war sie froh, dass ihre Mutter von einem so viel besseren Mann als Arnald Denton geliebt worden war.

Als sie den Stall erreichte, fand sie Jep draußen. Er blickte zu den Sternen auf. „Stimmt was nicht, Jep?"

Er wirbelte herum, deutlich überrascht von ihrem Besuch. „Nein." Er warf einen kurzen Blick zu Boden, bevor er den Kopf hob und sagte: „Ich habe nur um Rat gebeten. Ich weiß nicht, wie ich das mit dir richtig machen soll."

„Du hast mich nie schlecht behandelt. Du hast mich immer wissen lassen, wie wichtig ich dir bin, und das war etwas, was ich gebraucht habe, nachdem ich Mama verloren hatte." Sie blieb stehen und sammelte sich, um die Tränen zurückzuhalten, die über ihre Wangen zu laufen drohten. „Ich bin froh, dass Mama dich in ihrem Leben hatte. Ich möchte kein weiteres Wort über Arnald Denton verlieren. Er hat es nicht verdient. Ich freue mich, dass ich endlich die Wahrheit weiß, und ich möchte, dass du weiter

Teil meines Lebens bist."

Seine Erleichterung war in seinem Gesicht sichtbar. „Das würde mir auch gefallen. Doch ich vermute, du wirst nach Grant Castle gehen, und ich habe Arbeit hier auf MacLintock Castle."

Sie lächelte ihn an. „Ich habe Jamie Grant gefragt, ob er einen Helfer in ihren Ställen gebrauchen kann, und er sagte, er würde sich freuen, dich zu haben. Wenn du uns nach Grant Castle folgen möchtest, würde ich mich freuen." Ihr Herz brauchte jemanden aus ihrem alten Leben, und sie hatte Jep als ihren Vater akzeptiert. „Wir müssen als Familie weiterleben, Jep. Ich weiß noch nicht, ob ich dich Vater nennen kann, doch vielleicht …. Die Zukunft wird es zeigen."

Dann legte er seine Arme um sie, als hätte er es schon seit einiger Zeit tun wollen. „Danke, dass du auf mich aufgepasst hast", flüsterte sie. „Ich liebe dich."

„Ich dich auch, Tochter. Du hast mich sehr stolz gemacht, und ich werde selbst mit Laird Grant sprechen."

Sie verabschiedete sich und ging zurück zum Palas, zufrieden mit ihrer Entscheidung.

Sie hatte einen Vater, der sie liebte, und das bereitete ihr Freude.

KAPITEL SIEBENUNDZWANZIG

AM NÄCHSTEN MORGEN starrte Alick in die Flammen des Kamins, als sie begannen zu wachsen. Er war gerade aus seiner Kammer gekommen und hatte Branwen nicht wecken wollen. Seine Mutter hatte Recht – sie brauchte Schlaf. Doch er konnte nicht schlafen, weil der Traum zurückgekehrt war, obwohl er gehofft hatte, dass er verschwinden würde, nachdem er seine Mutter zurückgebracht hatte.

Er hörte die Schritte, als sie die Treppe herunterkamen, und warf einen Blick über die Schulter, um zu sehen, wer sich ihm näherte.

Dyna.

„Wieder ein Traum? Immer noch derselbe?"

„Woher weißt du das?"

Zu seiner Überraschung kam sein Großvater hinter ihr die Treppe herunter.

„Du kannst auch nicht schlafen, Großvater?", fragte er, trat vom Kamin zurück und bot dem älteren Mann seinen Sessel an.

„Ich schlafe besser, jetzt, wo ich weiß, dass mein Clan in Sicherheit ist, doch ich wundere mich immer noch über viele Dinge. Die Highlandschwerter. Robert der Bruce. Ich weiß nicht, was als Nächstes kommt." Er ließ sich seufzend nieder und rieb seine Hände vor den Flammen. „Erzähl mir von den Highlandschwertern. Sie haben uns mit John im Hof gerettet. Habt ihr es wieder erlebt?"

„Es ist während unseres Kampfes mit den Männern von Thane Castle passiert", sagte Alick.

„Erzählt mir alles", sagte Großvater und blickte von einem Enkel zum anderen.

Alick hielt inne und überlegte, was er sagen sollte. Dann entschied er sich: „Als Dyna es endlich geschafft hat, den Kontakt herzustellen, war es so ganz anders als beim letzten Mal."

„Inwiefern?", fragte er.

Alick sah seine Cousine an, um zu sehen, ob sie ihm erlauben würde, die Wahrheit zu sagen – und auch, weil er hoffte, dass sie die die Erklärung übernehmen würde. Schließlich tat sie es. „Es ist erst passiert, als ich auf Derrics Schultern geklettert bin."

Ihr Großvater starrte auf diese Erklärung hin nur ins Feuer. „Wirklich? Seine Schultern?"

„Ich habe versucht, auf seinen Rücken zu klettern, doch es hat nicht funktioniert. Doch ich konnte spüren, wie es anfing, also habe ich ihn gedrängt, mir auf seine Schultern zu helfen. Dann kam es. Der Blitz. Der Donner."

„Alles", sagte Alick. „Der Griff meines Schwerts wurde warm, die Klinge schwang leichter. Großvater, wir haben es gebraucht. Wir waren unterlegen."

„Wie viele waren es?", fragte er.

„Fünfzehn. Wir hatten Cailean, Els und mich sowie Branwen, Sorcha und Dyna in den Bäumen, doch es war nicht genug. Wir haben mehr gebraucht. Die Macht hat funktioniert und uns geholfen, die Überhand zu gewinnen. Diesmal hat sie uns auch nicht so müde gemacht wie in der Vergangenheit."

„Und weder John noch Alasdair waren da", sagte er nachdenklich und dachte klar über alle möglichen Folgen dieser neuen Entwicklung nach. Nach einem Moment schüttelte er den Kopf. „Ich weiß nicht, was ich davon halten soll. Die Highlandschwerter scheinen sich stets zu verändern. Die Schlacht von Largs war im Vergleich zu diesem nie enden wollenden Chaos einfach."

„Wir haben es geschafft. Darauf kommt es an, Großvater."

„Wohl wahr." Er warf seinem Enkel einen Blick zu, als würde er gerade etwas bemerken. „Schon wieder ein böser Traum?"

„Weiß jeder hier von meinen Träumen?", fragte Alick und warf die Hände in die Luft.

„Ich würde vermuten, dass du sie jetzt öfter hast", sagte Dyna. „Dein Leben beginnt, deinen Traum zu spiegeln."

Alick wusste nicht, was er damit anfangen sollte. „Weil meine Mutter entführt wurde?"

„Mehr als das", sagte Dyna und neigte den Kopf. „Du vergisst, wie der Traum beginnt – du konntest deine Cousins nicht finden. Els und Alasdair haben beide geheiratet. Ich vermute, das ist der wahre Grund, warum du diesen Traum öfter hattest."

„Was?" Er starrte sie ungläubig an.

Sein Großvater hob eine Augenbraue. „Dyna ist wie immer ziemlich klug. Wirst du dich jetzt, wo du verheiratet bist, dafür entscheiden, hier mit deinen Cousins zu leben, oder wirst du nach Grant Castle zurückkehren, um in der Nähe deiner Eltern zu leben?"

„Der Traum besteht aus drei Teilen", sagte Dyna. „Nur in einem davon geht es um deine Angst, deine Mutter zu verlieren."

Je mehr er darüber nachdachte, desto klarer wurde ihm, dass sie Recht hatte. Der erste Teil des Traums, der Verlust seiner Cousins, beunruhigte ihn ebenso wie der Teil, in dem er seine Mutter verlor. Doch was war der dritte Teil?

Sein Großvater stand auf und ging in die Küche, ohne etwas anderes zu sagen.

„Also denkst du, ich habe Angst, meine Cousins zu verlassen?"

„Ja, du kannst dich nicht entscheiden, wo du und Branwen leben sollt, hier auf MacLintock Castle oder auf Grant Castle. Wenn ihr euch für Grant Castle entscheidet, befürchtest du, dass du die Verbindung zu deinen Cousins verlieren könntest. Doch da ist noch ein stärkeres Element. Großvater." Sie nickte der Gestalt zu, die zur Tür ging.

„Ich verstehe den Teil über den Verlust von Els und Alasdair, doch damit habe ich meinen Frieden geschlossen. Ich denke, es ist sinnvoll, dass Branwen und ich auf Grant Castle leben.

Ich kann immer noch mit euch kämpfen, wenn es nötig ist. Doch was hat Großvater damit zu tun?"

Dyna kam herüber, um sich vor ihn zu stellen. „Alick, Großmutter war nicht diejenige, die dich an diesem Tag beim Ramsay Fest weinen sah. Es war meine Mutter."

„Was? Nein, das ist unmöglich. Es war Großmutter. Sie hat mich umarmt und mir geholfen, mich besser zu fühlen."

Dyna sagte: „Es mag in deinem Traum Großmutter sein, doch in Wirklichkeit war es meine Mutter. Die Frage ist, warum du die Person in deinem Traum verändert hast?"

Großvater kam mit einer Schüssel Brei in den Saal zurück. „Sie hat Recht, Junge. Maddie war mit mir auf dem Turnierplatz. Tante Sela hat dich gefunden. Verstehst du es jetzt?"

Er dachte lange und gründlich über diese Enthüllung nach und ging durch den Saal. In seinem Traum weinte er, seine Sicht war verschwommen. Er war hochgehoben worden, ohne, dass er die Person angesehen hatte. Konnte es wirklich Tante Sela gewesen sein, die ihm an diesem Tag geholfen hatte? „Was willst du damit sagen? Was bedeutet das?"

„In deinem Traum hast du Sela mit deiner Großmutter ausgetauscht." Großvater war zurückgekehrt und stand vor ihm. „Vielleicht vermisst du sie genauso wie wir alle."

„Und möglicherweise mehr ...", fügte Dyna hinzu.

„Das akzeptiere ich, aber was sonst noch?

Dyna?"

Dyna sagte: „Du willst Großvater auch nicht verlieren und er war in letzter Zeit bei Alasdair."

Es war, als hätte ihn jemand in den Bauch geschlagen. Er konnte nicht sprechen, konnte sich nicht bewegen, doch sie hatte Recht. Es hatte ihm überhaupt nicht gefallen, dass Großvater den Sommer bei Alasdair verbracht hatte. Er richtete seinen Blick auf das Oberhaupt ihres Clans und ignorierte die Tränen, die in seine Augen stiegen.

Großvater drückte seine Schulter. „Ich komme zurück. Du wirst mich noch nicht verlieren, und wir werden deine Mutter nicht wieder verlieren. Dieses Weihnachtsfest, wenn ich von meinem Besuch bei Tante Jennie zurückgekehrt bin, verbringe ich mit dir und deiner Gemahlin, deinen Eltern und all deinen Geschwistern auf Grant Castle. Ich bin noch nicht bereit, hierherzuziehen. Es war schön, meine Zeit mit John und Ailith zu verbringen, doch ich gehe davon aus, dass es auf Grant Castle noch andere Urenkel geben wird." Sein Großvater zwinkerte ihm zu. „Bald schon."

Emmalin schloss sich ihnen an, John und Ailith an ihrem Rocksaum. „Guten Morgen, *Seanair.*"

John rannte zu *Seanair* und legte seinen Kopf in den Schoß seines Großvaters. Der alte Mann hob eine Augenbraue zu Emmalin. „Das ist neu."

„Er ist aus einem Traum aufgewacht. Er hat immer wieder denselben Gedanken wiederholt. Sieh du, was du daraus machen kannst."

Sie ging in die Küche und rief nach einer der

Mägde. „Haferbrei und Honig für drei, bitte?"

„*Seanair*, du musst sie finden", sagte John mit Tränen in den Augen und zitternder Unterlippe.

„Wen finden, Junge?", fragte Großvater, seine Hand auf dem Kopf des Jungen. Er strich ihm die dunklen, wilden Strähnen aus den Augen.

„Sie. Sie ist mein Mädchen. Sie braucht mich. Du hilfst ihr?"

Alick sah seinen Großvater an und suchte nach seiner Reaktion. Der Junge musste einen Traum gehabt haben, der eine starke Erinnerung hinterlassen hatte, etwas, das er nur allzu gut verstand.

„Ich werde alles tun, um dir zu helfen, John. Erzähl mir alles."

Emmalin kehrte mit zwei Schalen zurück und sagte: „Haferbrei und frische Ziegenmilch für dich, John."

Seine Augen leuchteten auf, und er rannte zu seiner Mutter, seine Sorgen waren eindeutig vergessen.

„Das hat er schnell vergessen", sagte Alick.

„Glaube nicht, dass es lange vergessen sein wird. Er wird sich später erinnern."

Vielleicht hatte Großvater Recht. Er musste zugeben, dass er ihn mehr vermisst hatte, als er erwartet hatte. Seine Weisheit war von unschätzbarem Wert, seine Stärke unermesslich, doch seine Herzlichkeit machte ihn wirklich unersetzlich. Egal, was das Problem war, er half ihnen dabei.

Selbst wenn John erst zwei Jahre alt war und ein Mädchen vermisste.

Es war fast Zeit für alle, nach Grant Castle zu gehen. Sie hatten eine Woche zusammen verbracht, die Zeit zusammen und mit den Ramsays genossen, die auch eine Weile geblieben waren. Doch alle kehrten zurück nach Hause. Es war Mittag, und sie waren bereit zu gehen, nachdem sie gepackt und ein deftiges Mahl geteilt hatten. Branwens Herz schmerzte ein wenig bei dem Gedanken, ihre neuen Freunde und insbesondere Lora zu verlassen, die sich entschieden hatte zu bleiben, doch sie freute sich auf ihre Zukunft mit Alick.

Alick fragte: „Bist du sicher, dass du nicht nach deinen Brüdern sehen willst? Ob es ihnen gut geht?"

Sie schüttelte den Kopf. „Nein, mein Onkel wird sich um sie kümmern. Wenn ich sie besuchen würde, würden sie mich für alles verantwortlich machen, was passiert ist. Vielleicht eines Tages, doch nicht jetzt."

Ihr Onkel hatte ihnen einen Boten geschickt und sich entschuldigt. Er hatte erklärt, dass er keine Kenntnis von der Entführung oder Dentons Aktivitäten gehabt hatte. Er hatte ihr versichert, dass er sich um ihre Brüder kümmern würde, und sie eingeladen zurückzukommen, obwohl er vollkommen richtig vermutete, dass sie die Einladung ablehnen würde.

„Ich wünschte, es wäre klarer, wie viel dein Onkel über alles gewusst hat, doch ich bezweifle, dass wir jemals die Wahrheit erfahren werden", sagte Alick und strich ihr über den Rücken.

Die Engländer wurden nicht mehr erwähnt.

Robert the Bruce wollte sich um seine schottischen Feinde kümmern. Niemand konnte vorhersagen, wie das ausgehen würde, doch die Cousins waren sich einig, dass sie sich ihren schottischen Brüdern anschließen würden, wenn sie gebraucht wurden.

Alick und Branwen saßen lange nach dem Ende des Essens am Tisch, und niemand drängte zu gehen. „Lora, wir werden dich vermissen", sagte Branwen. „Du kannst deine Meinung ändern und mit uns kommen. Es tut mir leid, dass wir Coira nicht finden konnten."

Die Augen des Mädchens füllten sich mit Traurigkeit und einem Hauch von Resignation. „Vielleicht versuchen wir es später noch einmal. Ich weiß nicht, wohin mein Vater sie gebracht haben könnte, ohne jemandem etwas davon zu sagen. Doch ich freue mich für dich, Branwen. Ich hoffe, du kommst zurück."

Branwen drückte Alicks Hand. „Natürlich. In der Zwischenzeit freue ich mich sehr darauf, das Grant-Land zu sehen und seine Brüder zu treffen."

Plötzlich sprang John von seinem Platz auf und schrie: „Mein Mädchen kommt!"

Emmalin warf Alasdair einen besorgten Blick zu und flüsterte: „Nein. Es wird ihm das Herz brechen." Der kleine Junge hatte den Traum seit Tagen nicht mehr erwähnt, und es war fast eine Woche her, seit er in den großen Saal gekommen und zu Alexander gegangen war, um sich trösten zu lassen.

John eilte zur Tür und setzte sich mit seinem

Holzschwert auf dem Schoß daneben. „Ich warte auf sie."

Alasdair sagte: „Das könnte eine lange, lange Zeit sein." Er blickte zu seiner Frau hinüber und fragte sich, was sie dagegen tun konnten oder was ihn dazu gebracht hatte.

„Wo ist Dyna?", fragte Branwen. „Sie ist nach dem Essen verschwunden. Ich wollte mich von ihr verabschieden."

Aus dem Nichts brach ein Sturm los, der Donner folgte den Blitzen, die den Himmel erleuchteten, so nah. John sprang auf und rannte zu seinem Vater. „Papa, was ist das?" Er starrte hinauf an die Decke des Saals, als könnte das Dach einstürzen.

Alasdair hob seinen Sohn auf und sagte: „Nichts, wovor man Angst haben muss, John. Es ist nur ein Gewitter, und manchmal bedeutet es etwas Gutes. Erinnerst du dich?"

„Ja", sagte er und hielt sein Schwert hoch. „Habe ich das gemacht?"

„Diesmal nicht, Junge. Doch du hast es schon mal mit *Seanair* gemacht."

Die Tür flog auf, und Dyna kam herein, während hinter ihr ein Blitz durch den Himmel zuckte. Derric folgte ihr, und ein Plaid über seinem Kopf schützte etwas oder jemanden, den er hielt.

John quietschte und wand sich gegen seinen Vater, um abgesetzt zu werden. „Mein Mädchen! Das ist mein Mädchen, Papa."

Ein schockierter Ausdruck huschte über sein Gesicht, als er John absetzte. Zur gleichen Zeit ließ Derric das nasse Plaid sinken und setzte ein kleines Mädchen auf den Boden.

Branwen traute ihren Augen nicht. Sie warf einen Blick auf Lora, die so aufgeregt war, ihre Schwester zu sehen, dass sie bereits aufgesprungen war.

„Wir haben Coira gefunden", sagte Dyna und schenkte Derric ein strahlendes Lächeln.

Lora rannte zu ihrer Schwester, doch ihre Schwester huschte in eine andere Richtung.

Das kleine blonde Mädchen, drei Sommer alt, rannte direkt zu John.

Er streckte seine kleinen Arme aus und eilte auf sie zu und rief: „Mein Mädchen."

Die beiden umarmten sich mitten im Saal, Derric und Dyna direkt hinter ihnen. Eine Sturmböe stieß die Tür auf, und Blitze erleuchteten die beiden kleinen Kinder, die einander in der Mitte des Saals umarmten und kicherten.

Der Donner hallte um sie herum wider, doch es war egal.

John sagte: „Ich habe dich gefunden, mein Mädchen."

Coira sagte: „Ich liebe dich auch." Dann wirbelte sie herum, um ihre Schwester zu umarmen.

„Das ist süß", sagte Branwen und lächelte ihn an. „Was denkst du, was hier vor sich geht? Das ist doch seltsam, oder?"

„Nein", sagte Alick, „ich denke, wenn wir uns in ihrem Alter getroffen hätten, hätten wir dasselbe getan. Manchen Seelen ist es bestimmt, einander zu finden." Er beugte sich vor, um ihre Schläfe zu küssen. „Ich sollte dich finden."

Derric zog Dyna zurück in den Hof, in den Sturm, während alle anderen Coira und John beobachteten. „Was bedeutet das? Mehr von diesem Highlandschwerter-Unsinn?"

Dyna sagte: „Danke, dass du mir geholfen hast, Coira zu finden."

„Ja, ich hoffe, wir müssen wieder zusammenarbeiten, Mädchen."

„Bald", sagte sie und spürte ein Feuer in sich aufsteigen, so hell wie die Blitze über ihnen. „Dieser Bastard war widerlich. Er war nur zu glücklich, seine Tochter ein paar Fremden zu geben. Der Narr muss eine Lektion lernen."

Derric warf einen Blick auf sie und sagte: „Verdammt. Weißt du nicht, wie sehr du mich erregst, wenn du so redest?"

Sie trat einen Schritt näher und warf ihm einen herausfordernden Blick zu.

Derric legte seine Hände auf ihre Schultern und zog sie an sich. Ihre Lippen waren so nah, dass sie sich fast berührten. „Sag mir, dass du nicht dasselbe willst." Sein warmer Atem verbreitete eine Hitze in ihr, anders als alles, was sie jemals zuvor gefühlt hatte.

Ihre Stimme klang heiser. Sie schlang ein Bein um ihn und drückte sich an ihn. „Tu es. Ich will dich."

Derrics Lippen ergriffen von ihren Besitz und eroberten ihren Mund mit einer Dringlichkeit, die sie liebte. Seine Zunge zwang ihre Lippen auseinander, bis sie ihm alles gab. Sie konnte seine Kraft, sein Verlangen, seine Härte spüren, und eine Heftigkeit stieg zwischen ihnen auf, die kaum kontrollierbar war. Seine Hände waren überall, und sie strich auf die gleiche Weise, wie er ihren Körper erforschte, über seinen, mit einem Verlangen, das sie beide erfasste, als wären sie die einzigen Menschen auf der Welt.

Er beendete den Kuss, und ihr Kopf sank zurück und schmiegte sich an seinen Arm, der sie so fest hielt. „Verdammt", keuchte er. „Wir sind in Schwierigkeiten."

Er setzte sie ab, ließ sie los, doch nicht, bevor er seinen Blick über ihren Körper wandern ließ und sie versengte, als würde er sie als seine brandmarken. Sie packte ihn am Arm, bevor er sie verließ, und sagte: „Du wirst zurückkommen."

Derric kehrte zurück und beugte sich vor, um ihr ins Ohr zu flüstern. „Süße, darauf kannst du wetten. Wie eine Biene zu ihrer Königin. Ich werde nicht aufhören zu stechen, bis ich deinen Honig bekomme. Und du wirst ihn mit keinem anderen teilen."

EPILOG

ALEXANDER GRANT ERWACHTE mitten in der Nacht aus einem tiefen Schlaf. Die Stille vor der Tür seiner Kammer verriet ihm, dass die Feuer gelöscht waren und alle schliefen.

Doch er hatte einen Traum gehabt, den er nicht vergessen konnte.

Maddie.

Seine geliebte Gemahlin war wieder im Schlaf zu ihm gekommen. In seinem Traum waren sie zusammen in dieser Kammer gewesen. Sie hatte sich der Seite des Bettes genähert, und er hatte sich aufgesetzt und sie an sich gezogen, das vertraute Gefühl ihrer Kurven und den sanften Duft, der nur ihr gehörte, genossen.

„Meine Maddie", hatte er gesagt, „doch ich vermisse dich jede Nacht in meinen Armen. Mein Bett ist einsam ohne dich."

„Alexander, du könntest eine andere finden", hatte sie ihm gesagt, etwas, das sie nie zuvor in diesen Träumen gesagt hatte. „Ich wäre dir nicht böse."

Er lachte und strich mit seinem Finger über ihre Wange. „Glaubst du, eine könnte sich mit dir messen? Sicher nicht."

„Magst du meine Haare wieder golden?"

„Ja", flüsterte er und schmiegte sich an ihren Hals. „Ich habe bemerkt, dass wir wieder jung aussehen."

Seine Worte wurden mit einem Lächeln belohnt, doch sie zog sich ein wenig zurück, als er versuchte, sie an sich zu ziehen. „Alexander, bevor du so abgelenkt wirst, dass du mich nicht hörst, bitte höre mir zu. Ich bin aus einem bestimmten Grund gekommen."

„Sag es mir bitte."

Er richtete sich auf und schenkte ihr seine volle Aufmerksamkeit.

„Du betrachtest es falsch."

„Was?"

„Die Highlandschwerter. John ist es nicht bestimmt, Teil der Gruppe sein. Es ist John, den sie *beschützen*. Ja, er hat dazu beigetragen, dass ihre Macht wächst, doch er wird nicht mehr gebraucht. Er hat nur einen Platz eingenommen, bis der Letzte angekommen ist. Er darf nicht in andere Kämpfe einbezogen werden. Er ist so jung und mächtig, dass die Wellen seiner Macht die Kraft der Cousins aufgezehrt haben."

Das ließ ihn innehalten. „Der Letzte. Wer hat gefehlt?"

Eine Stimme kam hinter ihm hervor, eine, die er sich zu hören freute. Sein lieber Bruder Robbie. „Du wirst mächtig stolz auf sie alle sein, Alexander. Wir sind es schon." Er winkte und verschwand im Nebel, der sich im hinteren Teil des Raumes gebildet hatte.

Alexander hielt seine Gemahlin fest, weil er wusste, was kommen würde. „Bitte bleib, Maddie. Du fehlst mir so."

„Alexander, ich schätze diese Momente genau wie du, doch sie sind schwierig für mich und mir wird nur kurze Zeit gewährt. Du wirst es eines Tages verstehen, doch jetzt muss ich gehen." Sie küsste ihn zärtlich auf die Lippen. Ihre letzten Worte waren: „Es wird schwieriger sein, diesen Letzten davon zu überzeugen, doch er muss sich der Gruppe anschließen, wenn er die Rolle spielen soll, die ihm im Krieg bestimmt ist." Damit verschwand sie und ließ Alexander allein, um über ihre Worte nachzudenken.

Unruhig machte er sich auf den Weg zum Kamin und ließ sich nieder.

John war die wahre Macht, die sie schützen mussten. Er hatte ihnen für kurze Zeit geholfen, doch nur, weil das letzte Mitglied der Gruppe noch nicht angekommen war. Ein Mann, der schwer zu überzeugen sein würde.

Wer konnte das sein?

Dann wusste er es plötzlich:

Derric.

LIEBE LESERINNEN,

Vielen Dank, dass Sie den dritten Teil der Highlandschwerter gelesen haben. Es gibt drei weitere Bücher in dieser Reihe.

Wie immer habe ich reale historische Ereignisse verwendet, um die Geschichte in das Zeitgeschehen einzubetten, doch manchmal spiele ich mit den Details, um meinen erzählerischen Bedürfnissen gerecht zu werden. Anpassung des zeitlichen Ablaufs gehört dazu.

Ich hoffe, Sie bleiben alle gesund!

Keira Montclair

www.keiramontclair.net
http://facebook.com/KeiraMontclair/
http://www.pinterest.com/KeiraMontclair/

Weitere Bücher von
Keira Montclair

HIGHLANDSCHWERTER
DER VERRAT DER SCHOTTIN
DIE SCHOTTISCHE SPIONIN
DIE JAGD DES SCHOTTEN
DIE PRÜFUNG DES SCHOTTEN
Buch 5 und 6 der Serie erscheinen bald

DIE CLAN GRANT–SERIE
1–BEFREIT VON EINEM
HIGHLANDER–
Alexander und Maddie
2–HEILUNG EINES
HIGHLANDER-HERZENS–
Brenna und Quade
3–LIEBESBRIEFE AUS LARGS–
Brodie und Celestina
Bücher 4–8 der Serie erscheinen bald

DER HIGHLAND CLAN
LOKI – Buch Eins
TORRIAN – Buch Zwei
LILY – Buch Drei
JAKE – Buch Vier
ASHLYN – Buch Fünf
MOLLY – Buch Sechs

Bücher 7–12 erscheinen bald

WEITERE BÜCHER

DIE VERBANNUNG DES HIGHLANDERS

ÜBER DIE AUTORIN

KEIRA MONTCLAIR IST das Pseudonym der Autorin. Sie lebt mit ihrem Ehemann in Florida und schreibt rasante historische Romane, oft mit Kindern als Nebenfiguren.

Wenn sie nicht schreibt, verbringt sie am liebsten Zeit mit ihren Enkelkindern. Sie hat als Mathematiklehrerin an der Highschool, als Krankenschwester und als Büroleiterin gearbeitet. Sie liebt Ballett, Mathematik, Rätsel, Neues zu lernen und neue Charaktere zu erschaffen, in die sich ihre Leser verlieben können.

Sie ist mit ihrer Arbeit zufrieden, wenn ihre LeserInnen Tränen über ihre Geschichten vergießen – doch es gibt immer ein Happy End!

Ihre Bestseller-Serie ist eine Familiensaga, die zwei mittelalterlichen schottischen Clans über drei Generationen folgt und mittlerweile mehr als dreißig Bücher umfasst.

Kontaktieren Sie Keira über ihre Website *www.keiramontclair.net*